銀の橋を渡る

目次

一　錦海テレビ　5
二　中海ストーリー　39
三　占領下　89
四　中海再生会議　119
五　萓島の恋　142
六　これが恋？　171
七　アダプトプログラム　213
八　中海・宍道湖一斉清掃　259
九　泳げる中海へ　303
エピローグ　344
あとがき　352

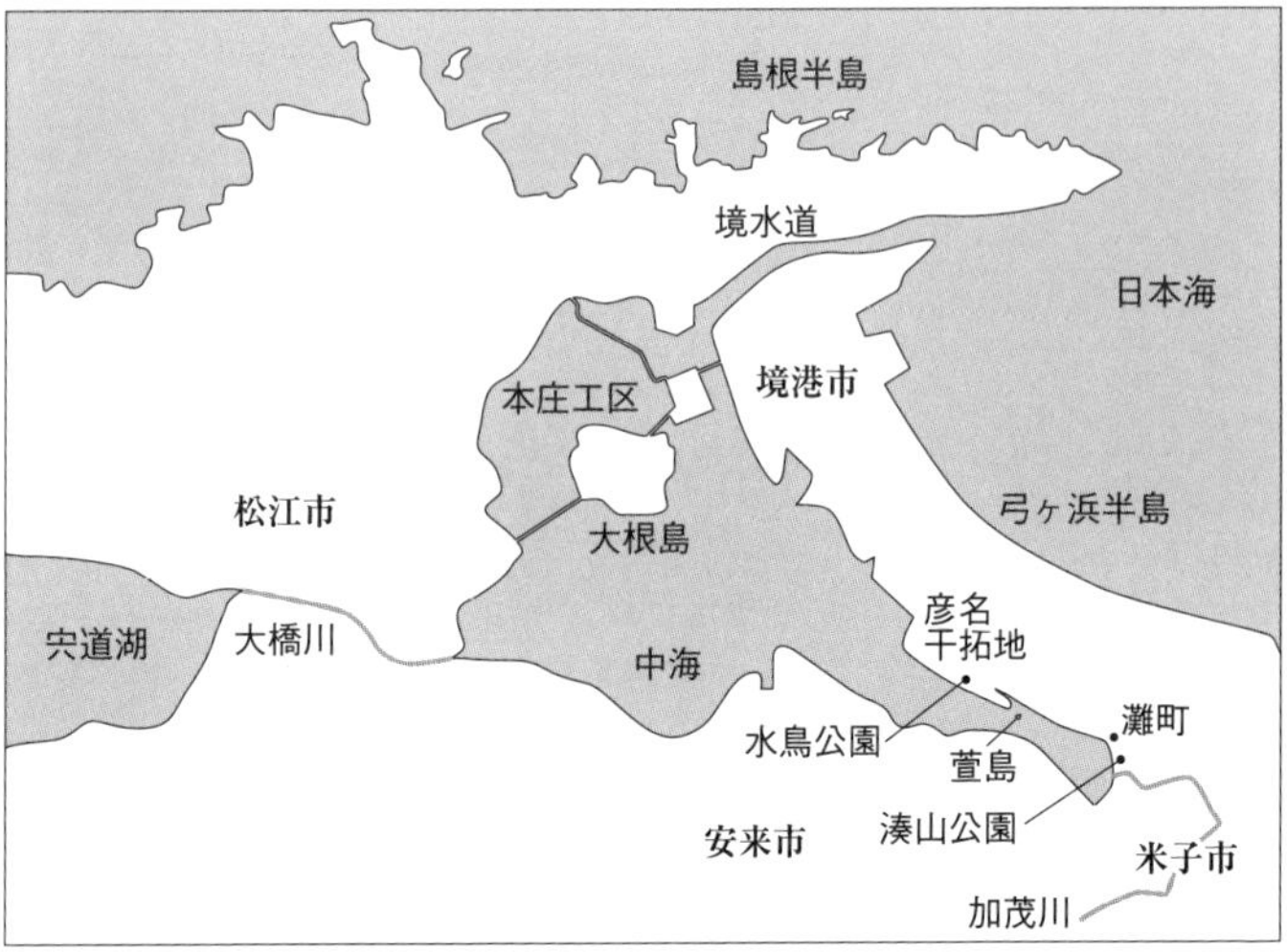
島根半島
境水道
日本海
境港市
本庄工区
松江市
大根島
弓ヶ浜半島
彦名干拓地
宍道湖
大橋川
中海
灘町
水鳥公園
萱島
湊山公園
安来市
米子市
加茂川

〈主な登場人物〉

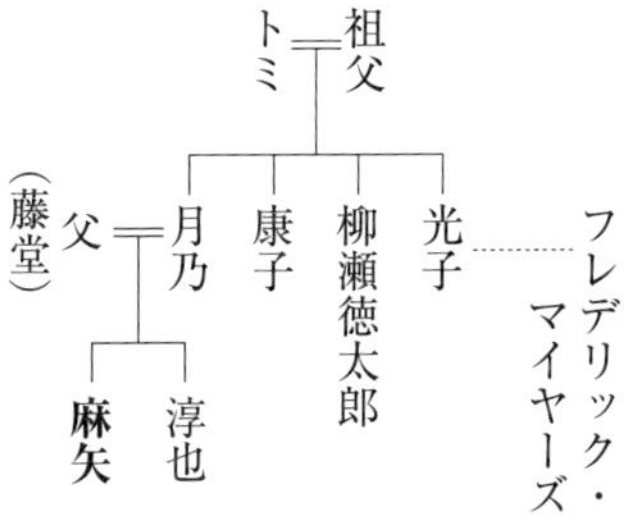
祖父
トミ
月乃
康子
柳瀬徳太郎
光子
フレデリック・マイヤーズ
父
（藤堂）
淳也
麻矢

一　錦海テレビ

一九九九年春――。

雨に叩かれる街路から、夕方の混みあう岡山駅に駆け込んだときだった。ふいに右足がガクッとねじれたかと思うと、藤堂麻矢《とうどうまや》は膝から崩れてコンコースの床に両手をついていた。肩にかけていたショルダーバッグから、ファイルや財布、携帯電話や化粧ポーチなどが飛びだし、人々の足のあいだを転がっていくボールペンを追いながら、麻矢は急いでそれらを拾い集める。

立ち上がろうとすると、右足の甲に痛みが走った。どうやら捻挫してしまったらしい。その右足から脱げたパンプスのヒールが、付け根からぱっくり折れているのを見たとき、麻矢の心の心張棒もまたぽっきり折れてしまった――気がした。

「大丈夫ですか」

五十代くらいの女性が声をかけてくれ、「はい、平気です。ありがとうございます」と笑顔で答えたけれど、正直にいえば泣きたかった。

いいえダメなんです、なんか、もう全然ダメで、どうしていいかわからないんです……。

そういって、目の前のやさしそうな女性の胸にすがりつきたい衝動に駆られた。もちろん、そんなことはしなかったけれど――。

「ここはミスコンの会場じゃないんだけどね」

一時間ほど前にいわれた、男性面接官の嫌味ったらしい声がよみがえる。「その服装や化粧はなに？　美人で派手ならテレビに出られると思ってるの？」

怒りと恥ずかしさで頭に血が昇った。春らしいと思って選んだ、サーモンピンクのボウタイ付きブラウスがいけなかったのだろうか。でもスーツは黒の膝丈だし、化粧だってマスカラと口紅、それに眉を整えたくらいだ。もともとそれぞれのパーツが大きくて、派手な顔だちに見られることが多いのは確かだけれど、ミスコンがどうのなんてあんまりではないか。

「外見で判断しないでください。わたしはさまざまな情報をわかりやすく、的確に視聴者に届ける仕事がしたいんです。テレビに出るのが目的じゃありません」思わずそう反論していた。

「へえ、そう。でもこれまで受けたのはテレビだけだといってたよね。ってことは、いま流行りの『女子アナ』志望だよね。東京のキー局がダメだったから、ウチを受けたんでしょ？　地方の局なら採ってもらえると、甘く考えてるんじゃない？」

「そ、そんなことありません！」

「女子学生には多いんだよね、いい男をつかまえるのが目的で、テレビに入りたいって子が。きみもそうなんじゃない？」

「そんないい方、ひどすぎます。どうしてそんなことをいうんですか！」

「あのね、ここはきみが質問したり、意見を述べる場じゃないの。常識がないね。もう帰っていいよ」

駅構内にあるカフェの、一番奥にひとつだけ空いていた席に座って、ハンカチでスーツに付いた汚れを落とした。折れたヒールは修理不能のようだが、靴底は破れておらず、なんとか歩くことはできそうだ。

熱いカフェラテをひと口飲んで「なんで……」とつぶやいたとたん、涙がひとすじ頬をつたった。

それが突破口だったのか、しまりの悪い蛇口から漏れる水みたいに、だらしなく涙がこぼれ続ける。周囲からチラチラと送られてくる視線を感じるが、しゃくり上げないようにするのが精一杯で、それを気にする余裕など麻矢にはない。

今年になってからの四ヵ月近く、就職活動に全力を挙げてきた。三十社を超すテレビ局にエントリーシートを送り、面接にこぎつけたのが六社。都内のキー局は一社だけ面接へ進んだもののダメで、地方のテレビ局四社もゼロ勝四敗、今日のＯＫＢテレビが最後のチャンスだったのだ。

それなのに……。

さっきの面接では「テレビに出るのが目的じゃありません」なんていったけれど、本当は小さいときから「テレビに出る人」になりたかった。小学生の頃はアイドル歌手にあこがれ、中学生のときはテレビ女優、高校時代はキャスターと、なりたいものは少しずつ変わったけれど、テレビという巨大メディアの魅力――魔力といってもいいのかもしれないが――はすごいとの思いは変わらなかった。その世界の一員になりたかった。

大学では、英文学を専攻するかたわらメディア研究会に所属して、テレビ各社の番組や社の方向性などについて研究したり、意見を闘わせたりしてきた。見学にも行ったし、短期の雑用アルバイトもやったし、もちろん、テレビ局に入った先輩に話を聞きにも行った。

「麻矢ちゃんの積極性は買うけど、テレビ局って男社会だからね、対等に渡り合おうなんて考えちゃダメ。自分を押しだすのはもっとダメ。採用面接では、『何もわかりませんが、皆さんに教えてもらって一生懸命やります』っていう態度を示すのがコツかな」

そんなアドバイスを、今さら思いだしたところでもう遅い。

あまりにも理不尽な物言いに反発してしまったけれど、たぶん面接試験を受けた人のほとんどが、似たようなことをいわれたのだろう。ただでさえ「就職氷河期」といわれる時代の、ただでさえ志望者の多いテレビ局の採用試験なのだ。どうやって落としてやろうかと、向こうは手ぐすね引いて待っていたに違いない。その罠に、まんまと嵌《はま》ってしまった自分が情けなかった。

これからどうしよう――。

カフェラテを飲み終え、涙の止まった麻矢が思ったのは、テレビ局が全滅したあとの就職活動のことでもあるが、もっと直近の、このあとどこへ行こうかということであった。

東京の自宅には帰りたくない。

これまでは「次、頑張るからね」と明るく振る舞ってきたけれど、応援してくれているぶん心配もしているだろう母に、今日の失敗を告げる気力はどこからも、どうやっても湧いてこない。「テレビ局なんて、いつまで子どもみたいな夢を追ってるんだよ」といわれてきた兄からは、「ほらいった通りじゃないか」と鼻で笑われるに決まっている。

かといって、ほかに行くあてもない。大学の友人やメディア研究会のメンバーにも、今日ばかりは頼りたくなかった。

カフェを出たところで、

「特急やくも23号出雲市行き、二番乗り場からまもなく発車いたします。ご乗車の方は――」

というアナウンスが聞こえてきた。

やくもか……。そうだ、そうしよう！

片足だけヒールのない靴で、カックンカックン走って券売機へ行き、適当な額の乗車券を買うと改札を通り、麻矢は「やくも」号の乗り場へダッシュした。挫いた右足が痛むけれど、走れないほどではない。改札を過ぎたあたりでパンプスを脱いでしまい、素足にストッキングで走ったため、またしても周囲から視線が向けられるのを感じたが、今回もそれを気にする余裕はなかった。自動ドアが閉まる直前で列車にすべり込んだ。

ゴールデンウィーク前で車内はほぼ満席だったが、自由席の、運よく空いていた座席に腰を落ち着けてほっと息をつく。検札にまわってきた乗務員から、麻矢はあらためて米子までの乗車券と特急券を購入した。

「やくも」で岡山から二時間ほどの米子市には、母の実家の柳瀬《やなせ》家がある。今は七十歳になる伯父だけが住んでいるけれど、麻矢が子どもの頃には、伯母はもちろん祖母もまだ健在だったたし、盆や正月に行くとイトコたちも帰ってきてにぎやかだった。

家のすぐ裏手には、その昔、米子城の外堀だったという加茂川が流れていて、それを下るとじきに中海《なかうみ》に出る。「海」と名はついているけれど、北側が境《さかい》水道というごく狭い海峡で日本海とつながり、西側は大橋川をつうじて宍道湖《しんじこ》とつながっている汽水湖だ。波のほとんど立たない湖面は磨いた鏡のようになめらかで、晴れた日の夕暮れどきは、その鏡がいちめんオレンジ色に染まってとてもきれいだったことを覚えている。

麻矢が最後に行ったのは五年前、脳出血で亡くなった伯母の葬儀のときだった。伯父はその後しばらく落ち込んでいたと聞くが、近年は半年に一度くらいの割で上京してきて、芝居やコンサートに出かけている。これからは伯母のぶんも、残りの人生を楽しむつもりなのだそうだ。

上京時には、地元のお菓子や果物、魚の干物などを持って三鷹の藤堂家を訪ねてくれたし、麻矢はしばしば夕食に誘われた。「ひとりだと味気なくてな、よかったら付き合ってくれんか」というのが誘い文句だが、高級ホテルのレストランやふぐ専門店といった、学生にはおよそ縁遠い店に連れていってもらえるので、麻矢自身も楽しみであった。

「伯父さんには息子しかいないから、麻矢を娘みたいに思ってるのかもね」と母はいっている。歳からすれば、祖父と孫といってもおかしくないけれど、気さくでお洒落で、「ダンディな老紳士」といった雰囲気があるところも好きだった。

徳太郎《とくたろう》伯父さんにならら――。

素直に愚痴がいえるかもしれないし、いまの気持ちを受け止めてもらえるかもしれない。

バッグから携帯電話を取りだすと、麻矢は兄の淳也にメールを打った。

〈米子の伯父さんのところへ寄ってから帰ります。面接は×だったけど、心配しないでと、ママに伝えてください〉

列車は中国山地に入りつつあった。雨は降り続いているが、日の長い時季なので、午後七時が近くなっても窓外にはまだ明るさが残っている。苗が植えつけられたばかりの山すその田に、小さく、腰をかがめた人の姿が見えた。


午後九時をまわって突然やってきた姪を、徳太郎伯父はさして驚いた様子もなく迎え入れてくれた。

それればかりか、「よう来たなあ。わしも、久しぶりに麻矢に会いたいと思っちょったわ」といい、腹は減ってないか、晩飯は食べたのかといいながら、「駅前でラーメン食べてきたんだけど……」という麻矢の返事を聞き流して、煮物や天ぷらを居間のテーブルに運んできてくれる。

「ラーメンだけじゃ足りんだろうが。残り物だが今夜作ったものだけん、遠慮せずに食いなさい」

ウイスキーをロックで飲んでいる伯父の言葉に従って箸を取り、麻矢はタケノコの煮付けを口に運んだ。伯母がいる頃から料理をしていたという伯父の腕前はなかなかのもので、歯ごたえを残しつつよく味の染みたタケノコはおいしかった。

「お父さんやお母さんは元気か？」

「うん、元気」

「淳也《じゅんや》くんもか？」

「うん」

「ほんなら、元気でないのは麻矢だけか」

「あ、ばれてたんだ」

「そりゃそげだわ。何もないのにわざわざ米子まで来《く》りゃせんだろうが。それに、入ってきたときから様子が変だったからな。おおかた失恋か、就職試験がうまくいかんかったか、どっちかだろうがな」

　ニヤリと笑う伯父の顔には、ちょっと意地悪な、しかしそれ以上に若い姪を慈しむ表情が浮かんでいる。麻矢は、これまでの就職活動と今日の出来事を話した。パンプスのヒールが折れたというところで伯父は大笑いしたが、笑いが収まると、「そげなテレビ局、入れたところでいいことなんぞありゃせん。落ちてよかったなあ」と真顔でいった。

「女だと思って馬鹿にされたんだよね。すっごい悔しい」

「麻矢は負けん気が強いけんなあ」

「それって、やっぱりダメなのかな」

「ダメなもんかい、麻矢のいいところだがな。その良さを生かせる就職先がきっとある。焦らんでもいい」

「……うん」

「まあ、連休中は大学も休みだろうし、何日か泊まって行けばいい。お母さんにはわしからいっておいてやるけん」

徳太郎伯父はそういうと、よっこらしょ、というふうに立ち上がり、飾り棚の上に置かれた電話の受話器を取った。傍にいるのが気まずいので、麻矢はトイレに行くふりをして廊下に出た。

昭和時代の初め――七十年ほど前に建てられたという柳瀬家は、間口はそれほど広くないものの、奥行きが深い。道路に面した玄関から加茂川ぞいの裏口まで、三鷹の家ならゆうに三軒ぶんはあるんじゃないかと麻矢は思う。台所やトイレなどの水まわりは改築されているし、かつては玄関から裏口まで続いていたという土間の通路も、麻矢が子どもの頃にはすでに板張りの廊下になっていたが、江戸時代の終わりから太平洋戦争頃まで、ざっと百年近く海産物問屋を営んでいたという往年の雰囲気は、あちらこちらに残っている。

そういえば、〈秘密の隠し部屋〉があったっけ――。

薄暗い廊下を奥へ進みながら、麻矢が思いだしたのは、小学生の頃に兄とそう呼んでいた部屋の存在である。

廊下は裏口に近くなるあたりで鉤《かぎ》の手に曲がっているのだが、曲がり角の、板壁にしか見えないその奥に部屋があるといったのは、兄の淳也だった。たしか、麻矢が三年生で兄が六年生の夏――母と三人で柳瀬家へ行ったのは、それが最後だったはずだ。

「どうしてわかるの」

そう訊いた麻矢に、

「だって、家のどこもへこんでないだろ。へこんでないってことは、あそこに部屋があるってことじゃないか」

と兄は答えた。

たしかに裏口から見る外壁はまっすぐで、人ひとりが歩けるくらいの路地を挟んで隣家と接していた。その路地に入ってみると、裏口からすぐのところに小さな木戸口――子どもでも立っては出入りできないような――があった。ちょうど部屋があると思われるあたりだったが、鍵がかかっているのか、あるいは古びてしまったからなのか、押しても引いても動かなかった。

「ああ、あれはな、むかし船で運んできたコンブや干物をしまっていたところでな、もう使わんから塞いでしまったんだよ」

尋ねた兄に、団扇を使いながらビールを飲んでいた徳太郎伯父は、そんなふうに答えたはずだ。でもその翌晩だったか、翌々晩だったか、麻矢は木戸のあたりから白っぽい着物を着た人が出てくるのを見た。夜更けにトイレに起きて、暑いので裏口から加茂川に出たときだった。

髪の毛が長かったから女の人だと思う。その人は川べりを中海のほうへ歩いて行き、やがて後ろ姿が夏闇のなかに見えなくなった。川面が薄く光っていたから月が出ていたはずだけれど、当時は街灯も少なかったし、古くからの家が多い界隈だからネオンや店の明かりもない。路地からすうっと現れて、音もなくすうっと消えた感じだった。

ユーレイを見てしまったのかもしれない……。

怖くなった麻矢が、寝ていた兄を起こしてそういうと、

「いや、やっぱりあそこは秘密の隠し部屋で、だれかが閉じ込められてるんじゃないかな。マーヤが見たのはその人だと思う」

兄はそんなことをいった。その頃、父も母も兄も、三鷹の家族はみんな麻矢のことを「マー

ヤ」と呼んでいた。

「えー、誰が閉じ込められてるの」

「わかんないけど、たぶんこの家の家族で、よその人に見られたくない人とか」

「だってみんないるよ。ヒロくんもコーくんも、康子伯母ちゃんも、ハズキちゃんもノリくんも」

　徳太郎伯父には息子が二人、妹が二人いて、年の離れた末の妹が麻矢たちの母である月乃《つきの》なのだが、その年は祖母・トミの初盆だったこともあって、親族が一堂に会していた。欠けている人などいないはずだった。

「だから、僕たちが知らない誰かがいるかもしれないじゃないか」

　明日、こっそり隠し部屋を探検してみようと兄はいったはずだが、翌朝お墓参りを終えた足で高島屋に連れて行ってもらい、徳太郎伯父に買ってもらったファミコンゲームに夢中になって忘れてしまったらしかった。麻矢もまたリモコンの片方を握り、兄から疎まれながらも、スーパーマリオの動きに釘付けになっていたのだけれど——。

　五年前に伯母の葬儀で来たとき、〈秘密の隠し部屋〉があった場所は、石の灯篭を置いた苔庭になっていた。板壁だったところにはガラスサッシが嵌め込まれ、いまも石灯籠にともった灯りが、まわりの苔をぼんやりと照らしている。

「なんだ、こんなところにいたのか」

電話を終えたらしい伯父がやってきて、「お母さんからオーケーが出たぞ。のんびりさせてやってくれといっちょった。嫌なことは忘れてゆっくり寝なさい」という。

「うん、伯父さんのおかげで気が楽になった。来てよかったな」

「そげか。そらよかった。二階の、子どもの頃に泊まっちょった部屋を使うといい。布団やシーツは押入れに入っておるけん」

うん、と答えて黒光りする階段を上がる。手すりは付いているが、築七十年になろうかという家の階段は狭くて急だ。麻矢が四つのとき、足を滑らせて中段から下まで落ちてしまい、軽い打ち身ですんだもののまわりが大騒ぎしたことがあった。麻矢は覚えていないが、手すりはその一件があって付けられたのだった。

翌朝、麻矢は朝食を食べながら、居間に置かれたテレビを見ていた。

目玉焼きとウインナー、ほうれん草のお浸し、豆腐とワカメの味噌汁。チンと音を立てたトースターから取りだした食パンに、徳太郎伯父がバターを塗ってくれる。伯父は自分のトーストにハチミツをたっぷり塗り、麻矢にも「どうだ」と勧めてくれたが、「それは遠慮しとく」と笑って断った。

公共放送による朝のニュース番組が終わったところで、徳太郎伯父がテレビのチャンネルを切り替えた。シンプルなセットをバックに、女性アナウンサーが米子市を中心としたトピックスを伝えている。ゴールデンウィークの観光客を迎える米子駅とか、小学生が田植え体験をしたなどの映像には、どことなく素人っぽさというか、手作り感がある。

「伯父さん、これってどこのテレビ局？」

「錦海テレビだ」

「キンカイテレビ？　山陰のローカル局にもエントリーシート送ったんだけど、そんなテレビ局は知らなかったな」

「県の西部をエリアとするケーブルテレビだけんなあ」

「そうなんだ」

ケーブル（有線）テレビの存在は麻矢も知っていたし、メディア研究会で話題になったこともある。しかし、限られた地域のメディアということから関心を持つ者は少なく、ましてや就職先の候補として考えるメンバーはいなかった。メディアは「マス」だからこそ意味があると、麻矢も思っていた。

「けど、なかなかええで。地元のことがようわかるし、ちょっとしたことでも取材に来てくれるしな。一番身近なテレビだよ」

「伯父さんも出たことあるの」

「ああ、二回ほど出たことあるぞ。『よなご下町まつり』のときと、加茂川清掃のときとにな」

徳太郎伯父は市役所を退職後、「下町」と呼ばれるこの一帯の盛り上げ役を買って出ているらしい。年に何度かのイベントのときは準備や集客で忙しいし、夏には、加茂川の藻やゴミを取り除く作業もしているのだそうだ。

「へえ、伯父さん頑張ってるんだね」

「まあ、わしが面白がっちょるだけかもしれんが、この界隈も年寄りが多くなって、何かせんと寂れるばっかしだけんなあ」

たしかに、麻矢が小さい頃にあった八百屋や魚屋、布団屋や電気店などはみな店を閉じてしまっている。今もあるのは古くからある茶舗と、おばあちゃんが店番をしている駄菓子屋、それに近隣の客を相手にしているらしい理髪店くらいだ。

「まあ、わしも年寄りだけどな」

そう笑う伯父によれば、錦海テレビは十年ほど前に開局したケーブルテレビで、米子市内は半分くらいの世帯が加入しているんじゃないかという。地元のニュース番組のほかにも、市民が撮ったビデオを流したり、特集番組を作ったりしているという。

「どこにあるの」麻矢は所在地を訊いてみた。

「ここからもう少し境港のほうへ行ったところだ。歩くとけっこうあるが、自転車なら十分ほどでないかな」

翌日の午後、麻矢は伯父の自転車を借りて錦海テレビまで出かけた。右足の捻挫は、伯父が湿布を貼ってくれたおかげで痛みが引いたし、やよいデパートで着替えやスニーカー、化粧水や乳液なども買ってきて滞在の準備も整った。空はよく晴れて、日差しはもう初夏を感じさせる。

いつまでもクヨクヨしてるマーヤじゃないんだからね！

ペダルに乗せた足に力を込めながら、自分にカツを入れる。

いまに見てろよ！

風に向かってそう声を放ってもみたが、自分を落としたテレビ局を見返す当てがあるわけではない。錦海テレビを見に行こうと思ったのは、地方の、それもケーブルテレビ局がどんなものか興味が湧いただけで、そこに入りたいという気持ちはさらさらなかった。

そもそも、錦海テレビが採用試験をおこなっているかどうかも知らない。おそらくはプレハブに毛が生えた程度の社屋を、外側から眺めれば充分だ、くらいに思っていた。

◇

それがどういうわけでこうなったのか——一年後、錦海テレビで働き始めた藤堂麻矢はときおり首をかしげたくなったものだけれど、それにはこんないきさつがある。

錦海テレビの社屋は、思っていたよりずっと立派だった。社員の募集は現在おこなっていないと受付の女性にいわれたが、せっかく来たのだからと、麻矢はロビーの椅子に掛け、据え付けられた大型モニターを眺めていた。地域のニュースを伝える番組が映しだされている。

「東京からお越しになったそうですな」

声をかけてきたのは、五十歳くらいの男性だった。半分白くなってはいるが豊かな髪を後ろになでつけ、長身で恰幅がいい。出された名刺には「錦海テレビ放送専務　高田久雄」とあった。

「よかったら、編成室やスタジオを見てみますか。この時間、スタジオは使っておらんはずだから」

なぜそんなことをいわれたのか——よほど物珍しそうな顔をしていたのかもしれないと思って恥ずかしかったが、局内をざっと見せてもらったあと、自分がメディア志望であることを、麻矢はその人に話していた。三十社以上にエントリーシートを送って全滅したことまで打ち明けてしまったのは、徳太郎伯父と似たような気さくさのせいだったかもしれない。「専務」という肩書からくる威圧感など、まるで感じさせない人物だった。

「私も若い頃、どうしてもジャーナリストになりたい、メディアで働きたいと思っていてね。しかしこれといった学歴もないし、どこの局にも入れなかった。それでも諦めきれなくてね、とうとうこの錦海テレビを作ってしまったというわけだ」

「テレビ局って作れるものなんですか」

「もちろん私ひとりで作ったわけじゃない。もともと地域のニュースをくわしく知りたいという要望はあったんだが、多くの地元企業や個人に出資してもらって立ち上げたんだ。お金の配当は無理でも、『地域文化の配当によってこの地域に貢献する』と言ってね。それだから、十年前の開局当初から自主制作番組のチャンネルを持っているわけですよ」

すごいですね、という言葉が、自然に麻矢の口から出ていた。にわかに興味が湧いてきた。

「錦海テレビの、名前の由来は何ですか」

麻矢の問いに、米子市の西側に広がる中海は、かつて夕陽の美しさから「錦海《きんかい》」と呼ばれており、そこから採ったのだと高田専務はいった。

「わたしはいま伯父の家にいるんですけど、中海はすぐ近くなんです。中海の夕陽はきれいですよね、海面が金色に染まって。子どものころは、伯父の家にある仏壇みたいだなと思ってました」

「仏壇とはまた……」

しまった、またしても失言してしまったかと思い、麻矢は心のなかで肩をすくめた。しかし高田専務は、「あなたはなかなか面白いお嬢さんですな」と笑みを浮かべ、これまでは即戦力となる経験者を入れてきたが、今後は新卒の採用も考えているというようなことをいった。

「わたしにも、入社のチャンスがあるということでしょうか」

「腰かけでは困る。ここに住んで働く気持ちがありますか」

「はい。米子は母の出身地ですし、何度も来ていて馴染みがあります」

「中小企業だから、給料も大手のようなわけにはいかない。取材に行くのも、基本はひとりです。自分でビデオカメラを担いで行って、自分で編集してもらう。女性だからといって区別はありません。きついですよ」

「平気です。体力と負けん気の強さは、馬なみだと思っていますから」

「ハハ、まあ競馬ウマのように走らんでもいいですけどな」

そのやりとりが実質的な面接だったことは、あとになって知った。翌日、履歴書を持参するようにという連絡があり、ふたたび錦海テレビに出向いて行くと、社長だというやはり五十歳くらいの男性から、「ぜひ、ウマなみの馬力でお願いしますよ」と内定通知書をもらったのだった。

まるで〈瓢箪から駒〉のような展開に、徳太郎伯父は「へーっ」とヒョットコみたいに口を歪めて驚き、ついで、「ほんなら、来年からは麻矢と暮らせるちゅうわけだな」といって喜んでくれた。

父と母は、初め「なんでまた」と米子での就職に難色を示した。父はそのうち、「まあ、若いときはやりたいことをやればいいさ」と理解してくれたが、母は麻矢が東京を離れるぎりぎりまで、「そんなに遠くで働かなくても……」としぶっていた。大手都市銀行でそれなりの役職に就いている父のコネを使えば、いくら就職難の時代とはいえ都内に勤め先があるだろうというような話も——もちろんもっとソフトな、というかぼかした言い方で——何度かされた。

「知らないところに行くわけじゃないでしょう。ママの実家に住むんだし」

「それはそうだけど、しょっちゅう帰ってこられる距離でもないし、何かあったらと思うとね」

「徳太郎伯父さんもいるんだから大丈夫だって。ママは心配し過ぎ。小皺が増えちゃうよ」

「そうよね、それはわかってるんだけど……」

際立って色白の、マシュマロみたいにふくよかな——五十が近くなってさすがに弛みかけているけれど——頬に手を当てて笑う母を見ながら、ようは娘が離れてしまうことが寂しいのだろうと、麻矢は思っていた。

むろん、それはそうだったのだろう。しかしそれとは別の理由もあったことを知るのは、もう少しあとのことである。


麻矢は希望していた報道部に配属された。それはよかったのだが、高田専務がいったとおり、錦海テレビはかなりハードな職場だった。

制作のメインは、日々のニュースや出来事を伝える『ほっとスタジオ』という番組で、毎日午後六時に最新版を流したあと、翌日までリピート放映している。

番組そのものは三十分の尺で、一日に取り上げるトピック数は五つか六つといったところなのだが、それを十人ほどで作るとなると大変である。取材範囲は米子市を中心として北は約二十キロ、東と南は約五十キロにわたり、行って帰って来るだけでもかなり時間のかかる取材もある。

事前の打ち合わせから取材、社に戻っての編集作業、放映が終わってからも翌日の取材決めや会議などが続く。事件や事故が起きれば、やりかけのことを放り投げて取材に行かねばならないし、選挙の際には特集番組も組む。

二ヵ月の研修を終えた麻矢は、『ほっとスタジオ』の制作スタッフとして、息つくひまもないほど走りまわっていた。

担当するのは、おもに季節の行事やイベントである。花菖蒲が見ごろを迎えた神社とか、交通安全週間が始まった様子とか——の映像をビデオカメラに収め、関係者にインタビューする。初めのうちは、先輩の男性スタッフが一緒に行ってくれたが、これも一ヵ月ほどすると、ひとりで行ってこいといわれるようになった。

自転車で柳瀬家へ帰るのは、たいてい午後十時を過ぎる。徳太郎伯父は、姪の健康以上に「夜道で何かあったらどうする」と案じていたが、麻矢が「高校までカラテやってたから」といって、軽く徳太郎の右腕をひねってみせてからはあまりいわなくなった。

「けど、お母さんは心配しとるぞ。うちに電話しても麻矢がおらんから」

「携帯にもかかってくるよ。出られないことが多くて、そういう仕事なんだっていってるんだけど、専業主婦のママにはあんまりわからないみたい」

「まあ、わしにもテレビのことはようわからんけどな、『ほっとスタジオ』はこうして何べんも見とるぞ。麻矢が作っとる番組だしな」

「ありがと。あ、これ！　これ、わたしが取材して編集したの」

　ちょうど流れていた『ほっとスタジオ』では、校内に迷い込んできた犬に、小学生たちが給食の残りを食べさせているところが映っていた。

　それは、昼間に麻矢が撮ってきた画像だった。しきりに尻尾を振り、子どもたちが撫でるに任せている茶色の雑種犬は、当初保健所に引き渡されることになっていたものを、子どもたちの願いで、飼い主が現れるまで学校で飼うことになったのだという。「はやく迎えに来てあげてほしいです」という女の子や、「かわいいので、ずっといてほしい気がする」という男の子の声も、麻矢が聞いたものだ。

「そげか、いい話を取材したな。よく撮れとるじゃないか」と伯父はいってくれた。


　テレビ局が激務だということは、もとより承知の上である。

　それでもキー局のような大手ならば、交代で休むことができるだろう。しかし少数のスタッフで日々の番組を制作している錦海テレビでは、ひとり欠ければ大きな穴があく。少々熱があっても、睡眠時間が三時間の朝でも、麻矢は冷たい水を顔に叩きつけて自転車にまたがった。たとえ濡れた毛布のように身体が重い日でも、取材の準備をしているうちに不思議と気分が高揚してくるのは、きっと若さのなせるわざだろう。

それに、自分の取材したものが番組で放送されることが、うれしくてたまらなかった。内容自体は客観的事実なのだけれど、編集をした画像は、あたかも自分が生みだした作品のように感じられる。地域密着のテレビ局だけに、電話などですぐに反応があることもうれしかった。

もちろん、うまくいくときばかりではない。取材の約束時間をまちがえたり、録画テープを入れ忘れたままビデオカメラを回したりといった失敗もあったし、編集中に画像を消してしまって怒られたこともある。

——女だと思って甘えてるんじゃないのか。

——使えない奴はいらないんだよ。

きつい言葉を投げつけられて、悔しさのあまりトイレで泣いたことも何度かある。涙と鼻水をトイレットペーパーでぬぐい、「そっちだって失敗くらいするでしょ！　女だからってバカにしないでよね！」と、水を流しながら便器に向かって毒づく。便器もさぞかし迷惑だったことだろう。

そんなことがあった日は、取材の帰り粟嶋《あわしま》神社に立ち寄った。弓ヶ浜半島の付け根近く、中海に面する粟嶋神社は、その昔には島だったという小山の上に社殿がある。

百段以上ある急な石段を登り、社殿に手を鳴らしてから裏手にまわると、木々の葉のあいだから中海が見えた。さらに崖になっているぎりぎりまで進むと、眼下に土手をめぐらした「米子水鳥公園」がある。水辺で暮らす鳥たちのサンクチュアリになっていて、秋から冬にかけては、コハクチョウやマガンなど多くの渡り鳥が飛来する水域だ。

中海はいつも穏やかだった。深い水の色をたたえて、静かに広がっていた。

嫌なことがあったら、そこから投げ捨てればいいよ。受け止めて、水の底に沈めてあげるから――。

なんだか、そんなふうにいってくれるように思えた。ことに晴れた日の夕方などは、島根半島に沈む夕陽が空と湖面を金色に輝かせ、麻矢に光のエネルギーを送り込んでくれた。その美しさは、異世界にまぎれ込んだような気がするほどだった。

◇

夏が過ぎ、米子での生活にも、鳥取県西部の地理にも慣れてきた二〇〇〇年九月八日、高田専務が新聞の束をかかえて編成室に入ってきた。

ちょうど、その日の『ほっとスタジオ』が最新版の放映を終えたあとで、ほとんどのスタッフが編成室に集まっていた。翌日の打ち合わせに向けて動きだす前の、コーヒーを飲んだり雑談をかわしたりする、比較的なごやかな空気が漂う時間帯だった。

「干拓中止が正式決定された」

新聞各紙を中央のテーブルに置いて高田専務がそういうと、スタッフは自然とそこに集まった。

「はい。『ほっとスタジオ』でもトップで流しましたが、それがどうかしたんですか」

男性スタッフの言葉に、「何を他人事みたいにいってるんだ、これを見てみろ」と、高田専務が新聞紙をパンパンッと叩いた。

かなり興奮しているようだ。錦海テレビを立ち上げたくらいの人物だから、高田専務は基本的に熱量が高い。麻矢は人垣の後ろから、並べられた紙面を眺めた。

地元紙はもとより、全国紙三紙も、一面トップに「中海干拓中止　正式決定」のニュースを持ってきている。へえ、と思ったが、それ以上の感想は麻矢にはない。

「確かに、中海の淡水化事業は十年以上前に凍結され、本庄工区の干拓事業も事実上ストップしていた。今回の中止は驚くことではない。しかしな、全国紙がこれほど注目している。中海は全国ニュースになったんだ。まだ淡水化の問題が残っているから、これからも注目される。しかも、本庄工区の干拓は島根県の問題だったが、淡水化となると鳥取県の問題でもあるわけだろう?」

「うちでも、継続的に中海の問題を取り上げるということですか」

先の男性が質問する。

「そうするに値するテーマだと思わんか」

「そりゃ、うちの社名にもなってますしね」

「それだけか」

「それだけかっていわれても……あとは彦名《ひこな》干拓地に水鳥公園があるくらいで、住民はあんまり中海に興味を持ってないんじゃないですかねえ」

「湊山《みなとやま》公園から見ても、中海は汚れてますからねえ。護岸にはゴミがいっぱいだし」

錦海テレビができると同時に入社したという女性スタッフがそういうと、「そうそう、住民にしてみたら、近くに大きな水たまりがあるっていうくらいの認識なんじゃないのかなあ」と、別のスタッフが相槌をうつ。

高田専務は憮然とした顔つきでそのやりとりを聞いていたが、

「私が子どものころは、中海が遊び場だった。泳いだり魚を獲ったりしたもんだ。水もきれいで、藻場があちこちにあったし、潜ると水底が見えた。ちょうど今の湊山公園のあたりだよ。漁師もたくさんいたし、米子港には船も多かった。住民にとって中海はひじょうに身近な、生活に必要な存在だったんだが、四十年ほどですっかり変わってしまった」

と、やや寂し気な声でいった。それから「邪魔したな」といって部屋から出て行った。

高田専務が子どもの頃というと、昭和三十年くらいなのだろうが、麻矢はもちろんのこと、その場にいるスタッフのだれもが、そんな昔の中海は知らないようだった。


中海は、鳥取・島根両県にまたがる汽水湖で、その面積は約八十五平方キロメートルと、日本の湖沼のなかでは五番目の広さである。水域の北側には、牡丹や雲州ニンジンの栽培が盛んな大根島《だいこん》がある。

「両県にまたがる」といっても、鳥取県側は、弓ヶ浜半島にそった部分と米子湾エリアで、これは全体の二割ほど。大部分は、島根県安来市と松江市に属している。

その夜、仕事が一段落したあとで、麻矢は高田専務が置いていった新聞に目を通した。

それによれば、国営事業として中海の干拓が始まったのは一九六三（昭和三十八）年。東京オリンピックの前年である。当時は、戦後の食糧難が解消されていない時期であり、中海の三分の一程度を干拓して稲作農地とし、残った湖を淡水化して農業用水にあてることが目指された。

最大の干拓予定地は、島根半島と大根島のあいだに広がる水域で、本庄《ほんじょう》工区と呼ばれていた。中海の約四分の一を占める。ほかに、安来市や弓ヶ浜半島の中海沿岸部が干拓予定地だった。

本庄工区の工事は一九六九（昭和四十四）年から始まった。しかし皮肉なことにコメ余りの時代を迎え、政府は翌年からコメの減反政策を開始する。当初、水田となるはずだった干拓地は、のちに畑地へと計画が変更された。

一九七七（昭和五十二）年には中浦水門が操作開始となり、一九八一（昭和五十六）年には森山堤防が閉め切られて、本庄工区の水域は中海や境水道と切り離された。中海本体も、日本海とほぼ遮断された。

このころから、干拓淡水化への反対運動が起こり始める。水質汚染や環境破壊を懸念する声が、周辺住民や漁業者のあいだに広がったようだ。実際に、水の流れが遮断され、また生活排水が流れ込むことで、中海の水質はかなり悪化していたとある。

一九八八（昭和六十三）年、昭和最後の年、島根・鳥取両県が淡水化の延期を国に申し入れ、淡水化事業は凍結された。

いっぽう干拓事業のほうは、その翌年に安来工区と弓ヶ浜工区の干拓が完成し、一九九二（平成四年）年には彦名工区の干拓も完成する。

残るは最大の本庄工区だったわけだが、その年、農林水産省と島根県は干拓工事の五年間延期を決めた。陸地にしたあとの用途が決まらず、反対の声にも押された結果のようだ。一九九六（平成八）年には、中海沿岸の住民グループが、五十四万人の反対署名を農水大臣に提出している。

本庄工区の干拓事業は行きづまり、そしてこのたび、正式に中止されたということのようである。

「ずいぶん熱心に読んでるじゃない」

声に顔を上げると、熊谷《くまがい》里美が「はい、どうぞ」と、コンビニおにぎりを麻矢に差しだした。高田専務との話のなかで「護岸にはゴミがいっぱい」といっていた、三十代半ばの女性スタッフである。錦海テレビ開局時からのベテランで、『ほっとスタジオ』のメインキャスターも務めている。

ありがとうございますといって、麻矢は「さけ」シールの貼られたセロファン包みを受け取った。午後八時をまわり、ちょうどお腹がすいていたところだった。

「あの、熊谷さん」

「クマでいいわよ」と熊谷がいう。小柄でぽっちゃりした体型がテディベアを連想させるところがあり、ほかのスタッフからは親しみを込めて「クマさん」とか「クマちゃん」と呼ばれているけれど、さすがに新入社員の自分が、しかも十何歳年長の相手にそうするわけにはいかない――とためらう麻矢に、「こういう仕事に年上も年下もないでしょ」と熊谷は笑った。

「……クマさん、干拓事業の中止ってそんなにすごいことなんですか」

「そうねえ、今日の『ほっとスタジオ』でも伝えたけど、事業の開始から三十七年でしょう。これまでにかかった費用も莫大なものよね。始めた頃は〈昭和の国引き〉なんて呼ばれたそうだけど、それだけの大型国営事業が中止になったケースは、ほとんどないと思うよ。まあ、食糧増産や大型土木事業を進める時代から、自然環境保護へという、その変化が大きかったんだろうけど」

「周辺地域の人たちはどう思っていたんですか。初めから干拓や淡水化に反対だったんですか」

「そんなことはないでしょう。昔のことはよく知らないけど、もともとは中海の周辺市町村から要望が出て、それを受けて国が進めた事業のようよ。でも、コメの減反政策が本格化してからは、干拓しても入植する農家のメドが立たない状況になったみたい。目的を失ったまま、迷走状態で続けられてきたといってもいいと思うんだけど、そのことへの疑義と環境意識の高まりとがあいまって、干拓淡水化に反対する声が出るようになったわけ。本庄工区に関しては鳥取県は当事者じゃなかったけど、淡水化については当事者だから、米子市周辺でも住民団体や婦人団体なんかが活発な反対運動をおこなってた。このまま淡水化されたら、中海は〈死の海〉になるという危惧が広がったのね」

「〈死の海〉に、ですか」

「うん。当時、淡水化された茨城県の霞ケ浦が、アオコの大量発生なんかで〈死の湖〉と呼ばれていたこともあってね、中海もそうなったら大変だという声が高まったのね。宍道湖とつながる、希少な連結汽水湖を守りたいという意識も強かったと思う。宍道湖の漁業者も反対していたしね」

「中海に対する市民の意識は、高かったんですね」

「そうね。十二年前、淡水化が凍結される前には、住民投票によって淡水化の是非を問う市民条例が可決されたほどだったもの。そういうの、全国でも初めてだったらしいよ」

「そうなんですか。かつてはそれだけ中海に目が向けられていたのに、さっきの話だと、今は興味を失った人が多いってことなんでしょうか」

「淡水化が凍結されて、それで満足しちゃった感じがあるのかもしれない。干拓工事でコンクリート護岸ができて、中海が身近じゃなくなったことも大きいんでしょうね」

「でも水鳥公園があるじゃないですか」

米子水鳥公園は五年前の一九九五年、彦名干拓地の一角に造成された。麻矢がよく行く、粟嶋神社の下に広がる水域である。水鳥の保護や観察を目的とした施設も作られていて、子どもたちにとっては学習の場、大人にとっては憩いの場となっている。

「うん、あそこはいいよね。私も子どもを連れて何度か行ったことある。でも、広い中海のほんの一部でしょう？　中海そのものへの関心にはつながっていないみたいね。湊山公園の護岸にゴミが多いのも、無関心の表れなんじゃないかな」

「たしかに、好きな場所や大事な場所に、ゴミは捨てないですもんね」

「そう。高田専務が子どもだった頃には、生活と密接につながっていたんでしょうけどね」

「時代の変化……ですか」

「まあ、そうかもしれない。干拓中止で中海は残ったけど、皮肉なことに中海を使う人はあまりいなくなった。山もそうだけど、使われなくなった場所は荒れるよね」

「なんか、寂しいですね」

つぶやく麻矢の肩を、「まあ、しょうがないんじゃない」と軽く叩いて、熊谷里美は離れていった。

そうなのかな――わりきれない思いで麻矢は新聞を畳み、翌日の取材資料のチェックを始める。

二　中海ストーリー

それからひと月ほど経った十月初旬の昼休み、高田専務に呼ばれた麻矢が会議室に入ると、ディレクターの合原満《あいはらみつる》がひとりテーブルについて資料をめくっていた。

「あの、高田専務は」

「ああ、すぐに来ると思うから座ってれば？」

それでも麻矢が立っていると、合原は資料に目を落としたまま、「藤堂、おまえ、まだ手元のメモ見ながら喋ってるだろう」といった。

『ほっとスタジオ』の番組内では、麻矢自身が登場して解説する場面もあるのだが、地名や数字などはついメモに頼ってしまうことが多い。合原はそのことをいっているのだ。

「見てりゃわかるんだよ。目線が下にばっかり行ってるからな。入社してもう半年も経つんだから何とかしろ」

「はい……」

三十過ぎだと思うが、小柄で痩せていて、青いフレームのキザっぽいメガネをかけている合原満は、その名前のもじりから陰で「ゴーマン」と呼ばれている。

二年前まで東京のキー局にいたということで——だからやり手だし、そこには「剛腕」というニュアンスも含まれているのだが、映像だけでなく原稿や喋り方についても、「おかしい」とか「何だこれは」などと、上から目線で容赦のない指摘をしてくる。入社以来、麻矢が何度も泣かされてきた男だった。部屋の端に立っているのは、遠慮というより合原に近づきたくないからである。

「やあ、待たせたな」

急ぎ足で入ってきた高田専務は、麻矢を席に着かせると、

「来年一月から、新しい番組を始めることになった。中海の現状を伝え、再生をめざす主旨の番組だ。タイトルは『中海ストーリー』。放送は月一回で一年間やる。尺は四十分。藤堂くん、しっかりやってくれよ」

そういって企画書を麻矢の前に置いた。合原が見ていたのと同じもののようだ。

「わたしが……作るんですか」

「そうだ。このかん話を進めてきたんだが、昨日の役員会で本決まりになった」

「でもわたしはまだ新米で、番組制作なんて……」

「できないか?」

高田専務がニヤリと笑う。麻矢はとっさに「いえ、できます、やります、やらせてくださ

い！」と、動詞の三段活用みたいな返事をしていた。どんな理由から自分が抜擢されたかわからないけれど、一年間ひとつのテーマで特集番組を作れるなんて、こんなチャンスを逃す手はない。しかも、興味を持っている中海の番組なのだ。

しかし喜んだのもつかのま、制作スタッフは合原ディレクターと麻矢の、実質二人だと聞かされて、その喜びは半減した。いや、ゾウだったものがアリになったくらいに、限りなく縮小した。このゴーマン男と、一年間も一緒に仕事をする？　二人だけで？　考えただけで目の前が真っ暗になりそうだ。

せめて、誰かもうひとりくらい増やしてもらえないか——そう頼もうと口を開きかけたときだった。座っていた椅子が激しく揺れ、つかもうとしたテーブルも揺れて、麻矢は床に尻もちをついた。床も、いや、世界そのものが大きく波打っている。壁に掛けられていた油彩画が落ち、大型モニターが倒れ、テーブルの上にあったボールペンや書類があたりに散らばる。

何これ！　何なのいったい！

「でかいぞ！　机の下にもぐれ！」

高田専務の声で会議用テーブルの下に這いつくばっていた時間は、たぶん二、三十秒だったのだろうが、麻矢にはとても長く感じられた。東京でも、地震には何度も遭遇したけれど、これほどの揺れを体験したのは生まれて初めてだ。自分の心臓までもが、地震を起こしたかのようにバクバク波打っている。

揺れが収まると同時に、高田専務と合原ディレクターは会議室を飛びだして行った。

麻矢もあとに続こうとしたが、膝から下が溶けたアメみたいにぐんにゃりして、足に力が入らない。深呼吸をくり返し、両手で自分の頬をパチパチ叩いて、ようやく立ち上がることができた。


その日、十月六日の昼過ぎに鳥取県西部地方で発生した地震は、〈最大震度六強〉を記録した。その五年半前に起きた、阪神・淡路大震災とほぼ同クラスである。

幸いなことに死者は出なかったが、境港市から日野郡に至るまで、県西部における被害は甚大だった。倒壊や半壊した家屋、液状化した住宅地、亀裂の入った道路、崩れた山や崖……。

錦海テレビでも、スタジオセットや機材の一部が壊れるという被害があったものの、すぐさまスタッフ総出の取材と報道が始まった。

被害状況の把握。電気、水道などのライフラインがどうなっているか。避難所はどこに開設されているか。余震の情報。学校休校のお知らせ。各家庭への注意。罹災証明の申請はどう行うか。ボランティアの募集情報……。

取材することも、地域の人たちに伝えなければいけないことも、山ほどあった。局内には布団や毛布が持ち込まれ、男性スタッフの何人かは、泊まり込みで取材や番組制作をおこなっている。

地震発生から三日たった夕方、日野郡の取材から帰った麻矢は、編成室にいた合原満に、

「わたしも今夜から泊まり込みます」といった。合原も泊まり込み組のひとりである。

その日麻矢が行ったのは、日野郡日野町の黒坂という地区だったが、震源地に近いこともあって被害が大きく、半壊状態の家が目についた。公民館に避難している人たちは、みな疲れきった、途方に暮れた顔をしており、話を聞くのもはばかられるほどだった。

「バカ、何いってんだ。女に泊まり込みなんかさせられるか」

あきれた口調の合原に、

「女だからって区別しないでください。公民館に避難している被災者は、床に毛布を敷いて寝てるんですよ。高齢の方もたくさんいるのに……。それに、壊れた家を直すにしてもかなりのお金がかかるし、そんなあてはないし、これから一体どうすればいいんだろうっていう方が多くて、話を聞くのも辛かったです。そういう現状をもっとどんどん伝えて、援助が届くようにしないといけないんじゃないですか。昼間だけじゃなくて、夜の取材もするべきな

んじゃないですか」

麻矢は勢い込んでそういった。夜の被災地取材には、もちろん自分が行くつもりだった。

「気分だけでえらそうな口をきくな。今だってみんな精一杯やってるんだ。おまえひとりがいきり立ったところでどうなるもんでもない。よけいな心配が増えるだけだ」

「心配なんかかけません。体力には自信があります！」

「おまえの体力なんか関係ない。報道体制全体のことを考えろといってるんだ。目立ちやがりの跳ねっかえりなんか、かえって邪魔なんだよ」

目立ちたいとかじゃありません！

いい返そうとしたとき、「合原さん、ちょっといい過ぎじゃない？」と熊谷里美が割って入った。「麻矢ちゃんは、少しでも被災者の力になりたいからいってるわけでしょ。それは地域メディアとして正しいあり方だと思うよ」

それから、「麻矢ちゃんもあんまり思いつめないほうがいいよ。合原さんがいう通り、ひとりでやってるわけじゃないんだからね。泊まり込む元気があるなら、うちの子の守りでもやってくれると助かるんだけどな」といたずらっぽくいった。

熊谷さんには四歳と二歳の子どもがいて、どちらも保育園に預けているけれど、地震後は恐怖心からか園に行きたがらないのだと、麻矢はその日の朝に聞いていた。

「つ、連れてきてもらえたら、空いてる時間に面倒みます！」という麻矢に、「冗談よ」と熊谷が笑う。

「すーぐ真に受けちゃうんだから。キマジメというか、一本気というか。でもそこが麻矢ちゃんのいいところだよね」

褒められているのかバカにされているのか微妙だけれど、熊谷さんの温かい笑顔には慰められる。確かに、こうと思い込むとほかのことが目に入らなくなるところがあるのは、自覚している。

合原ディレクターは部屋を出て行き、クマさんは自分のデスクに戻り、麻矢も取材してきた映像の編集に取りかかった。


市内灘町《なだまち》にある柳瀬家にも、地震の被害は少なからずあった。古いとはいえ、梁や柱がしっかりしているため本体は持ちこたえたが、屋根の瓦がずれ、塗り壁の一部がはがれ、屋内の家財は倒れたり散乱したりした。

倒れた食器棚や本棚、壁から落ちた絵や額入りの書、棚から落ちた炊飯器や電子レンジ、割れた皿やティーカップ、散乱した本や書類——夜遅く帰ってから、麻矢は徳太郎伯父とそれらを片づけた。

徳太郎伯父は、自治会の被害とりまとめをしたり、近所の高齢者（自分もそうなのだが）宅の片づけを手伝ったりしており、自分の家は後まわしになっていたのだ。

三鷹に住む母の月乃からは、心配だからそちらに行こうか？　という電話があったけれど、麻矢は大丈夫だからといって断った。五十歳になっても、どこかお嬢さんぽさが抜けない母が来てもたぶん役には立たないし、こっちの手間が増えるだけだろう。いつもこんなに遅くまで働いてるの？　とよけいな心配をされるのも嫌だった。

「それにしても、米子でこんな大きな地震があるなんて……。ねえ麻矢、帰ってきたら？」

「そんなわけにはいかないよ。そっちに帰っても仕事ないし」

「無理に仕事しなくても、お嫁に行くまで家にいればいいじゃないの」

「結婚なんて当分は考えられない。いまは仕事が面白いし、頑張りたいの。やっと入れたテレビ局なんだよ」

「でも、テレビ局っていっても小さな会社で、それに番組が流れるのは米子周辺だけなんでしょう？」

そのいい方にカチンときた。

「なによママ、大きなテレビ局だけがいいわけじゃないでしょう。錦海テレビは小さくたってちゃんとしたメディアだよ。それに……」

地域にとって必要なテレビ局だし、地域の人たちから愛されているのだといおうとしたけれど、言葉が続かなかった。母は番組を見たことがないのだし、入社半年の自分が錦海テレビを代表するようなことをいうのにも抵抗がある。そもそも、まだ一人前と認められていないのだ。

「忙しいからまたね」といって、麻矢は電話を切った。それから自分が使っている部屋に行き、襖がはずれて押し入れからこぼれ出たものを片づけ始めた。

これまでも、母とは考え方や生き方が違うと思ったことはある。それでも学生時代までは、一緒に買い物に行ったりお菓子を作ったりして仲がよかったのに、離れてからは溝ができてしまったようで少し寂しい。

母は美人だ。

少なくとも若い頃は、ちょっとそのあたりにいないくらいの美人だったらしい。県内の短大に通っていた母に、そのころ米子支社勤務だった父が一目ぼれし、卒業するとすぐに結婚したと麻矢は聞いていた。

父には経済力があり、母にも優しかったけれど、一度も働くことなく、父の庇護のもとで暮らしてきたことに不満や焦りはなかったのだろうかと思う。社会に出てみたいとか、自分の力を試してみたいと思ったことはなかったのだろうか。

散らばった古い本や雑誌を整理していると、ビロードっぽい布張りのアルバムが出てきた。かなり古いもののようで、貼りつけられているのはモノクロ写真ばかりだ。

へえ、これママの小さいときだよね。

麻矢が開いたページには、四十代とおぼしき祖母が、三歳くらいの女の子を抱っ子した写真があった。髪の毛がフワフワで瞳の大きな女の子には、たしかに母の面影がある。背広姿の徳太郎伯父と写ったものや、セーラー服の康子伯母とのツーショットなどもあるが、幼い母はいずれも甘えた表情をしていて、年の離れた兄や姉から可愛がられていた雰囲気が伝わってくる。

だから、今でもああなのかもしれない。お人形みたいに従順で、まわりの誰もが自分に好意的であると信じ切っている――少なくとも娘の麻矢にはそう見える。

アルバムを閉じようとしたとき、貼られていなかったらしい写真が一枚、はらりと畳の上にこぼれた。二十歳くらいの若い女性がどこかの水辺に立って、まっすぐカメラを見つめている。きれいな女性で母に似ている気もするけれど、母にはない意志の強さのようなものが感じられるし、ウェーブのかかったヘアスタイルや、風船のように膨らんだスカートはいかにも古くさい。

裏を見ると、「1949・7・20　Photo F・M」というペン書きがあった。日付けは撮影した日のものだろうから、写っているのはやはり母ではない。母はその翌年に生まれているはずだ。

康子伯母も、この頃はまだ中学生くらいのはずだし、それなら、これは一体誰なんだろう。

疑問に思いながらも、麻矢は写真をアルバムに挟み直し、ほかの本や雑誌と一緒に押し入れに収めた。部屋にはまだ細々としたものが散らばっているが、とりあえず布団を敷けるスペースが確保できればいい。目覚まし時計を五時半にセットして、麻矢は布団にもぐり込んだ。

明日も早い。

◇

高田専務から『中海ストーリー』の制作にとりかかるようにいわれたのは、それからひと月近く経った十一月初めだった。

その頃には、米子を含む被災地にも日常が戻り始めていた。地震関連の取材や報道も一段落した格好だった。

「合原が具体的な企画を練っているから、相談しながらやってくれ。初回の放送は来年の一月十日だ」

はい、わかりましたと答えつつも、麻矢は内心うろたえた。放送日まであと二ヵ月しかない。

「前にもいったが、干拓中止で全国に知られるようになったのを機に、地域の貴重な財産である中海にスポットを当てる。だが、たんなる紹介番組では意味がない。中海をきれいにしよう、という意識を持ってもらうのが目的だ。もう一度、中海に注目してもらえるような番組を作ってほしい」

地域の課題を見つけ、その課題を解決するのが地域メディアの仕事だ——というのが高田専務の持論である。入社以来、麻矢も何度となく聞いてきた
必要だと思うことはどんどんやれ。

主体的な情報発信をしろ。

そんな高田専務の方針は、局内の雰囲気を自由闊達なものにしている。仕事は大変だけれど、たぶん大手のテレビ局に入ったら得られなかったやりがいがここにはあると、麻矢は思っている。今回の新番組抜擢だってそうなのだが、

「あの、わたしが担当に選ばれたのはなんででしょうか」

ほかに適任者がいるのではないか、という含みをにじませて麻矢は訊いてみた。

「私と初めて話したとき、藤堂くんは中海が好きだといったじゃないか。そういう人にやってもらうのがいいと思ったんだよ」

確かに、そんな話をしたような気がする。あのときはお世辞半分ではあったけれど、覚えてもらっていたのはうれしい。

「でしたら、もうひとりくらい増やしてもらえませんか。放送まであまり時間もないですし」

「スタッフが増えればいい番組が作れるか？」

「それは……」

「現状ではこれ以上人を割けない。このかんの、きみの仕事ぶりを見込んでのことだ」

こういうところが、高田専務はうまいと思う。人たらしというべきか。

麻矢は、「わかりました。頑張ります」と答えて部屋を出た。

合原ディレクターが作った企画によれば、初回の内容は、昔の中海と今の中海を映像その他で比べ、これからの中海について考えてもらおうというものだった。麻矢には、昔の中海の写真、および当時を知る人の話を集めてくることが課せられた。

「昔って、いつ頃ですか」

「干拓工事や生活排水などによる汚濁が始まる前、つまり昭和三十年代以前ということだな。まずは米子市立図書館と山陰歴史館、それから郷土史家や市内の古い家なんかをあたってくれ」

「えっと、郷土史家とか古い家って……」

「おまえ、郷土史家も知らないのか」

キザなメガネごしに、合原が軽蔑の視線を送ってくる。ほんとに嫌な奴！　と心の中で舌打ちしつつも、表面はしおらしく「いえ、それは知ってますけど……」と麻矢は答える。

「具体的にどういった方やお家をあたればいいか、教えてもらえればと思って」

「そんなの自分で調べろ。おまえだってジャーナリストの端くれの、端くれだろう」

「二度いわなくてもいいじゃないですか」

「端くれですらないんだからしょうがないだろ。せめて〈端くれ〉ぐらいになれ」

腹は立つが、いわれていることはその通りなので返す言葉がない。

それから一ヵ月、麻矢は米子市内を動きまわって、中海の古い写真や記録を集めた。『ほっとスタジオ』の仕事もあるから、順調にとはいえなかったし、合原からは「まだこれだけか」などと嫌味をいわれたりしたが、市立図書館のベテラン司書から地元の歴史にくわしい人を紹介してもらったり、その人がまた情報をくれたりして、ネットワークは徐々に広がりつつあった。

松並木の向こうに広がる中海。

葦が生い茂る水ぎわ。

木組みの橋と数多くの漁船。

モノクロだから水の透明度はわからないけれども、写真に残る中海が、人々の生活のすぐ近くにあったことは理解できる。

「錦海八景」として眺めの良い場所八ヵ所が選ばれ、大正時代には歌が作られていたことも知った。愛されていたんだなあと思う。

麻矢は、徳太郎伯父にも話を聞いた。

「この木橋は昔の灘町橋だな。灘橋ともいっておったが、このあたりには船がいっぱいだったよ。漁船だけでなくて、荷運びの船も多かったもんだ」

麻矢が借りてきた写真を見ながら、徳太郎伯父はなつかしそうにいった。

「灘町橋って、この家からちょっと行ったところにあるよね。加茂川が中海に出るところに架かってる橋でしょう？」

「ああ。うちも海産物問屋をやっとったから、荷を積んだ小船が中海から加茂川に入ってきてなあ。わしが子どもの時分には、荷下ろしの威勢のいい声が響いておったわ」

「中海で泳いだりした？」

「もちろんだがな。泳いでおると、まわりでボラがぴゅんぴゅん飛んでおったりしてなあ。それを見るのもおもしろかったな。秋になるとゴズ釣りもよくしたもんだ」

ボラもゴズも麻矢は知らなかったが、汽水域に多くいるボラは、かなりの高さまでジャンプする魚らしい。ゴズは、一般に「マハゼ」と呼ばれる小型の魚で、天ぷらにするとおいしいのだという。

「水はきれいだった？」

「泳いでおったのは、せいぜい二メートルぐらいの深さのところだったが、充分底まで見えておったな。潜って藻を採るのも遊びのひとつだったよ」

「今とはだいぶ違ってたんだね」

「ああ、ずいぶん変わってしまったな」

中海の漁業関係者から聞いた話だと、昭和三十年代の初めまでは、水深三メートルくらいまで見えていたそうだ。スズキなどの魚類や、サルボウと呼ばれた赤貝などもたくさん採れたという。

それが汚れ始めたのは、ちょうど干拓・淡水化事業が始まった頃。水門や堤防が造られて水の流れがほとんどなくなったことに加え、生活排水が大量に流れ込むようになったからだという。折しも高度経済成長期で、合成洗剤やシャンプー、サラダオイルやマヨネーズなどが、多くの家庭で使われるようになっていた。

現在では、一メートルはおろか、五十センチも見通せないという。

水質の悪化にともなって、漁獲量は激減した。さらに産業構造の変化で、中海を使う運搬船も減った。大根島と、米子や安来を結んでいた旅客船もなくなった。

赤潮が発生したり、嫌な臭いが漂うようになった。それにともなって、泳いだり、水辺で遊んだりする子どもたちもいなくなった。複数の要因が重なって、中海は人々の生活から遠のき、あってもなきがごとき存在になりつつある――。

それが、一ヵ月かけて麻矢が得た認識だった。中海を愛し、利用し、親しんでいたのも人間ならば、汚して忘れてしまったのも人間だ。それが悲しい。

集めた古い写真を見ていると、ふいに大学二年のときの手痛い失恋がよみがえってきた。とあるテレビ局でアルバイトをしたとき、八歳年上のアシスタントディレクターを好きになった。大事にする、上司に紹介してツテを作ってあげる、ずっと一緒にいよう、などといわれて有頂天になったけれど、三カ月ほどしたらぱったり連絡がなくなった。

そのために買った携帯電話をしょっちゅう眺め、着信があると、彼からだ！　と思っては落胆し、こちらから掛けても出てもらえないことが続いたあげく、〈着信拒否〉にされたときのショックときたら――。

ふられたのだ、という理性と、そんなはずはない、という感情がごっちゃになって混乱し、とにかく会いたい一心からテレビ局の前で待ち伏せした。数人のスタッフと一緒に出てきたその人は、ちらりと視線を寄越して、犬でも追いはらうように「しっしっ」という手振りをしてみせた。三日前の食べ残しを目にしたときみたいな目つきで――。

中央線のホームに立って、入ってくる電車を長いことじっと見ていた。死にたいというより、消えてしまいたかった。

メディア志望なのにつけ込んで弄んだのだ、そういうクソ野郎だったのだと、今ならわかる。理不尽に傷つけられたことに対して反撃すべきだったと、今なら思う。

中海の古い写真がなぜそんな記憶を呼び起こしたのか――ぼんやりしている暇はないのにと頭を振って、麻矢は写真の整理に戻る。

◇

年が明けて放送された初回の『中海ストーリー』には、少なからぬ反響があった。なつかしい、昔のことを思いだした、といった年輩者からの感想が多かったが、中海の現状がわかったとか、昔のようなきれいな中海に戻ってほしいという声もあった。

「すべり出しはまずまずだな。この調子でやってくれ」

番組を作ったのは合原ディレクターで、麻矢はその指示を受けて動いていただけだが、高田専務からそういわれてほっとした。

二回目は中海の生態系について、三回目は米子市の下水処理場を見学して番組を作った。麻矢はいずれにも進行役として登場したが、合原ディレクターからは、「いい加減、原稿見ずに喋れないのか！」とか、「ニヤニヤするんじゃない！」などと怒鳴られっぱなしだった。

麻矢としては、親しみがもてるよう笑顔で話しているつもりなのに、「ニヤニヤ」は心外だ。そう反論すると、「バラエティ番組じゃないんだから、作り笑いはいらないんだよ。真面目にやれ！」とさらに怒鳴られる。

落ち込んでいると、「あたしも最初はそうだったよ」と熊谷さんが慰めてくれた。「麻矢ちゃんはよく頑張ってる。あたしが認める」ともいってくれた。

クマさーん、と涙声で柔らかい身体に抱きつく。熊谷さんは「よしよし」と背中をなでてくれた。

四月には、米子市、鳥取県、国土交通省の環境担当者に話を訊いた。

それぞれが中海の汚濁をなんとかしないといけないと考えているものの、市や県は、中海の八割が島根県に属していることもあってか、あまり乗り気でないように、麻矢には思えた。今さら手をつけたところで……という雰囲気も感じられる。

その点、国交省は積極的に取り組もうとしているようだった。干拓事業のための土を湖底から採ったため、中海には深さ十数メートルの穴があちこちにできているのだが、その穴にたまったヘドロを浚渫《しゅんせつ》し、きれいな砂で埋め戻す作業をするのだという。

国がおこなってきた事業が汚濁の一因なのだから、それは当然なのかもしれない。使えるお金の額も違うだろう。

でも、地元である県や市が消極的なのはなぜだろうと思う。やはり予算の問題か。面積の二割しかないから優先順位が低いのか——。

麻矢がそんなことを考えていると、合原満が傍に来て「いまひとつなあ……」とつぶやいた。

「いまひとつ何ですか」

「インパクトというか、視聴者の心をつかむものがない気がするんだよなあ。データや写真だけじゃなく、視聴者の実感に訴える番組を作らないと、とくに若い人は中海に興味を持ってくれないぞ」

「確かにそうかもしれませんね」

麻矢は珍しく合原に同意した。自分は『中海ストーリー』の制作に携わっているから、水質データなどにも興味があるけれど、多くの視聴者にとってはどうでもいい数字かもしれない。中海はきれいになってほしいけれども、自分が関わらなくても、国とか県とか、あるいはボランティア団体とか、自分以外のだれかがきれいにしてくれると思っている人が多いのではないか。

合原は「何かいいアイデアはないか……」といいながら、編成室に並ぶモニターを見ていたが、しばらくするとそのひとつを指さして「これだ！」と声を上げた。それは、若手男性芸人が無銭旅行をする番組だった。町の食堂で一食たべさせてもらう代わりに、汚れた食器を一時間洗うというシーンが写っている。

「藤堂、おまえ中海に潜れ」

「は？」

「この男みたいに身体を張れってことだよ。おまえが実際に潜って、どれくらい汚れているか見せるんだ。リアルだし、視聴者に訴える」

「ちょっと待ってください。そんなの無理ですよ。ダイビングなんてやったことないし、わたし泳げないですし」

「もちろん訓練は受けてもらう。保険にも入ってもらう」

保険って……。こいつ、なに恐ろしいことをいってるんだろう。命の危険があるってこと?

「それに、『中海ストーリー』はバラエティ番組じゃないっていってましたよね?」

「ああ、真面目な番組だが、ときには違う要素も必要だ。いや、我ながらグッドアイデアだな」

「そんなにいうなら、合原さんが潜ったらどうですか」

麻矢は、冷めた目で合原を見ながらいった。

「おまえが潜ることに意味があるんだよ。おまえは『中海ストーリー』のメインキャスター、いわば番組の看板娘なんだからな。その看板娘が身体を張る姿を見せるからこそ、地域の人たちの心を動かすことができるんじゃないか」

メインも何もキャスターは麻矢しかいないのだが、「看板娘」なんていわれたのは初めてだった。昔の商家じゃあるまいし、そんなおだてに乗るものかと思ったが、

「それに、体力には自信があるっていってたじゃないか、去年の地震のとき。あの馬力をここで使ってみろよ」

という言葉に少しぐらついた。

自分でもどうかと思ってはいるけれど、ある種の〈義侠心〉というか、求められると応えなければいけないと思ってしまうところが、麻矢にはある。〈俺がやらねば誰がやる〉というアレに近いかもしれない。「ちょっと考えさせてください」といったものの、たぶんやることになるだろう、と思っていた。

七月初め、その日はやってきた。ダイビングクラブの人たちから指導を受け、湊山公園付近での訓練もやった。本番でも、一緒に潜ってアシストしてもらうことになっている。場所は米子空港の沖合い。水深は約十メートル。

麻矢はこの日のために、肩の下まで伸ばしていた髪をばっさり切った。ショートカットにするのは記憶にあるかぎり初めてで、美容師さんからは「似合ってますよ」といわれたが、二、三日は首筋のあたりがすうすうして困った。

泳ぐわけじゃない。ロープにつかまって海中に降りて行くだけだ。酸素ボンベも背負うし、それ用のスーツも着込んでいる。湖なんだから波にさらわれることもない。大丈夫！

自分にそういい聞かせ、

「今日はこれから中海に潜って、海中がどのような状況なのか、実際に確かめてみようと思います」

とカメラに向かっていったものの、雲に覆われた梅雨空ともあいまって、麻矢の心には不安が垂れ込めていた。だいいち、コーラを多少薄めたような色合いの海面を見ただけでも、気持ちがどんよりしてくる。

それに引きかえ、ダイビングクラブの野口汐里《しおり》さんは堂々としたものだ。麻矢より三つ年上なだけだが、高校生のときからダイビングをやっていたというだけあって、手慣れたようすで水中に入り、麻矢の手を引いてくれる。

うわっ。うひゃっ。どひゃっ。

えー、なにこれ！　モヤモヤしてて何も見えないんだけど。

湖底まで降ろされたロープにつかまりながら三メートルほど潜ると、視界がほとんどゼロになった。すぐそばにいる野口さんや、撮影しているはずのプロダイバーの姿も見えない。細かい粒子があたり一面を覆い、自分の吐きだす息が、泡になってボコボコ昇っていくのが見えるだけだ。

「見えません！　何も見えません！」

映像を編集するとき、麻矢はそのときの心の叫びを声にして入れたが、予想以上の濁り具合に一瞬パニックになりかけた。

焦るな、落ちつけ。

大丈夫、息はできる。苦しくもない。

自分を取り戻した麻矢は、片手を伸ばしてみたり、フィンの付いた足先を動かしてみたりしたが、さらに降りていくと周囲がどんどん暗くなった。十メートル足らずのはずなのに、深海に潜ったような気がする。魚はもちろん、生き物の姿はまったく見えず、見えないのではなく存在していないのかもしれないと思う。

湖底に足が着いた。

といっても、堆積したヘドロが舞い上がったのでそうなのだろうと思っただけで、足元はフワフワしている。しっかり着いたという感じではない。

麻矢は左手でヘドロをすくってみた。土のような、綿くずのようなものが指のあいだから流れていき、ドブ臭さがつんと鼻をつく。

ロープが引っ張られた。上がって来いという合図だ。麻矢は慎重にロープをたどって昇っていく。

「初めてなのに、落ちついてましたね」

船に戻った麻矢に、野口さんがそういってくれた。「じつはビクビクだったんですよ」と返すと、「そのほうがいいんです。舐めてかかると、これくらいの深さでも命にかかわる事故を起こしますから」といってにっこり笑う。レモンスカッシュみたいに爽やかな笑顔だ。

「でも、正直いってここまで濁っているとは思いませんでした」

「そうですね。梅雨の時期だというのもあると思いますけど、今日はけっこうひどかったですね」

野口さんは、これまでにも何度か中海に潜ったことがあるらしく、気温が高くて雨の多い時期は濁りがひどくなりやすいと教えてくれた。

これじゃ、「中海再生」なんて気の遠い話だなあ。

胸の内でつぶやいて空を見上げると、空港から飛び立ったばかりの飛行機が、中海の上空を旋回して島根半島のほうへ向かって行った。

見た目に雲が垂れ込めていても、飛行機はそれを突き抜ければ青空が広がる場所に出られるけれど、海や湖はその逆だ。表面的にはそれほどでもない汚れが、潜るほどに見えてくる。人が汚したのだから、人がきれいにするしかないのだろうが、でもそんなことができるのだろうか――。

その回の「中海ストーリー」はやはりインパクトがあったのか、視聴者からの反応が多かった。

びっくりしました。あそこまで汚れているとは。ひどいですね、何とかしなければ――。

加えて、藤堂さん勇気ありますね、とか、若いのに頑張ってますね、といった声も――。

実際の状況を見てもらうことの重要性を麻矢も実感したが、その一方で、画面に映っている自分の姿はどうにも無様で、見ていて恥ずかしく、できればなかったことにしたかった。

野口さんは落ち着いていたといってくれたし、自分でもまあまあだと思っていたのだが、編集されたものを見るととんでもない。

合原は、「どこが恥ずかしいんだよ。見た人からも好評じゃないか」という。「だいたい、潜ったシーンでは顔なんかほとんど見えないしな」とも。

そりゃそうだろう、五十センチ先が見えなかったのだから、顔がはっきり映るはずもない。ではあるのだが――。

「動きが馬鹿みたいじゃないですか。アップアップしてる感じで……」

「自意識過剰だよ。おまえ、自分がそんなにカッコいい女だと思ってるのか」

「思ってませんけど……というか、そういう問題じゃないんですっ！」

じゃあどういう問題なんだよ、と合原にいわれてもうまく答えられないが、たとえば番組

を見た徳太郎伯父から、

「すごいな麻矢。お父さんやお母さんにも、頑張っているところを見てもらったらいいがな。ビデオに撮っておいたけん、送ってあげなさい」

とテープを渡されたときの困惑がそうかもしれない。

伯父はまったくの善意からなのだけれど、三鷹の家族にこんなもの見せられるわけがない。母はますます心配するだろうし、兄は、「あいつ、こんなことやらされてるのか」といって笑うだろう。

知的な雰囲気でインタビューしたり、笑顔で美味しい料理を紹介したり――かつて想像し憧れていた、そんな姿と現実が違うことくらい、入社して一年以上経てばわかっているけれど、それでもあの無様な姿が自分だと認めるのはきつい。


しばらくはもやもやした気分を引きずっていた麻矢だったが、

「藤堂くん、大変だったな」

放送から三日後、高田専務からそう声をかけられた。はい、といいえ、の中間あたりで答える。

「何もなかったからよかったが、本来はプロのダイバーにやってもらうべきことだった。無茶をさせてすまなかったな」

「いえ、わたしがやるといったんですから」

「断れなかったんじゃないか？」

「初めは驚きましたけど、『中海ストーリー』の制作者として、自分の目で現状を確認したいという気持ちがありましたから」

いくらか格好つけてはいるが、まるきり嘘でもない。一度は、「俺がやらねば誰がやる」と思ったのだから。

「そうか。あんな無茶はもうせんよう合原にいっておくが、しかし番組の反応はよかったな。市の環境課からも、中海の水質改善に取り組みたいといってきたよ」

「そうですか。一歩前進ですね」

「すぐに動いてくれるわけじゃないだろうが、こうやって、一つひとつまわりを動かしていくことで、中海再生の機運が醸成されていくと思っている。よろしく頼むよ」

「はい」

高田専務が去ると熊谷里美がそばに来て、「期待されちゃってるね」と笑いながら、麻矢の手に袋入りのソーダバーを乗せた。

うっ、冷たい！　礼をいいながらビニールを破ってかじる。冷たい。けどおいしい。

「クマさん、テレビって、実のところは泥くさい仕事なんですね」

同じものを食べている熊谷に、麻矢はいった。

「そうよぉ、今ごろ何いってるの。取材だって、そのための準備だって、地面を這うような仕事ばっかりじゃない。テレビを見てる人からは華やかに見えるかもしれないけど……って いうか、うちの局は華やかにも見えないか」

「まあ、大手に比べれば……」

「でもね、大手は別の意味で大変だと思うよ。とくに女はね」

「そうなんでしょうね」

就職面接や、キー局に入った先輩がいっていたことを思いだすと、麻矢にもそれは想像がつく。いいなりの人形、男性社員へのサービス係、小間使い——当時は聞き流していたけれど、先輩の口からはそんな言葉も出ていたような気がする。

「インターネットがどんどん普及してるでしょう。既存メディアは変革期だよ。あたしはね、これからは大手よりも、うちみたいな地域密着のケーブルテレビ局が求められる時代になると思ってる。たんなる情報の発信者じゃなくて、地域の人たちと一緒に考え、行動していくメディアがね」

「高田専務もそういうふうにおっしゃってますね」

「そうね。あたしはここができてすぐに入社したから、創成期のドタバタや、大変だったけど、そのぶん熱があった頃のことを知ってる。ケーブルテレビなんて誰が見るんだとか、どうせすぐに潰れる、なんて陰口いわれてたことも知ってる。あの頃は、絶対に潰させない、錦海テレビを毎日見てるっていわせてやるんだって、息まいてたな」

「そんなときがあったんですね」

ほんわかした雰囲気を漂わせている熊谷さんの、ちょっと意外な情熱にふれて、麻矢は心が熱くなった。みっともない姿を見られて恥ずかしい、などと思っている自分が恥ずかしくなる。

「今は契約してくれる人が増えたし、スポンサーもけっこう付くようになって経営も安定してきたけど、あの頃の熱っぽさは薄れちゃった気がするのね。高田専務が『中海ストーリー』を企画したのは、初心をとり戻そうという気持ちもあるんじゃないかな」

「なんでわたしが、選ばれたんでしょうか」

「そりゃ、麻矢ちゃんの気概が見込まれたんだよ。それに新人が頑張れば、古株たちも焚きつけられるでしょ。あたしだって刺激受けてるよ」

「ほんとですか」

「うん。コンビの相方というか、上司が〈ゴーマン合原〉だから大変だろうけど、でも彼はどんな仕事でも手を抜かないからね。そこは認める」

ま、頑張って、と麻矢の肩に手を置いて、熊谷は自分のデスクへ戻って行った。

窓から空を見上げる。まだ梅雨の雲が広がっているものの、その切れ間から差し込む光にはすでに真夏のエネルギーが感じられて、麻矢も意気込みを新たにしたのだったが、暑い夏が終わろうとする九月十一日、ニューヨークの超高層ビル二棟にハイジャックされた旅客機が突っ込むという、世界を震撼させる事件が起こった。

まるで、ケーキにナイフを差し込むようにビルの上階に突っ込んでいくジェット機。もうもうと上がる黒煙と炎。崩れ落ちる超高層ビル――。そうした映像がテレビを通じて流れると、これは映画の一場面じゃないか、合成映像じゃないか、という声が局内であがったほどで、麻矢も現実に起きていることとはとても思えなかった。

しかし現実だった。漠然と抱いていた「新しい世紀への希望」のようなものが、幻想にすぎないと告げられたような気がして、麻矢は足が震えた。

◇

夏以降の『中海ストーリー』では、中海で獲れる魚介を調理して食べたり、湖水を採取して、どうやったらきれいにできるかといった、理科の実験のようなこともやってみた。

いずれも、中海を身近に感じてもらおうという狙いからである。

水がきれいだった頃に比べると量は激減したが、中海では今でも何種類かの魚介が水揚げされる。アオデと呼ばれるカニや、エノハという平べったい魚、巻貝のアカバイやエビ類、それにゴズ（マハゼ）やハゼなど。

番組では、アオデの味噌汁とゴズの天ぷらを作って食べた。麻矢にとってはどちらも初めて食するものだったが、アオデの汁はカニの濃厚な味わいにびっくりしたし、ゴズの天ぷらは歯ざわりが何ともいえない。思わず、「あ、おいしい！」という声が出た。

中海のような汽水湖――表層は淡水だが、湖底に近づくほど塩分濃度が高くなる――は、もともと豊かな漁場であった。海の魚と、真水の魚の両方が棲息するからだ。

「アオデもゴズも、昔はよく食べてたんだけどねえ。今じゃ、アオデやエノハは貴重だし、ゴズを食べるのは、釣りをやる者くらいかねえ」

中海で漁をしている人からはそんな話を聞いたが、しかし黙って見ている人たちばかりではない。

漁業者はもちろんだけれども、淡水化に反対した学者や市民団体、環境保護グループなどさまざまな人たちが、中海の汚れを憂え、かつての美しい姿に戻したいと願っていることを、麻矢は取材のなかで知った。徳太郎伯父たちがやっている加茂川の清掃活動も、そのひとつだといえるだろう。加茂川は、米子市街を流れて中海に注いでいるのだから。

大人だけではない。生活排水をそのまま中海に流さないようにしようと活動をしている子どもたちもいる。番組ではその取材もした。

「藤堂は東京出身だったよな」

あるとき、合原満がそう訊いてきた。はい、と麻矢は答える。

「そもそも、中海と宍道湖という、二つのつながった汽水湖がどうしてできたか、知ってるか」

「いえ……」

地図を見て変わった地形だなと思ったことはあるが、その成り立ちについて考えてみたことはなかった。

「中海も宍道湖も、古代には海だった。沖合に島根半島が横たわっていて、それが日本海からの波を防いでくれていたから、まあ入海みたいなものといったほうがいいかな」

合原によれば、その入海の東側に弓ヶ浜半島が形成され、西側に出雲平野が形成されて両端が島根半島とつながり、入海は湖となって日本海と遮断された。唯一、日本海とつながりを残したのが「境水道」と呼ばれる海峡部なのだという。

「その境水道から流入する海水が、中海から宍道湖まで行ってるんですか」

「そう。中海と宍道湖は大橋川でつながっているからね。塩分濃度は基本的に中海のほうが高くなるが、これも風向きしだいだといわれている」

「それにしても、弓ヶ浜半島を造ってしまうくらいの土砂ってすごいですね」

その名の通り、弓なりの曲線を描く弓ヶ浜半島は、長さ約十七キロメートル、幅約四キロメートルの巨大な砂州で、数万人が暮らしている。

「『出雲風土記』が作られた千三百年くらい前は、まだ島が点在する状態だったようだが、平安時代には半島が形成されていたらしい。それでもまだ、今のような姿ではなかったろうけどな」

その弓ヶ浜半島を造ったのは、おもに日野川が運んだ土砂。いっぽうの出雲平野を造ったのは、おもに斐伊川が運んできた土砂――。この二つの川の上流では「たたら製鉄」が盛んで、砂鉄を採るために山を崩した土砂が、長い年月にわたって大量に流れ込んだのだという。

「じゃあ、人が造った、ともいえるわけですね」

「そう。全国的にも珍しい汽水湖群は、先人たちが造り、残してくれたものということになる。いわば財産だな。歴史が刻まれているわけだ」

「なるほど。そう考えると、すごく貴重なものだという実感が湧きますね」

「そうだろ」

どうだ、といわんばかりにメガネを小指で押し上げるしぐさは鼻につくけれど、合原がディレクターとして優秀であることは否定できない。叱られながらも一緒に番組を作ってきたおかげで、麻矢も少しだけ成長できたような気がするし――。

そうして十二回、一年間の番組が終わり、十二月の『中海ストーリー』では、中海再生のための宣言文を放映した。


中海、それは先人から受け継いだ貴重な財産、かつては豊かな漁獲量を誇った汽水湖群であった。日本全土を見わたしても、このような自然体系はあまり見られない。

しかし、私たちはその中海に対し、背を向けて現代を生きてきたのかもしれない。

私たちは、この中海が市民一人ひとりにとって、かけがえのない貴重な財産であることを再認識し、この中海の豊かな自然環境を町の活性化に生かし、さらに市民の憩いの場として共生できるように、そして、この中海が郷土の象徴として誇れるよう努力することを、今ここに宣言します。

それは、この一年間に取材したり、番組に登場してもらった人たちの思いをもとに、高田専務と合原ディレクターが作り上げたものだった。

中海が、その周辺に暮らす者にとっての「貴重な財産」だという声は、何人もの人から聞いた。番組を始める前は、中海を汚して忘れてしまった人間への憤りが麻矢の心を占めていたけれど、取材を通じて出会ったおよそ二百人は、みな中海を大切に思い、何らかの活動をしている人たちだった。これだけの人たちがいれば、中海が昔のようにきれいになることも夢ではないかもしれない。

「すごくいい宣言文ですよね」

最終回の放送を見終えたところで、麻矢は合原満にそういった。番組内で宣言文を読み上げたのは麻矢自身なのだが、出会った人たちを思い浮かべながら改めてテロップを見ると、胸に熱いものが込み上げてくる。

「高田専務はずっと先を見てるんだよ」

「ずっと先？」

「中海がきれいになることが終わりじゃない。きれいになった中海を、この地域のためにどう生かすかっていうことだ。宣言文にもそう謳ってあるだろ」

「確かにそうですね。目標はずっと先にあるってことですか」

「そこが高田専務のすごいところだ。あの人の頭の中には、たぶん中海の未来図があるんだろうな」

「どんな未来図ですか」

「それはわからん。というか、おまえも訊いてばっかりじゃなくて、少しは自分の頭で考えろよ」

合原にいわれて、麻矢は宣言文のテロップをもう一度読んでみる。中海の豊かな自然環境を町の活性化に生かし……市民の憩いの場として……郷土の象徴として誇れるよう……。

美しい表現だ。でも中海の現状からすると、はるかな未来の夢を語っているようにも映る。これだけの人たちがいれば――と思った反面、これだけの人たちが頑張っても、中海がなかなかきれいにならなかったことに、軽い絶望感をおぼえたことも確かだったのだ。この宣言文は、果たしてどれだけの人に届き、心を動かすことができるのだろうか。

「考えたことをいってもいいですか」麻矢は合原に向き直っていった。

「どうぞ」

「宣言文は素晴らしいです。でも、この宣言文を出しておいて『中海ストーリー』が終わるのって、ちょっと無責任じゃないかなって気がするんです」

「どういうことだよ」

「宣言文は、『努力することを、今ここに誓います』と結ばれてますよね。これから努力すると。なのに番組は終わってしまうんですよ。いろんな場所で頑張っている人たちに光を当ててきましたけど、ここで番組が終わったら、また元に戻ってしまうんじゃないですか」

「無駄だったといいたいのか」

「違います。番組を続けるべきじゃないかっていってるんです」

合原はそれには答えず、「東京へは帰らないのか」と訊いてきた。

「夏に二日間帰りましたけど、お正月は帰れそうにないですね。年末年始の番組もあるし」

「そうじゃなくて、この先ずっと、錦海テレビで働くつもりがあるのかって訊いてるんだよ」

「あ、ああ、そうですね……」

入社して二年近くがたち、この一年間は『中海ストーリー』の制作もさせてもらった。やりがいを感じているし、女だからといってお茶くみやトイレ掃除をさせられることもない。しかし、ずっとここにいるかと問われると、即座に「はい」と答えられるほど、麻矢はまだ先のことを考えてはいなかった。

考える暇がなかったというのもあるし、考えるのを避けていたということもある。

夏に帰ったとき、大学があった渋谷のカフェで、メディア研究会のメンバーだった女の子二人とお昼を食べた。ひとりは中堅どころの商社に、もうひとりは編集プロダクションに入っていた。「ケーブルテレビってどんな感じ？」と訊かれたので、麻矢は社内の雰囲気や制作している番組について熱っぽく語ったけれど、二人は「ふうん」という感じであまり興味を持ってくれなかった。そもそも鳥取県や米子市が、彼女たちの脳内地図には存在していないようだった。

「麻矢が楽しいならいいけど、なんかもったいない気がするな」

「もったいないって？」

「せっかくの二十代を、そんな田舎で過ごすのがさ」

そんな会話をして二人と別れ、渋谷駅に向かう坂道を歩いていると、きらきらしたビルや華やかにデコレーションされた店舗、手入れの行き届いたケヤキ並木やさまざまな装いで歩く大勢の人たち――一年半前までなじんでいたその風景から、自分ひとりが追いだされてしまったような気がして、むしょうに寂しくなったことを思いだす。

「まあ、先のことはまだ決められんよな」

麻矢の心中を察したかのように、合原はそういって立ち上がった。

◇

二〇〇二年一月、年末年始の忙しさが一段落したある晩だった。

麻矢がいつもより早く、午後七時ごろ柳瀬家に帰ると、徳太郎伯父が炬燵にもぐり込んで寝ていた。天板の上には、ウイスキーの瓶と飲み残しの入ったグラス、つまみにしたらしいチーズの皿が乗っている。

寝酒として、毎晩のようにウイスキーを飲む徳太郎伯父ではあるけれど、こんなに早い時間から酔いつぶれている姿は見たことがない。何かあったのだろうか。

「伯父さん、こんなところで寝てたら風邪ひいちゃうよ」

炬燵布団から出た肩をゆすってみたが、うーん……と低い声が洩れるだけで目を覚ます気配はない。台所に明かりがついていないところを見ると、おそらく夕飯も食べずに飲んでいたのだろう。

麻矢はコートを脱ぐと米を研ぎ、炊飯器の早炊きスイッチを押して冷蔵庫を開けた。しゃぶしゃぶ用の豚肉パックを見つけ、賞味期限が切れていないのを確かめ（料理好きで几帳面な徳太郎伯父が、賞味期限切れのものを置いているはずはないけれど）、土鍋に湯を沸かして市販のだしの素を入れると、刻んだネギや豆腐、水菜などと一緒に炬燵に運んだ。

カセットコンロに土鍋を置き、麻矢はもういちど徳太郎伯父を起こしてみた。伯父はイヤイヤをする子どもみたいに首を振ったのち、ゆっくりと目を開いて「……ああ、麻矢か」とつぶやいた。

「どうしたの。ご飯も食べないで寝てるなんて、何かあった?」

「ああ……。こんなに早く帰るとは思わんかったから、まだ飯の仕度もしちょらんかったわ」

「大丈夫。たまにはわたしが作るよ。といっても、しゃぶしゃぶだけどね」

コンロに点火し、野菜や豆腐を土鍋に入れる。ピーッと炊飯器が鳴り、炊きあがったご飯を茶碗によそって炬燵に運ぶ。

食べ始めて——徳太郎伯父は酔いが残っているのか、あまり箸が進まなかったけれど——しばらくしたところで、「親しい知り合いが、もう長くないらしくてな……」という声が伯父の口から洩れた。

「長くないって、病気?」

「前から具合が良うなかったんだが、今日病院の先生に呼ばれてな、あと二ヵ月かそこらだと……」

「そうなの……。伯父さんが呼ばれて話を聞いたってことは、その人には家族がいないの?」

「あ、ああ……。昔この近所に住んでいた人で、独身だったから親が亡くなったあとはひとりでな、少し精神を病んで施設に入っておったんだが、暮れから入院して検査したところ、がんが進行しておってもう治療できんそうだ。昔は美人だったのが、すっかり面がわりしてな。まあ、歳も歳ではあるんだが」

「女の人なんだ」

もしかしたら、若い頃の伯父が好きだった人、いや現在に至るまでこっそり好きな人なのかもしれないと麻矢は思い、それならば死期が近いといわれて酔いつぶれるのもわかる気がしたのだが、徳太郎伯父は姪の邪推を察知したのか、「いや、そんなんじゃないんだがね」といい、それから畳に下ろしていたウイスキーの瓶を取り上げてグラスに四分の一ほど注ぐと、生《き》のままのそれを一気にあおった。

ちょっと軽口なんかいえない雰囲気があった。

カーテンを閉めるために廊下に出ると、ガラス戸の外がうっすらと白くなっていた。細かい雪が音もなく降っている。

明日の朝は積もっているかもしれないな——半年前に軽自動車を買って、タイヤも冬用のものに替えてあるが、去年の積雪時には歩いて出勤したためとても時間がかかったし、途中何度も転んだことを思いだして、麻矢は少しだけ不安になった。雪はきれいだけれど、きれいだけではすまないところもある。

土鍋や食器を片づけて居間に戻ると、徳太郎伯父はふたたび横になっていた。風呂から上がって覗いてみてもまだそのままだったので、麻矢は押入れから毛布を取りだし、肩口を覆うようにしてかけた。

明かりを消そうとしたとき、「じつはな——」といって伯父が身を起こした。「さっきから話そうかやめようか、ずっと考えておったんだが」

どうやら眠っていたわけではないらしい。麻矢も炬燵に入って、「何よ、そこまでいうなら話してよ」と答えた。ふだんとはちがう今夜の伯父の様子にどんなわけがあるのか、他人の秘密を覗くような、下世話な興味が湧く。

「じつは、さっき話した女の人はな……わしの姉で月乃の母親……つまり麻矢、おまえの祖母なんだ」

「えっ、どういうこと？　わたしのお祖母ちゃんは亡くなったトミばあちゃんじゃないの？　それに、伯父さんに姉がいたなんて聞いたことないけど」

しかもその〈姉〉が、母・月乃の実の母親だというのだから混乱する。

「事情があってな、光子姉さんが産んだ月乃は、わしらの両親の末子として戸籍登録された。その後、姉さんは東京に出たんだが、精神に少し変調をきたして戻って来てな、何年かはこの家で、世間から隠れるようにして暮らしておった。トミばあさんは自分の娘だから、何としても守りたかったと思うが、わしら家族にはいろんな気持ちがあってな、トミばあさんが死んだあと、康子と話し合って施設に入れたんだが……」

「そのこと、ママは知ってるの?」

「ああ。短大を卒業するときにトミばあさんが話したようだ。月乃はすぐに結婚して東京へ行ったし、光子姉さんがこの家に戻って来たのはそのあとだったけん、会ってはおらんだろうが」

「でも、ママがお盆やお正月にここへ来たとき、その光子さんもいたわけでしょう?」

「光子姉さんは、物置として使っておった部屋からほとんど出んかったし、月乃も会うことを避けていたようだな。いつだったか、おまえと淳也から〈隠し部屋〉があるといわれたときはうろたえたよ」

「じゃあ、あれは……」

やっぱりユーレイじゃなかったんだ――子どもの頃、兄が〈隠し部屋〉だといった場所から出てきた女性がいたことを、麻矢は思いだした。あのとき見た女の人が、わたしの祖母の光子という人なんだ――。

「月乃はそれ以降うちに帰ってこんようになったが、しかしこうなってみると、実の母親が生きているあいだに会わせなくていいものか……と思ってな」

「ママに知らせるかどうかってことだよね」

「そういうことなんだが……」

「ママがこれまで会おうとしなかったのは、たぶんその人を許していないからだよね。だとしたら難しい問題かも――」

母がわたしの米子行きにいい顔をしなかったのは、寂しいからだけじゃなくて、そういう事情があったからなのだろうと麻矢は思う。父に話しているかどうかはわからないけれど、出生にまつわる過去を蒸し返されたくない気持ちはわかる気がする。

「おまえはショックじゃないか?」

「うーん、驚いたのは驚いたけど、なんかピンと来ないっていうか……。ねえ、ママを伯父さんたちの妹にした事情って何だったの。光子さんが〈未婚の母〉だったとか?」

「まあ、そういうこともあるんだが……」

「ほかには?」

まあ、それはいずれということにしよう、と徳太郎伯父はいって、「それよりさっきの件なんだが」と話を元に戻した。麻矢の母に、実母の状態を教えるかどうかという問題である。

「光子さんは、ママに会いたがってるの？」

「口にしたことはないが、心の内では会いたかろうと思う。自分の死期が近いことも知っているようだしな」

長くうつ病だった光子さんは、薬のせいで起き上がれないほど弱った時期もあったそうだが、この十年くらいはずいぶんよくなり、頭もはっきりしてきた。それが半年前から体調を崩し、診察を受けたときには進行がんの末期だったという。

「こうなってみると、姉さんが不憫な気がしてな……」

徳太郎伯父は、さざ波のような皺の寄った額に手をやりながら、そうつぶやいた。


あ、そうだ――。

麻矢が思いだしたのは、一昨年秋の地震のさい、押し入れからこぼれ出たアルバムの中にあった写真だった。どこかの水辺に立つ二十歳くらいの女性――あれが光子さんではないのか。

「ちょっと待ってて」

麻矢は二階に上がると押し入れからアルバムを引っ張り出し、例の一枚を伯父に渡した。

「これ、光子さんじゃない？」

「……ああ、そうだ。確かに姉さんの若いときだ。こんな写真があったのか」

意外そうな顔をして見ている徳太郎伯父に、「きれいな人だね。それに意志が強そう」と麻矢はいった。あらためて写真を見ると、鼻筋の通った気品を感じさせる顔だちと、唇をきゅっと結んでカメラを見つめる大きな瞳が印象的だ。自分の祖母だと聞かされたばかりだが、美しい野生生物——鹿とかピューマとか——を連想させる風貌は、昔の映画女優にいそうだなと思うくらいで、麻矢にその実感はない。

「どこで撮った写真なのかな」

たぶん中海だな、と徳太郎伯父は答えた。

「バックに建物のある島が見えるだろう。これは萱島《かやしま》でないかな。粟嶋神社の近くから、中海を背景にして撮った写真だろう」

萱島は、中海にある小さな無人島で、粟嶋神社や水鳥公園から近い。目と鼻の先にある、といってもいいくらいだ。

「萱島かあ。いわれればそうかもしれないけど、今はこんな建物はないよね」

「ああ、昔は料理屋があったんだ」

「写真の裏に一九四九年七月二十日って書いてあるのは、たぶん撮影した日付だよね。いくつのときなんだろう」

「一九四九年は、昭和……」

「昭和二十四年」

「となると、昭和二年生まれの姉さんは二十二、いや十月生まれだったはずだけん、まだ二十一か」

いまの自分よりも若いこの女性がほんとうに祖母なのか——やっぱり実感は湧かない。

「あと、Ｆ・Ｍってイニシャルがあるよね。この写真を撮った人のものだと思うけど、だれかわかる？」

「Ｆ・Ｍ？……さあ、わからんなあ」

話し疲れたのか、徳太郎伯父は少しぼんやりした顔つきになり、「麻矢、カーテンを閉めてくれんか」と廊下のほうを顎で示した。壁にかけられた時計を見ると十一時半。いつもの伯父ならとっくに寝ている時間だ。

廊下に出ると、細かい雪はまだ降り続いていた。かつて〈隠し部屋〉があった苔庭が、うっすらと白いものに覆われている。

雪は空からの手紙である——高校のとき物理の先生が教えてくれた言葉を、麻矢は思いだした。雪の結晶を研究した中谷宇吉郎という人の言葉だと、確かいっていたはずだ。

手紙か……と麻矢は思う。たしかに雪の結晶は一つひとつ違うらしいし、研究していた人にとってはそれぞれが手紙のようなものだったかもしれないけれど、こんなにあとからあとから届けられるのでは読むのが大変だ。しかも地上に着いたら、手紙である結晶は消えてしまうのだから――。

うー寒い。湯冷めしちゃいそう。

そう思いながらも、何かを問いかけるように、次々と落下する白いものから目を離すことができない。徳太郎伯父から聞いたばかりの話が、整理のつかないまま頭の中を巡っている。

催眠術にでもかかったように、麻矢は降る雪を見つめ続けていた。

旧灘町橋（絵葉書「錦海八景」より）

三　占領下

一九四八年冬——

二月のぬかるんだ雪どけ道を、柳瀬光子は右手に竹カゴ、左手に風呂敷包みを提げて歩いていた。少し歩くと下駄歯のあいだに小石や残った雪がはさまり、そのつど立ち止まって木切れで掻きださねばならない。ブカブカであっても、父が残したゴム長靴を履いてくればよかったと後悔した。

すでに日は落ちかかっていて、ねずみ色の雲のあいだから、切れかかった電球のような弱い西日が差している。頬にあたる風はまだ冬のそれで、もんぺを重ね履きし、セーターの上から綿入れの半纏《はんてん》を着ていても寒い。

家から十五分ほどのところにある〈引き揚げマーケット〉からの帰りだった。ほんとうは〈米子共同マーケット〉という名前なのだけれど、外地から引き揚げてきた人たちが、加茂川ぞいの一画に開いた市場だから、買う人も売る人もみんな〈引き揚げマーケット〉と呼んでいる。

光子はそこで、自宅の倉庫に残っていた昆布や炒り子などを売らせてもらっている。母や自分の着物を売ることもあるが、そうした干物も着物も、この半年でほとんど売りつくしてしまった。この先どうやって日々の糧を得たらいいのだろう——。

家に続く小路の手前で立ち止まって、光子はふうっとため息をつく。

加茂川の河口ちかくにある柳瀬家は、江戸時代の終わりから続く海産物問屋だった。大正時代から昭和の初めにかけてが商売の絶頂期で、光子の父は海運業や観光業にも手を伸ばし、市会議員として市政にも発言力を持っていた。

暮らしぶりも派手だった。父の食膳には必ず新鮮な刺し身が上ったし、宴会の帰りに父が連れてくる男たちで、家はいつもにぎやかだった。きれいな着物を着せられ、髪に光沢のあるリボンを付けられた幼少期の自分が、そうした男たちに抱き上げられたり、頬ずりされたりしたことを、光子はぼんやり覚えている。

しかし、光子が十歳になった年に父が脳溢血で倒れ、以後、暮らし向きは大きく変わった。日中戦争が始まった年だった。

命はとりとめたものの、身体が不自由になり言葉も満足に出なくなった父に、商売や政治活動を続けていくことは不可能だった。父の弟にあたる人が切り盛りすることになったが、それまでの事業拡大と散財がたたって家業は傾くばかり。戦時体制下での物資不足、物流悪化の影響も大きく、米英との戦争が激しくなると仕切り役だった叔父も召集されて、柳瀬家は海産物問屋の暖簾を下ろすしかなかった。

父は、そんな頃に亡くなった。叔父も南方で戦死した。

光子は女学校を出たあと、近所の仕立物や繕い仕事で手間賃を得ている母を手伝いながら、弟妹の面倒をみてきた。防空演習や出征兵士の壮行会、隣組の役目なども、すっかり気落ちした母に代わって引き受けた。

戦争が終わったとき、光子は十八歳だった。

それから二年半、わずかな蓄えを切り崩しながら暮らしてきたが、それも限界が近い。弟の徳太郎は新制高校の二年生、妹の康子は中学生だから、まだしばらくはお金がかかるというのに――。


「ハロー、レディ」

停まったジープから、進駐軍の英国兵が声をかけてきた。二人組で、どちらもまだ若い兵士だ。英語でどこへ行くのかと問い、ジープに乗って行かないかと誘う。

「ノーサンキュー」

光子が手を横に振ると、助手席の兵士が笑顔で「バーイ」と手を振り、ジープは走り去った。

米子の近くには日本海軍の美保基地があったことから、敗戦直後には米軍が進駐してきたが、米軍は半年ほどで移動し、入れ替わりで英国空軍や英国とインドの混成部隊が入ってきた。美保基地はむろんのこと、市内のおもな施設は進駐軍に接収されている。

光子はこれまでも何度か、同様の体験をしている。なかにはしつこく誘ってくる英国兵もいたが、軍の規律が厳しいのか、むりやり車に乗せられるようなことはなかった。

「ジープに付き合うと、肉の缶詰やチョコレートがもらえるらしいで。ただ一緒に乗ってるだけでええんだって」

女学校時代の友人がそんなことをいっていたことがあるけれど、かりに何もされないとしても、英国兵のジープに同乗するなんて考えられない。いくら生活に困っているとはいえ、缶詰やチョコレートほしさに誘いに乗るほど、自分は愚かな女ではないと光子は思っている。

家の玄関を入ろうとしたとき、バタバタと足音がして、「姉ちゃん!」という声が光子を呼んだ。

弟の徳太郎だった。走って来たのだろう、父の古いマントを羽織った肩が激しく上下し、目が血走っているように見える。

「どうしたの。そんなに息を荒げて」

「達男が、進駐軍のトラックに、はねられた！」

「達男って、あんたと同級生の山内達男くん？　はねられたって、どこで？　ケガは？」

「死んだよ。即死だったと聞いた。小学生の男の子も、一緒にはねられて死んだ」

「そんな……」

「僕もほかの奴から聞いて、急いで病院に行ったんだ。運ばれてきたときはもうダメだったと、医者がそういってた。達男には合わせてもらえんかったけど……」

山内達男は隣町にある下駄屋の息子で、徳太郎とは幼なじみである。家にも遊びに来ていたから光子も知っているが、小柄でくりくりした感じの、よく笑う少年だった。光子が川端で洗濯していると、「手伝います」といって、加茂川からバケツで水を汲んでくれたこともあった。それがどうして――。

「小学生が市庁舎の前の道を渡ろうとしたところに、進駐軍のトラックが走ってきて、達男は小学生を助けようとしたらしい。けど、トラックがすごい速度だったから、二人ともはねられてしまったと聞いた」

市庁舎前の道は米子でもいちばんの大通りだが、走っているのは木炭自動車や木炭バスがほとんどで、その速度はたかが知れている。小学生にしてみれば、いつもの調子で渡ろうとしたところに、進駐軍のトラックが桁違いの速度でやってきたのだろうか。助けようとした山内達男は、その巻き添えになってしまったということか。

「姉ちゃん、僕は達男の家に行ってくる。遅くなるかもしれんけん、母さんにもそういっておいてな」

「うん、気をつけてね。あ、こんなときだけど、これ、マーケットで買ったゆで栗。お腹がすいたら食べなさい」

光子が竹カゴから取りだした紙袋をマントのポケットに押し込み、徳太郎は走ってきた道を戻って行った。


山内達男と小学生に対して、進駐軍からの謝罪はなく、弔慰金も出なかった。

「前方不注意だっていうことらしいんだ。けど見ていた人たちは、トラックは蛇行しながら走っていたというし、速度もかなり出していたそうだ。見えてたのに速度を落とさないなんて、運転手の落ち度だろう？　一方的に達男たちが悪かったなんてあんまりだよ！　ひどすぎるよ！」

事故から四日たった晩、徳太郎は光子に向かってそう憤った。その話が本当なら、過失があるのはトラックの運転手のほうだと、光子も思う。砂利道で雪も残っていたから、多少の蛇行はあるかもしれないが、速度を落とさないのはおかしい。

「達男くんのご両親は、なんといっているの」

「悔しいっていってるよ。達男は五人きょうだいの三番目だけど、いちばん上の兄さんは戦死、二番目の兄さんは片脚をなくして帰ってきて、下は妹たちだから、達男が頼りだったんだ。お袋さんは、僕が行くと泣く。こらえようとしても、こらえきれないみたいだ」

「そう……」

「けど、相手が進駐軍だろう。警察も何もいえないし、泣き寝入りするしかない。ほんとにひどい話だよ。僕も悔しい。せめて、達男に非がなかったことを認めさせたいよ」

確かにそうだ――目に涙を浮かべて話す徳太郎を見ていると、光子のなかにもじわじわと怒りが湧いてきた。

連合国軍の占領下にある現在、進駐軍が起こした事故や事件について、日本の警察や司法が立ち入ることはできない。戦争に負けたのだから仕方ないとはいえ、これでは小学生を助けようとして亡くなった山内達男がかわいそうすぎる。謝罪のひとこともないとは、あんまりではないか。

勝つために我慢しろ、すべてを耐え忍べといわれ、ろくに食べるものもない中で、防火訓練や竹やり訓練をさせられた日々は何だったのかと思う。女学校も、最後の一年はほとんど授業がなく、工場動員や松根油を採るための松根掘りに明け暮れた。叔父を含め、万歳で送りだした男の人たちは、その多くが帰って来ていない。

そうした「忍耐」の果てにあるのがこれなのかと思うと、光子は怒りとともにやりきれない気持ちになる。

「ねえ徳さん、進駐軍に知っている人はいない？」

「進駐軍に？　そんなのいるわけないじゃないか。去年の秋、学校にマーチンだったかマートンだったか、そんな名前の大佐が来て話を聞いたことがあるけど、それくらいだよ」

「大佐だと偉い人だよね。どんなことを話したの」

「自分たちは、日本が民主国家となる手助けをしようとしている。市民を不安にさせるようなことはしない。しっかり勉強して新しい日本を作ってくれ、というような話だったと思うけど……」

徳太郎はそこでいったん口ごもり、

「何が『不安にさせるようなことはしない』だよ！　嘘もいいところじゃないか！」

ダンッと音がするほど強く、こぶしでちゃぶ台を叩いた。

夜ふけの居間にいるのは二人だけだが、光子が「しっ」と制したのは、母や妹を起こさないためというよりも、戦時中の習癖が残っていたからだろう。当時は少しでも不平や不満を洩らせば、隣組の人たちからうるさく叱られたし、悪くすると憲兵に告げ口されるのではないかとびくびくしていたのだ。

「その大佐、ふだんはどこにいるのかしら」

「中国配電らしいよ。近所に住んでいる奴が、見かけたことがあるといってた」

「中国配電って、駅前通りと市庁舎通りが交わる角にあるビルヂングのこと?」

「そう。あのビルには英国海軍の保安隊が駐屯しているはずだよ。でも、そんなこと訊いてどうするの」

「その大佐に、直接お願いしてみたらどうかと思うの。事故の調査をしてくださいって。もし達男くんに非がなかったことがわかれば、達男くんの家族に謝ってくれるかもしれないでしょう？」

「無理だよ。奴らがそんなことしてくれるはずがない」

「でも、徳さんは達男くんに非がなかったことを認めさせたいんでしょう？　達男くんの名誉を回復したいんでしょう？　頼むだけでも頼んでみたら……」

「無理なんだよ！　だいいち、僕らみたいな者と会ってくれるわけがないじゃないか！」

徳太郎はそういい放つと立ち上がり、居間から出て行った。冷えきった夜更けの家に、徳太郎が手荒く閉めた障子の音が、光子の思いを拒絶するように高く響いた。

それでも翌日の夕方、光子は引き揚げマーケットからの帰りに中国配電を訪れた。

石造り四階建ての威圧感あるビルの前には、屈強そうな英国兵が二人立っており、さすがにひるみそうになったが、そのひとりに光子は自分の名前を名のり、マーティン大佐に会いたい旨を伝えた。「マーチン」なのか「マートン」なのかわからないので、そのあいだくらいの発音にしてごまかした。

女学校の三年までは英語の授業があったし、日本語以外の言語を学ぶことが新鮮で、「敵国言語」として禁じられるまでは、友人たちと英語で会話をしたりしていた。発音はおぼつかなくとも、簡単な内容なら通じるはずだと思ったのだが、はたして、相手は理解してくれたようだった。

何の用か、と怪訝な顔で訊く警備兵に、五日前の交通事故についてお願いしたいことがある、自分は事故で亡くなった男子高校生の友人の姉だと答えた。

「シスター・オブ・ヒズ・フレンド?」

肉親でもない友人の姉がいったい何の用だ？　ますます怪訝そうな警備兵の顔には、そんな疑問の表情が浮かんでいたが、ダメだとあっさり告げられた。

それはわかっていたことである。ここで引き下がったのでは来た甲斐がない。光子はできるだけ丁寧な言葉を選んで、わずかな時間でいい、どうしても会いたい、会わなければ私は帰らないといった内容を、拒む相手にくり返した。

「ノー！　ノー！」

やりとりが面倒になったのか、二人の警備兵が手を横に振りながら光子の前に立ちはだかる。「プリーズ！」背後を行き交う人たちの視線を感じつつも、光子はもんぺの膝をつき、頭を敷石にこすりつけた。

「ノー！　ゴー・アウェイ！」

立ち去れと怒鳴られ、腕をとられて立ち上がらせられたとき、ビルの玄関から出てきた若い将校――制服がいかにもそれらしい――が警備兵の腕をつかんで光子から引き離し、早口の英語で何かいった。どうも警備兵を叱っているようだ。

それから、光子に向かって「スミマセン」と日本語で謝った。「ケガ、ナイデスカ」とも訊いてくれた。

濃い茶色の髪と、これもほとんど黒に近い瞳の色は自分たちと似ているが、色白の肌に高い鼻梁を持つ顔だちは、あきらかに異国の人のそれだ。それまでに見かけた英国兵にはない気品や落ち着きを感じるのは、軍での位が高いせいだろうか――光子はとっさにそんなことを思ったが、何より将校らしきその男が、自分に謝ってくれたことに驚いた。

光子は玄関フロアに招じ入れられ、四人掛けテーブルの椅子のひとつに座るよういわれた。どうやら話を聞いてくれるらしい。

向かいに座った男は、フレデリック・マイヤーズと名のった。英国空軍第二十二保安隊の小隊長だという。カタコトの日本語が混じるもののほとんどが英語なので、光子にはよく理解できないところもあったが、米子に派遣されている保安部隊のチーフであり、隊の管理監督や市内パトロール、犯罪捜査の任にあたっているということのようだ。

「マイネーム・イズ・ミツコ・ヤナセ」

「ミス・ヤナセ。ナゼ、ココニキタデスカ」

先ほど警備兵にいったことを、しかしもっとくわしく——亡くなった山内達男は、これから一家を背負うはずの存在であり、母親は泣いているといったことまで光子が話したのは、マイヤーズが紳士的な態度で聞いてくれたせいである。自分は肉親ではないが、弟と同い年の若者が死んだことはとてもつらいし、家族の悲しみを思うとなお一層つらいというと、若い小隊長は「アイ・シー。ワカリマス」とうなずいた。

「せめて、なぜ事故が起きたのかがわかれば、彼の家族も慰められるでしょう。それをマーティン大佐にお願いしたくて来たのです」

「ミスター・マーティンハ、ココニハイナイ」

彼は空軍の司令官であり、多くの場合は美保基地にいると、マイヤーズはいった。

「そうですか……」

「ワタシモ、ムネガイタイ。アクシデントハ、ドライバーノ、ミスデス。カレハ、ビギナーダッタ。スピードオーバー」

「では、山内達男くんは悪くないとおっしゃるのですね」

「イエス。ドライバーノソルジャー、ツーボーイズヲ、シナセタ。アッテハ、ナリマセン」

そして、事故を起こした兵士は本国へ送還され、軍法会議で重罪が科せられるだろうといった。

「では、そのことを山内達男くんの家族に話してください。申し訳なかったと、家族に謝ってください」

光子がやや語気を強めると、マイヤーズはうつむき、それから顔を上げて、「ミスター・マーティンニ、ハナシマス。カレハ、ドライバーノ、ビッグボスデス」と静かな口調で答えた。

その顔には、哀しみとも慈しみともとれる表情が現れていた。どう見てもまだ二十代なのに、こんなに内省的な顔を見せる軍人がいることに光子は意外な気持ちを抱き、戦場でどんな体験をしたのだろうと思いながら、「ありがとうございます。感謝します」と礼を述べた。

「ユーアー・カレイジャス・レディ」マイヤーズが笑みを浮かべていう。

「カレイジャス？」

「ユウキ、デスカ。オソレニ、カツキモチ」

「はい、勇気をふりしぼって来ました。来てよかった。マイヤーズさんは日本語がお上手ですね」

「アリガトウ。ヨナゴノマエ、イワクニ、イマシタ。ワタシハ、ニホンノコトシリタイ。ニホンゴ、マナビマス。アナタモ、イングリッシュデキマス」

「ほんの少しです。私も英語を学びたいと思っています」

「レンラクシマス。ユアホーム、ドコデスカ」

差しだされた紙に、光子は住所と簡単な地図を書き、昼間は〈引き揚げマーケット〉で売り子をしていることを告げた。マイヤーズが怪訝そうな顔をしたので、「父が死んでお金がないんです。家に残っているものを売って暮らしています」といってしまい、いってから恥ずかしくなって、そそくさと中国配電のビルをあとにした。


話を聞いた徳太郎は、ほんとうに信用できるのかといぶかっていたが、三日後、フレデリック・マイヤーズから光子に封書が届いた。英文で書かれたそれを、光子は辞書を引きながら時間をかけて読んだ。

本国兵士が起こした事故については、本国で処理することになっているため、被害者と接触することはできない――マーティン大佐の答えはそういうものだったと書いてあった。「自分としては申し訳なく思う。自分が行ければいいのだが、それも止められている。残念だが命令に従うしかない。

わずかにできることとして、私の持ち金を同封した。少額だが、あなたから山内さんに届けてもらいたい。なお、このことは他言無用に願いたい」

封書には、紙に包んだ新円の百円札が八枚入っていた。

光子は百円札を見つめた。ちょうど二年前、突然に「新円切り替え」が断行されてそれまでの旧円は使えなくなり、所有していた国債も紙くず同然になった。預金封鎖もなされたため、ただでさえ苦しかった柳瀬家は、残っていた財産のほとんどを失うことになってしまったのだが、それはどこの家も似たり寄ったりだったはずである。八百円といえば、物価上昇が激しいなかにあっても、一家が二、三ヵ月生活するに充分な金額だ。

「申し訳なく思う」というマイヤーズの気持ちが嘘いつわりのないものであることを、光子は確信した。同時に、これを託された自分が信頼されていると感じて、胸が熱くなった。

手紙には続きがあった。

第二十二保安隊では、英語の文書を日本語に翻訳し、また日本語を英語に翻訳するスタッフを求めているが、あなたはそれをするつもりはないか、というものである。「私はあなたを希望している」とも書かれていた。

予想外の誘いだった。

英国軍人たちのなかで働く——それがどんなことなのか想像がつかないし、自分の英語力は翻訳に使えるようなものでない。

それでも、光子の気持ちは動いた。マーケットで売る物が尽きかけた今、何らかの手段で収入を得ることが必要だった。支給額は記されていないけれども、少しでも貰えるならばありがたい。

何より、マイヤーズが希望してくれているということが、光子のなかでは大きかった。

翌日、徳太郎とともに山内達男の家へ行き、ことの次第を伝えて、マイヤーズからの慰藉金を渡した。

両親は神妙な顔で聞いていたが、光子が百円札の入った封筒を渡そうとしたとき、父親は一瞬それをはねのけようとした。母親がそれを止め、「うちらがようせんかったことを、柳瀬さんがしてごしなったんだで!」と、父親を叱った。

しかしその母親も、真新しい百円札を見ると嗚咽の声を洩らした。息子の命がたった八枚の札に替えられたのだ、という悲しみとやりきれなさが、低い嗚咽の声にこもっているように感じられて、光子は初めて自分のしたことを後悔した。

「すみません。余計なことをしました」

手をついて謝る光子に、

「何をいわれますか。うちらは泣き寝入りするしかないとあきらめておったのに、柳瀬さんは進駐軍に話をしてごしなった。感謝しております。このお金は使えませんけん、仏壇に供えさしてもらいます」

母親がそういって慰めてくれた。それでも、光子の気持ちは晴れなかった。よかれと思ってやったことが、相手を傷つけることになってしまった――その苦さは消しようがない。

徳太郎は終始黙っていたが、帰り道、「姉さんに、こんな行動力があるとは知らなかったよ。すごいな」とつぶやいた。

「山内さんの気持ちも考えずに、馬鹿なことをしてしまったわ」

「最初にけしかけたのは僕だよ」

「それはそうかもしれないけど……」

「ああ、いつまでこんな状態が続くんだろう！」

腹立たしそうな声でいう徳太郎に、進駐軍に勤めたいと思っているのだとはいい出せなかったが、しかし数日後、光子は中国配電ビルをふたたび訪れてマイヤーズと会い、そこで働くことを決めてしまった。

◇

出勤は四月の初めからだった。

その日、手持ちの白いブラウスに、着物から作り直した紫紺のスカートを穿いた光子は、加茂川沿いに咲く一本の桜の下に立ち止った。

かなりの古木ながら、白い花を枝からあふれんばかりに付けている。毎年咲いていたはずなのに、この何年かはそれに気づくこともなく下ばかり見て過ごしていた日々が、いまさらのように思い起こされた。

光子の決断を、母は心配し、徳太郎は反対した。

戦勝国だと思って大きな顔をしている奴らの、しかも友人を死なせておいて謝罪もしないような奴らの下で働くなど、理解できないというのが、徳太郎のいい分だった。その気持ちは、光子もよくわかる。

「でも、英国軍のなかにもいい人はいるでしょう？　マイヤーズさんは真摯な方だと思うわ」

「姉さんは甘いよ。そんなに簡単に信用できるもんか。このあいだまで、日本をさんざん痛めつけていた奴らの一味なんだぞ」

「日本だってひどいことをしたでしょう」

徳太郎はむっとした表情になり、駄々っ子のような口調で「とにかく僕は嫌だからね」といった。「姉さんが進駐軍で働いているなんて、同級生に知れたら恥ずかしいよ」

「それなら、この先どうやって暮らしていくの？　この家にはもう何もないのよ。お金だって、売るものだって」

「僕が学校を終えたら働くよ」

「それまで、まだ一年もあるのよ。学校のお金も払えないし、食べるものだってなくなってしまうかもしれないのよ」

少し強い口調だったせいか、徳太郎は唇を噛んでうつむき、上目遣いに光子をにらんだ。それから、「姉さんの好きにすればいいだろ。僕は知らないぞ」と、吐き捨てるようにいって部屋を出て行ったのだった。

光子の仕事は、タイプライターの使い方を覚えることから始まった。

アルファベットが並ぶキイを押さえると、紙にその文字が印刷されるしくみだが、AからZは順番通りに並んでいるわけではない。光子からすれば意味のわからない並びにしか見えない上に、キイは押すのに力が要り、続けて打っていると指が痛くなってくる。

手書きのほうがよほど楽に思えるが、英米諸国では、公的な文書はもとより、私的な手紙などでもタイプライターを使うのがあたりまえだという。そういえば、米英との戦争が始まる前のことだが、日本でも都会にはタイピストという仕事があり、それは女性にとっての花型職業だと雑誌に書いてあったのを、光子は思いだした。

自分がその「タイピスト」になるのかと思うと、不安のなかにも、自尊心をくすぐられるような気持ちが芽生えないでもない。

しかし――。

仕事部屋は中国配電ビルの二階にあり、中央の大きなテーブルに、光子を含めた五人が向かって、それぞれのタイプライターを打っている。接収前は会議室だったのかもしれない。カチカチというタイピングの音と、行替えを促すチーンという音が、交互に室内に響く。

タイピストといっても、三人は軍所属の英国人男性だ。ひとりだけ、キャサリンという二十代半ばの女性がいて、彼女がタイピングの指導をしてくれるのだが、にこりともしない上に、「ノーウェイ。トライ、イット・アゲイン！」ときつい口調でやり直しを命じられる。そのたびに、光子のなかの「くすぐったい自尊心」は吹き飛び、かつて憲兵ににらまれたときと同じように、心がぎゅっと縮み上がるのだった。

やっぱり、やめておけばよかったのかも……。

日に何度もそう思った。とはいえ、キャサリンの厳しいまなざしは、ため息を洩らすことさえ許さないと感じられたし、徳太郎の反対を押しきった手前、早々に白旗を挙げるのも嫌だった。

唇を噛みながら、ひたすら練習用の文書を打鍵し続けた。家に帰ると、指が痛くて炊事もままならないほどだったが、湯で手指をもみほぐして野菜を刻んだ。

三週間ほどたった頃、マイヤーズが部屋に現れた。タイトスカートのキャサリンがさっと立ち上がり、笑顔で迎える。

二言三言かわしているキャサリンの言葉から、どうやら自分がタイピストとして及第点をもらえたようだと、光子は感じた。

ほっとした。あるいはそういわないと、指導監督能力がないとみなされるからかもしれないが――。

「ミス・ヤナセ」

マイヤーズが光子の前に立つ。すでに立ち上がっていた光子は、「はい」と答えた。身長差はそれほどでもないけれど、きちんとプレスの効いた制服から放たれる威厳のようなものが、相手を一まわり以上大きく見せている。

「コノ、ドキュメントヲ、イングリッシュデ、タイプスル。アナタノシゴトデス」

光子の手に、厚い書類が渡された。「米子市及び周辺地域の概要」と表に墨書きされたものである。

「承知しました。アイ・アンダースタンド」

「ヨロシク」

それだけいうと、マイヤーズは踵を返して部屋から出て行った。慣れたか、と訊いてくれることもなければ、頑張って、と励ましてくれることもない。初めてここを訪れたときに見せた内面性も、手紙にあった温もりも感じさせない立ち居ふるまいに、光子は少し寂しさをおぼえたが、考えてみれば、彼はひとつの部隊を率いる立場の人間なのだ。当然かもしれない。

キャサリンが、マイヤーズのあとを追うようにして部屋から出て行った。

四月の終わりにもらった一ヵ月分の報酬は、光子が思っていたのよりずっと多かった。まだ仕事らしいことを何もしていないのに、という遠慮めいた気持ちはあったが、これだけあれば徳太郎と康子の学費が払えるし、高騰している米や野菜も手に入れられると思うとうれしかった。

うれしいというよりほっとした。持参している弁当の中身も、細くて筋ばかりのふかし芋からご飯に変えられる。煮込んだ肉やパンの乗ったプレートを前にしたキャサリンから、奇妙なものを見るような視線を送られて手元を隠したことがあるけれど、そんなこともせずにすむようになるだろう。

マイヤーズから訳すよう指示された文書は、表題が示すとおり、米子近辺の大まかな歴史、地理、産業、文化などをまとめたものだった。地元に暮らす光子が知っている内容も多いとはいえ、それを英語に直すとなると、和英辞書と首っぴきである。

さらに文法もおぼつかないところが多々あり、参考書を見ながらの作業なので、一日に一、二ページを訳すのがやっとだ。

一ページ分をタイプし終えるとキャサリンの点検を受ける。キャサリンは日本語がわからないため、チェックされるのは文法とタイプミスだが、最初のうちは赤ペンだらけになったものを突き返されることがたびたびだった。

それを見ながらタイプライターを打ち直す。また赤ペンで直される。ひたすらそのくり返してである。

二ヵ月ほどして夏の盛りを迎えるころに、ようやく赤ペンでの書き込みが少なくなり、秋も半ばになると「オーケイ」のひとことで帰ってくるようになった。けれどキャサリンは相変わらず不愛想で、にこりともしてくれない。

戦争に負けた国の女が、どうしてここで働いているの？

そんな女の原稿を、なんで私がチェックしなきゃいけないの？

口にこそ出さないものの、そんな思いが表情から透けて見える。このかんの指摘の的確さから、仕事のできる女性だということはわかっているが、光子にとっては苦手な相手だ。


年が明けた一月のある夕方、そのキャサリンから階段の踊り場で呼び止められた。少し訊きたいことがある、と彼女は光子にいった。

ウェーブのかかった栗色の髪が、窓から差し込む西日に輝いている。同じ栗色の大きな瞳、アンズの実を思わせるふっくらとした唇——暗緑色の軍服を着ていても、こぼれ出る女らしさは隠しようがない。悔しいが魅力的な女性だと、光子は思う。

「あなたは、ミスター・マイヤーズの友人なの？」

キャサリンはそう訊いてきた。

「いえ、そうではありません」

「では、なぜここで働いているの？　ミスター・マイヤーズの紹介なんでしょう？」

「私が生活に困ってることを知って、マイヤーズさんが来るよういってくださったのです」

「そう。では、ピティというわけね」

ピティ——憐れみ。光子は何もいえずにうつむいた。マイヤーズがこの仕事に誘ってくれたのは、「私はあなたを希望している」と手紙に書いていたのは、憐れみからなのだろうか。そうではないと思いたいが、否定できるだけの確信はない。

「フレデリックとあたしは恋人同士なの。本国に帰ったら結婚する予定よ。あなたには関係のないことだけど、一応いっておくわね」

マリィ、という語に力を込めてキャサリンはいい、「少し早いですが、おめでとうございます」と光子は答えた。美男美女でお似合いのカップルだと思う。

「サンキュー、ミス・ミツコ。あなたも素敵なジャパニーズ・ボーイを見つけなさいね」

はい、と返したものの、キャサリンが去ったあと、光子は身体が震え、涙が込み上げてきた。彼女は何がいいたくて呼び止めたのか。

ピティ……憐れみ……。あなたには関係のないことだけど……。

なぜそんなことをわざわざいうのか——。いわれなくてはならないのか——。

もしかしたら、マイヤーズに懸想しても無駄だといいたいのかもしれないが、そんな気持ちを抱くはずがないではないか。

光子は階段を降りて行ったキャサリンを追い、玄関フロアで「すみません」と声をかけた。「なあに？」とキャサリンがふり向く。

「ノット・ピティ……ピティではありません」

「ああ、さっきの話ね。では何？」

「シンパシィ……同情……だと思います」

キャサリンは肩をすくめてふっと笑い、「シンパシィねえ」と小馬鹿にするような口調でいった。野蛮な敗戦国の小娘に、英国空軍の将校が〈同情〉や〈共感〉といった対等な感情を抱くと思っているのか――そんな感じの口ぶりだった。

「ええ、シンパシィです。ミスター・マイヤーズは、敗戦国の女だからといって下に見るような方ではありません」

こんどは、はっきりと口にした。キャサリンが眉を吊り上げ、怒りの表情を浮かべる。

「ひどい思い上がりね。フレデリックのことがあなたにわかるはずないでしょう！」

「ミスター・マイヤーズは手紙で、『アイ・ホープ・フォー・ユー』と書いてくださいました。働き手として私を望んでいると。だから……」

シャダップ！　甲高い声が光子の言葉を遮った。

「ユー・アー・ソー・チキン！　ジャパニーズ・ガールは大人しいと聞いていたけど、あなたはすごく生意気だわ！　許せない！」

語気を強めてそういい捨てると、キャサリンはヒールを鳴らしてフロアを出て行った。カールした栗色の髪が、苛立ちを表すかのように左右に揺れていた。

翌日から、光子に対するキャサリンの態度は、前にもまして厳しいものになった。朝の挨拶をすると無言で睨み返され、コーヒーを運んでいくと「いらない」と拒絶される。

そうした些事には耐えられるとしても、光子が困ったのは、それまでＯＫがもらえていた翻訳文書が、「やり直し」の一言で突き返されるようになったことだった。ミスの箇所を尋ねても、「半年も教えてきたのに、そんなこともわからないの」とか、「ならばこの仕事はあなたには無理ね」などといわれる。「ああ、だれかほかの人に替えてもらいたいわ」と、これみよがしに呟かれることもあった。

キャサリン以外は男性だし、ほとんど話したことのない人たちだから、相談することも難しい。キャサリンの叱責や皮肉を耳にした彼らが、首をすくめたり顔をそむけたりするのを見ると、なおさらそんな気持ちは光子の中から消えてしまう。

辞めようか、と思った。キャサリンは、自分を辞めさせたいのだろう。

でも――いま辞めたら生活が立ちいかなくなる。それに、辞めたらキャサリンの嫌がらせに屈したことになってしまう。父が倒れたあとの、戦争中やその後の苦労に比べれば、今のほうが辛いとはいえないではないか、と光子は思い直した。

やり過ごせばいい。できれば少しほほ笑んで――。

突き返されたペーパーにミスがないことを確認すると、時間を置いて再度キャサリンに提出した。もちろん、そのあいだには次の翻訳を進める。

「さっきと同じじゃないの」

「はい。でもミスはないはずです」

「アン・ビリーバボー！　やり直しを命じられたら、タイプを打ち直すのが当然でしょう。第一、行間が詰まっていて読みにくいじゃないの。こんなことまでいわなくちゃならないなんて、ほんとに嫌になるわ！」

大げさにお手上げのポーズをしてみせるキャサリンに、「わかりました」と答えて、光子はタイプを打ち直す。できれば少しほほ笑んで――などという思惑は、キャサリンの語気の前にあえなく吹き飛んでしまった。

三度目を提出すると、今度はセンテンスの頭が揃っていないと指摘される。ようやく受け取ってもらえたのは四度目だった。

　連日そんなことのくり返しで、作業のペースは大きく落ちた。このままでは、マイヤーズからいい渡されているひと月後の期限に間に合わない。

　遅れた分を取り戻すため、キャサリンと男性スタッフが帰ったあとも、光子はひとり残って翻訳作業を続けた。

　暖房が切られた室内は恐ろしく寒い。手元のランプの灯りをのぞけば、深海のような暗闇が広がる室内に、タイプライターの音だけがカチカチと響く。まるで海の底にいるようだ。

　明日の朝、これをキャサリンに提出しても、また難癖をつけて突き返されるだろう。スペルが間違っている。ここは小文字じゃない。文字が薄い。改行の位置がおかしい……。やり直し！　ほんとに使えないわね！　俸給泥棒じゃないの！

　助けて。だれか――。

　海の底からSOSを発するような気持ちで、光子は鉄製のキイを打つ。やがて、指がかじかんで動かなくなる。息を吹きかけて目を上げると、暗い窓の向こうに雪が舞っていた。

　光子はランプを手に、窓へ歩み寄った。

　――雪は天からの手紙だと、中谷宇吉郎博士はその著書に書いておられます。なんとなれば、雪は各々ことなる結晶を持ち、その結晶の姿が、われわれの知りえない天空の状況を、われわれに伝えてくれるからです。

女学校時代、理科の講義で聞いた話を思いだす。ためしに黒い手袋で受け止めてみた雪は、たしかに複雑で美しい姿をしていた。それはほんの一瞬で、すぐに消えてしまったけれど——。

窓にぼんやりと顔が映っている。自分以外の顔であるはずがないのに、なぜか見知らぬ女の顔のような気がした。自分ではないだれかが自分を見ている。心配そうな、気づかうような表情で——。

疲れているのだ、と光子は思った。もう何日も睡眠が足りていないし、心労も重なっている。

そのとき、コツコツとノックする音が聞こえた。こんな時間にだれだろうと思う間もなく、壁のスイッチが押されたのか、部屋が明るくなった。突然のまぶしさに眩暈をおぼえる。

「ミス・ヤナセ。驚かせてすまない。私だ、マイヤーズだ」

「マイヤーズさん、なぜここに……」

扉を背にして立っていたのは、英国空軍第二十二保安隊の小隊長だった。

四　中海再生会議

翌日は晴天になった。朝には数センチ積もっていた雪も、日中の日差しで昼過ぎにはあらかた溶け、灰色の雪塊が、丸まった猫みたいに道路の端に残っている。

午前中の取材を終え、コンビニ弁当の昼食をすませた藤堂麻矢は、編成室の自席でしきりにあくびをかみ殺していた。

ゆうべはよく眠れなかった。浅い眠りをくり返して朝を迎えてしまった。

その浅い眠りの間じゅう、夢ともいえないような夢を見ていた。誰かがこちらを見て、何かいいたそうにしているのだけれど、その誰かが誰なのかわからない。いや、若い女性だというのはわかるし、自分の知っている人だという直感もある。なのに誰だかわからない。

その人は、一度だけ「マーヤ」と口にした。「マーヤ」と呼ぶのは家族だけなんだけど……と半覚半醒のなかで思った。

古いアルバム写真のあの人——徳太郎伯父から祖母だと聞かされた「光子」という人かもしれないと思い当たったのは、目が覚めてからだった。それほどではないふりをしたけれど、打ち明け話はやはり衝撃だったから、夢に見てしまうことはあり得る。その人からう。

「マーヤ」と呼ばれたことも、自分の意識の投影だったのだろう。

それにしても——と、麻矢はあくびのしすぎで目じりに溜まった涙を指で払いながら思う。

光子さんの娘である母を、曾祖母の末子にしたのはなぜなんだろう。

未婚の母だから？　と訊いたとき、徳太郎伯父——光子さんの弟なのだから、伯父ではなく大叔父ということになるけれど、今さら大叔父とは呼びにくい——は否定しなかったけれど、それだけの理由でもなさそうだった。それに、精神に変調をきたしていたという光子さんを、物置部屋に住まわせていたのもひどすぎる気がする。

母は何とも思わなかったんだろうか。実の母親が日の当たらない部屋に押し込められているというのに、柳瀬家に帰るたびに徳太郎伯父やトミばあちゃんとニコニコ話していたのは、あれは何だったんだろう——。

母・月乃への不審と、楽しかった子ども時代の思い出が暗く塗り替えられていくような寂しさから、麻矢は長い溜息をついた。

気持ちを切り替えて取材してきた映像を編集し、記事原稿を書く。

〈今朝の最低気温は、米子市でマイナス二度を記録し、この冬一番の冷え込みとなりました。

昨夜から断続的に降った雪は、米子市内で六センチ、日野郡日南町で二十センチ、大山で七十センチの積雪となりましたが、日中は気温が上がり、米子市内の雪は昼頃までにほとんど消えました。しかし、積雪と朝の冷え込みの影響で、市内の道路は各所で渋滞が発生――〉

「藤堂、高田専務が呼んでる。行くぞ」

合原満にいわれて、麻矢はパソコンのキイを打つ手を止めた。

「まだ原稿が途中なんですけど。今日の『ほっとスタジオ』で流す分」

「そんな原稿、十分もありゃ書けるだろ。俺なら五分で書く」

くっそ、嫌味な奴。心の中で舌打ちをして立ち上がる。一年間ともに『中海ストーリー』を作ってきて――というより、ディレクターである合原の指示に従ってきたというほうがいいのだが――いくぶん距離は縮まった気がするけれど、いまだ親しみは持てない。ネズミが猫と仲良くできないようなものかもしれない。

高田専務の話は、『中海ストーリー』を再スタートしたいというものだった。

「きみたちには一年間頑張ってもらって、いい番組が作れた。『中海再生宣言』も出して、市民の意識も少しずつ変わってきたように思う。きみたちのおかげだ」

はい、と合原がうなずく。錦海テレビの放送コンテンツを指揮する高田専務から褒められることは、〈ゴーマン合原〉であってもうれしいらしい。もちろん麻矢もうれしいのだが。

「けどな、これで終わらせてはダメだと私は思うんだ。茅野《かやの》社長と私は、『メディアを市民の手に取り戻す』という意気込みで錦海テレビを作った。それは、市民とともに地域の課題を解決したいという気持ちだ。『中海ストーリー』を放送する以前、この地域の人たちで、中海に関心を持っている者は少なかった。いってみれば、番組のニーズはなかったということになる」

麻矢は小さくうなずいた。干拓事業と淡水化の中止を求める運動が盛り上がったことは熊谷さんから聞いていたし、一昨年、干拓事業が中止になったときは全国ニュースになったが、その後の中海について関心を持つ人は多くない。

「ニーズがあるから番組を作るというのはいい。しかし、それだけではダメだ。放送会社として地域の問題を提起する、それで考えてもらう。ニーズよりもシーズ、つまり種を撒くことが大事だと私は思う。『中海ストーリー』という番組を通じて、われわれは種を撒いた。しかしまだ芽が出かかったところだ。この芽を育てて花を咲かせねばならん。中海を再生し、地域の宝として磨きあげ、市民みんなが、中海のほとりに暮らすことに喜びと誇りを感じられるようにな。これからが本番だ」

はい、と麻矢は答えた。昨年末の時点で「これで終わっていいのか、続けるべきではないのか」と思っていたのだから、もちろん異存はない。

ただ一つの難点は……と思いながら、となりに座る合原満に目をやると、笑みこそ浮かべていないものの、前のめりになって話を聞いている。やる気充分のようだ。腐れ縁は続くのだろう。まあ、しょうがないか――。

「ただし、すぐには始められん。しばらく準備期間を置く。番組のプランも練り直さないといかんし、市民の意識を醸成するための期間も必要だ」

え、そうなの？――やる気になっていた麻矢は拍子抜けしたが、合原は「ええ、それがいいですね」とあっさり同意し、「で、どんなことからやりましょうか」と訊く。さっきの前のめりは何だったんだ、と思う。

「私は、中海再生を市民運動にしたいと考えている。そのためには、中心となる団体を作らねばならん。来月半ば、これまで番組に出た人たちを集めて、うちで会議を開こうじゃないか。『中海再生会議』だ。そこで団体を立ち上げる」

「わかりました。あと一ヵ月ですね。私と藤堂で準備を進めます。当日の進行は専務がされますか」

「いや、私は表に出ないほうがいいだろう。コーディネーターとして、ジャーナリストの番《ばん》場紘一《ばこういち》さんに来てもらうことにしている」

「あの、番場紘一さんて、『激論トーク』をやってる方ですよね」

麻矢が訊くと、合原が、ほかにどんな番場紘一がいるんだよといった目つきを寄越したが、高田専務はうれしそうに「ああ、そうだ」と答える。

「何年か前にも、うちの生番組の司会をやってもらってな、以来懇意にしている。打診したら受けてくれた。東京からも注目されていることを、米子市民に知ってもらうチャンスだ」

へえ！　と麻矢は感心した。地上波であるテレビジャパンの『激論トーク』は、毎回政治家や学者などを呼び、政治・社会問題について文字どおり「激論」を闘わせる番組だ。硬派な番組が少なくなっている現在、決して硬派とはいえない麻矢でも、貴重でおもしろい番組だと思っている。番場紘一の、歯に衣着せず核心を突くトークは、見ていてスカッとするし勉強になる。

その番場紘一が錦海テレビに来て、会議をリードしてくれる！

と一瞬興奮したあと、不安になった。大丈夫だろうか――。この一年間に取材し、インタビューした人たちを、麻矢は思い浮かべてみた。中海の漁業者たち、生活排水をきれいにしようと活動している子どもたち、中海に注ぐ加茂川周辺でまちづくりに取り組んでいる人たち……。

東京の地上波テレビに出ている政治家や学者と違って、こっちで会議に出るのはごくふつうの人たちだ。やっていることもそれぞれだし、話し合いに慣れている人もあまりいそうにない。コーディネーターが番場紘一であっても、果たして会議をまとめて団体を立ち上げることなどできるんだろうか。

そんなことを思っていると、合原満から肩を叩かれた。

「さっきの原稿が終わったら、会議に呼ぶ人をピックアップだ。五分で書け」

「えー、それは無理ですよ」

「書くんだよ。俺なら三分で書く」

「ウルトラマンですか」

「馬鹿なこといってないでさっさとやれ」

まるで小学生のようなやり取りを、高田専務は煙草に火を付けながら笑って見ている。恥ずかしい。

すみません、というつもりで頭を下げると、まあ仲よくやってくれよ、という感じで片手を上げてくれたが、「会議がまとまらんようなら、『中海ストーリー』も考え直しになるからな」という言葉に、麻矢はどきりとした。

その後しばらく、徳太郎伯父の口から光子さんの話が出ることはなかった。

話すような時間がなかったこともある。夜の伯父は、帰りが遅い麻矢のために、温めればいいようにした夕食を食卓に用意してくれて先に休んでいるし、朝の麻矢は、ぎりぎりまで寝ていてバタバタと出かけて行く毎日だ。たまの休日も、何だかんだで外に出ることが多い。ようはすれ違いである。

珍しく家にいた二月初めの夕方、おでん鍋を前に徳太郎伯父と向かい合った麻矢は、「中海再生会議」の準備を進めていることを話した。「そりゃ、ええことだがな」と、大根をすくい上げながら伯父がいう。

「でも、市民運動とかいわれるとハードルが高そうで……」

「それは麻矢が心配せんでもええんじゃないか。中海をきれいにしたいと思う市民が集まれば、何らかの方向性は見えてくるもんだ」

「そうかな」

「なんだか麻矢らしくないな。迷ってることでもあるのか」

「そういうわけじゃないんだけど……。あれかな、わたしは高田専務や伯父さんみたいに、昔のきれいだった中海を知らないから、専務の熱っぽさについていけないのかも……。すごい人だと思ってるんだけどね」

「番組は作りたいが、それ以上の苦労は背負いたくない、というところかな」

ほぼ図星だ。でも認めたくない気持ちもある。うーん、と曖昧にごまかしながら、麻矢は鍋からゆで卵をすくい上げた。箸で卵を割ると、鮮やかな色をした黄身から、香りと熱がもわっと立ち上がってくる。

「そういえば伯父さん、前に話してた光子さんの具合はどうなの。ママには話した？」

「いや……もう会ってもわからんだろうからな。そっとしておくほうがいい」

「そうなんだ……」

ひと月近く前、初めて聞いたときと比べると、徳太郎伯父の口ぶりは落ち着いているけれど、光子さんの容体は重篤なようだ。

「麻矢のお祖母ちゃんは、死んだトミばあさんだ。これまでもそうだったし、これからもな」

「うん……」

あの話は聞かなかったことにしてくれということだろう、と麻矢は思った。徳太郎伯父は、話したことを後悔しているのかもしれない。疑問を口にできるような雰囲気ではなかった。

◇

二月半ばの夕方、錦海テレビの会議室に二十人ほどが集まった。環境保護活動をしている会の代表や、まちづくり団体のリーダー、水鳥公園の人、ヨットクラブを運営している男性、市会議員などなど――が、大きな楕円テーブルを囲んで座る。

それぞれにコーヒーを配り、サンドイッチの盛り皿をいくつか置いたあと、麻矢は壁際の椅子に座った。話し合いに参加するわけではないが、出席者の誰より緊張しているかもしれないな、と自分で思う。

この会議のなりゆきは『中海ストーリー』に大きく影響する。もし何もまとまらなかったり、方向性が見いだせない結果になれば、番組の再開はなくなるかもしれない。

それは嫌だ――。でも、高田専務の意図どおり団体ができることになれば、『中海ストーリー』が背負うものは、これまでとは違ってくるだろう。

それは、ちょっと重い――。

「皆さんこんばんは。番場紘一でございます。よそ者の私が、非常に大事な運動をやるコーディネーターを引き受けるのは筋違いだとは思うんですが、じつは私は鎌倉に住んでいまして、住民が十六万人くらいのところに毎年一七〇〇万人以上の人が来る。鎌倉は十六万人の住民だけのものじゃなくて、日本全国の人たちの共有財産だと思うんですね。そこに住むわれわれは、防人《さきもり》のようなもので、そこを守り大事にしていく責任があるというふうに思っているわけです」

番場紘一の挨拶で会議が始まった。五十代の後半だろうか、テレビで見る通りの、半白髪で細身の紳士に参加者の目が集まる。

「で、せっかく来ましたので、多少きついことをいわせていただくとですね、中海を昭和二十年代まで戻そうというようなことをおっしゃっているようですが、今まであなた方は何をやっていたのかと――。つまり、米子に住んでいる人たちを防人だとすると、中海というこれだけの素晴らしいものを、国民の財産であり、世界の財産であり、地球の財産であるものについて、本当に真剣に関わってきたんですか。今頃になって何をおっしゃっているんですか」

いきなりカウンターパンチが繰りだされた。番場さんの顔には笑みが浮かんでいるが、その言葉の厳しさに、参加者たちの顔がこわばるのがわかる。

しかしそこは番場紘一、

「――ということを、私が鎌倉についていわれて当たり前だと思うんですね。そういう意味で、同じような危機意識を共有しながら、今日は皆さんと一緒にお話したいと思います」

とすかさずフォローが入る。場の空気がゆるむ。さすがは百戦錬磨のジャーナリストというべきか、と麻矢が思っているうちにも番場さんの話は続く。

「テレビって、普通はいいっぱなしでしてね、後始末とかフォローをしないんですね。今回、錦海テレビさんが一年間番組をやって、そうしてこういう集まりが生まれたことは大きい。今日はいろんな市民の方、そして行政や議員の方もいらっしゃっていますが、そういう方々のコラボレーションで、中海という環境資産を守っていくことができたら、これは歴史的快挙になると思うんですね。ですから本来は、サンドイッチを食べながらお互いに知り合うことから始めなきゃいけないんですけれど、自然環境の状況は厳しいということを考えると、そんなことをやっているほど時間はないんです。せっかくこういう会合が生まれたならば、まず目標を決め、その目標に対して、どのくらいの時間でそれを達成するかが大事なわけです。たとえば、十年間で昭和二十年代まで戻そうという時間と目標を決めたら、そのためにそれぞれがどういうことをやったら実現できるか、考えられるんですね。また情報交換しながら、どんどん多くの市民の方々に――こう燎原の火のように広げて参加してもらう。そのためのメディアとして、錦海テレビは火付け役になった以上、責任を持ってもらいたい。中海をきれいにしようといった以上はですね、やっていることをずーっと継続的に放送してもらいたいと思うわけです」

早い！　話の持って行き方が早い！　挨拶どころか、目標と達成期間という、議論の核心になるであろう部分にまでさっさと踏み込んでいく番場の語り口に、麻矢は驚嘆した。

さらには、番組を続けろといってくれている。番場紘一にいわれたら、高田専務も「否」はないだろう。

目標は、ほぼ共有されている。汚濁の進んだ中海を、昭和二十年代、もしくは昭和三十年頃に戻そうというものだ。その頃の中海を実際に知っている人は、参加者の半数くらいだろうが、透明度が高く藻場があって、さまざまな種類の魚貝が獲れ、圏域の人々にとって欠くことのできない存在だったことは、みんなの共通認識となっている。さらに番場紘一から、「日本の財産、世界の財産」とまでいわれたのだ。

問題は達成期間だった。

番場さんは出席者に、

「目標を決めてもですね、それが三十年も四十年もかかったら、もう意味がないわけでして、この運動の期間をどのくらいに持っていくか、みなさんはどうお考えになりますか」と問うた。

手が挙がる。

「簡単にいいますと、病気になったとき、なった期間の倍くらいかけないと病気は治らないといわれています。ですから、三十年かかって汚れてしまったものは、六十年かけないと治らないでしょう」

「私も、長期的な展望を考えるべきじゃないかと……」

「昭和三十年というと、今から五十年近くも前です。それくらいの長い時間、われわれは中海を放置していたわけで、その反省から始めなくちゃいけない。徐々に進めていって、放置したのと同じ時間、いや、もう少し長くかけないと難しいんじゃないかと思います」

それらの意見を、番場はふむふむという様子で聞いていたが、マイクを持つと、「それでは間に合わないんですね」と声を発した。

「五十年、六十年かかるとすると、それまでにわれわれ人間のほうが沈没しちゃう。それくらい、環境の悪化というのはスピードが速いんです。二十世紀のあいだにやってしまったことのツケが二十一世紀に来てるわけですから、目標の時間設定は、アッパーリミットでも十年くらいの枠組みで考えないといけないんじゃないでしょうか」

われわれ人間そのものが沈没——ってどういう意味だろう？　麻矢がそう思っていると、参加者の女性が、「それは急がないと、環境悪化によって、私たち人間が生きられなくなるということでしょうか」と質問した。

「そういう心配もしております。二十世紀に経済発展を優先した結果が、さまざまな環境悪化となって出てきている、そして人間の生活そのものを脅かすまでになっているわけですけれども、中海のことでいえば、もし五十年、六十年かかったとして、ここにいらっしゃる中の誰が生きていますか？　誰がそれを見届けることができますか？」

ハッ、となったのは麻矢だけではないのだろう。会議室はしんとなり、コーヒーカップがソーサーに触れるカチャカチャという音だけが響いている。用意したサンドイッチが、手を付けられないままエアコンの微風に乾いていく。会議の参加者はみな四十代以上だ。高齢の人も何人かいるし、麻矢自身だって、六十年先に生きているかどうかなんてわからない。

「あの、脅すつもりではなかったんで、そう取られたら申し訳ないんですけれども――」

番場の落ち着いた声が、しばしの沈黙を破った。

「なぜ期間ということが大事かといいますとね、みなさんいろいろな取り組みや運動をされてきているわけですから、そういう方々がこうやって一堂に会したときに、共通の物差しというのが必要になるんじゃないかと思うんです。十年を目標期間とすると、五年後、三年後、一年後と区切って、具体的に今年はどこまで行ったかということを確認できる。で、そういう情報を錦海テレビさんが放送で流してくれるとですね、あっ、今年はここまで来たなと、ここにいる方々だけじゃなくて、市民のみなさんもわかる。そういったことを共有するためには、目標と期間を、最初に決意として決めたほうがいいと思うわけなんですが、どうでしょう」

五十代くらいの男性が手を挙げたのを見て、あ、近藤さんだと麻矢は思った。小・中学生を対象にヨットクラブを運営している人で、その子どもたちと一緒に、定期的に中海湖岸の清掃をおこなっている。昨年の秋に取材に行ったときも、十人ほどの子どもたちと一緒に、ビニールごみや流木を拾い集めていた。

「今まで、期限を決めてということは考えたことがありませんでしたけれど、今うかがって、あ、なるほどなと思いました。やはり目標は達成するためにあるわけですし、その期限を決めないと行動にも影響があると思います。ここには専門の先生方もいらっしゃいますので、やり方によっては、ひょっとしたら本当に、十年で甦るかもしれない。じゃあこの十年で、本気で中海を甦らせようと思うならば、じゃあどうしたらいいのかってことが出てくると思うんです。で、あの、おそらく市民の運動だけではダメで、米子市や安来市なども含めた、地域をあげてのプロジェクトという展開に持って行かないと無理じゃないかと思いますので、ぜひそういう方向にまで発展するようにして、で、市民は市民で個別の活動をしていくということはもちろんですから、私も頑張りたいと思いますけれども、そういう複合型にしないと、以前の中海には戻らないと思うんです。ですからその、期限を決めるってこと、十年でやろうってことにはとても賛成です。ぜひ十年で、以前の美しい中海を取り戻したいという気持ちです」

ぎこちない喋り方ではあるものの、熱のこもった言葉に麻矢は心を動かされたのだが、果たしてその後は、「十年」に賛同の声が相次ぐようになった。

もちろん、それぞれの立場からそれぞれの意見や提案が加えられる。水環境の専門家からは、生態系を含めた環境回復にはやはり五十年くらいかかるだろうという意見が出されたし、行政関係者からは、下水道整備を進めているところだが、生活排水や農薬使用が今のままだと、劇的な水質改善は難しいという声も上がった。

それでも、「十年を目標にしよう」ということは全体の意思になりつつあった。

だれもが何とかしたいと思っている。かつての中海の面影を取り戻したいと願っている。真剣に――。自分が生きているあいだに――。

ふーっ。

二時間あまりの会議を終え、だれもいなくなったテーブルからコーヒーカップを下げつつ、麻矢は大きな息をついた。半分は安堵の吐息、半分は困惑のため息である。

「十年で、泳げるきれいな中海に」

会議の終わりに採択された、目標というかスローガンだ。

会議の前半では、昭和三十年頃かそれ以前に戻そうという目標が語られていたが、干拓淡水化のために作られた堤防が水の流れを変えてしまっていること、かなりの部分がコンクリート護岸になっており、藻場の再生は難しいだろうことなどから、会議の後半ではより現実的な目標へとシフトした。それが「泳げる中海」である。「中海再生プロジェクト」という団体の発足が決まり、プロジェクトの事務局は錦海テレビが引き受けることになった。

〈いいだしっぺ〉である錦海テレビは責任を持つべき、という番場紘一の指摘を受けた格好だけれど、高田専務はもともとそのつもりだったはずだ。そうでなければ、会議の場所を錦海テレビにはしなかっただろうと、麻矢は思う。

高田専務の中海に対する気持ちは生半可なものではないし、番場さんの進め方もさすがというしかない。参加者たちは、もともと中海をきれいにする活動をしていた人が多いけれど、番場さんのリードが、彼らの中にある「思いの丈」を引きだしていったという感じだった。

それはよかったと思う。麻矢が予想していたよりもはるかに活発な意見が交わされたし、〈動きだした〉という実感がある。平面に描かれていた絵が立体になったような、とでもいえばいいだろうか。

だけど――正直にいえばついていけない感じもあるのだ。錦海テレビが事務局になった以上、自分にもプロジェクトをまとめたり、運動を推進する役目が課せられるだろうけれど、会議に参加した人たちの中でたぶん一番中海についての知識がなく、情熱も足りないのが自分だろう。会議が白熱しただけに、よけいそのことを自覚させられた。これまでたくさんの人の話を聞いてきたけれど、あくまで番組作りのためだったような気がする。

こんな人間が、しかも入社三年目のぺーぺーが事務局なんて――もちろん、指揮をとるのは高田専務だけど――恥ずかしすぎるし無理。絶対にムリ！

「なんだ、まだ片付けが終わってなかったのか。雪が降ってるから今日はもう帰れ」

入ってきた合原満にいわれて窓の外を見ると、ブラインドの隙間に白いものが見えた。そういえば『ほっとスタジオ』で、今夜から冬型の気圧配置が強まると伝えていたけれど、いつから降り始めたのか。壁の時計は午後九時に近づいている。

「でも、今夜の会議の文字起こしをしないと……」

「そんなの明日からでいいだろ。どうせ時間がかかるんだし」

合原はそういうと、麻矢がひと所に集めていたカップやソーサーを手際よくワゴンに積み始めた。そうして、「こんなの紙コップでよかったんだよな、専務も良い格好したがるところがあるからなあ……」とつぶやきながら、ワゴンを押して出て行こうとする。

「あの、わたしがします」

「いや、俺が洗っておくからいい。雪が積もると帰るのがしんどくなるぞ。疲れてるだろうから、早く帰って寝ろ」

ぞんざいないい方ではあるが、〈ゴーマン合原〉とは思えない言葉と行動に、麻矢はちょっと驚いた。会議中はメモをとる程度のことしかしていなかったのだけれど、内心では緊張していたのを察してねぎらってくれているのだろうか。ふと、気持ちがゆるむ。

「今夜の会議、うまくいったんですよね」

「ん？　そうじゃないか。番場さんの仕切りのおかげだけどな」

「でも、プロジェクトの事務局なんて、ちょっと自信ないです。今夜来てた人たちはすごい人ばっかりで、そういう人たちをまとめるとか無理です」

「なんでおまえが事務局代表みたいな設定になってるんだよ」

一瞬ムッとなったけれど、眼鏡の奥の目は笑っている。馬鹿にされてはいるが、批難されているわけではないらしい。以前は青いフレームだった合原の眼鏡が、シンプルな縁なしになっていることに麻矢は気づいた。表情が柔らかく見えるのは、そのせいもあるのかもしれない。

「そうですよね……。まとめ役は高田専務なんだから、わたしたちは専務についていけばいいんですよね。今夜の話し合いを聞いていたら、つい力が入ってムキになっちゃいました……」

「いや、そこは藤堂の長所だよ。人任せにしないっていうか、自分でしょい込もうとするというか。専務もそこを買ってるわけだし、ついていくというより、藤堂のやりたいことがあれば、どんどんやればいい。ウチはそういうテレビ局だから」

「だから、東京からこっちに移ったんですか？　キー局にいたって聞きましたけど」

「そんなことはどうでもいいだろ。さっさと帰れ！」

きつくいわれて、麻矢は会議室から退散した。そういえば前に熊谷里美さんから、「東京の局で、トラブル起こして辞めざるを得なくなったらしいよ」と聞いたことがあったのを、今になって思いだした。うっかり〈地雷〉を踏んでしまったのかもしれないと気づく。

それにしたって怒鳴らなくてもいいじゃないか。案外デリカシーのある人かもしれないと思って、気を許したのがいけなかった。合原はやっぱり〈ゴーマン合原〉だ。

音もなく降る雪の中、慎重に車を運転しながら柳瀬家に帰ると、門灯はついているものの家の内は暗く、徳太郎伯父の姿もなかった。

もう寝ちゃったのかな。

台所の明かりをつけると、いつもなら温めればいいようにして置いてある夕食（一人用の鍋物とかシチューとか）もなく、その代わりにというべきか、ガラス製の醤油差しの下にメモがあった。

——T病院へ行ってきます。今夜は帰れないかもしれません。悪いが晩飯は適当に食べてください。

ファンヒーターをつけ、炊飯器に残っていたご飯を温めてカップ麺に湯を注ぐ。冷蔵庫から白菜の浅漬けを取りだしながら、T病院ということは光子さんがいよいよ……と麻矢は思った。

一度くらい見舞いに行けばよかったのかもしれない。

そう思う一方で、いや、会わないほうがよかったのだという気もする。もし見舞いに行きたいといっても、たぶん伯父は止めただろう。そっとしておいたほうがいいといっていた口ぶりからして、誰にも会わせたくないようだったし——。

あー、疲れた。

食べ終えたとたん、麻矢は激しい眠気に襲われた。緊張とドタバタの一日だったから仕方ないが、風呂に入るのも化粧を落とすことも、二階の自分の部屋まで行くことさえ億劫だ。

着ていたジャケットを台所の椅子に掛け、這うようにして廊下を挟んだ居間へ移動し、スイッチを入れた電気炬燵にもぐり込む。徳太郎伯父が使っている枕は糠床みたいな匂いがしたけれど、今はそれもさして気にならない。

十センチほど開いた障子の隙間から、廊下の向こうに降る雪が見えた。廊下のカーテンを閉めなきゃ、と思うけれど、炬燵を出て廊下まで行くのは、アルプス山脈を徒歩で越えるくらい困難なことに思えた。

閉じたまぶたの裏側に、音もなく雪が降り積もる。その雪が、眠りの海へと麻矢を沈めていく。

灘町の小路

五　萱島の恋

まるで粉雪が風に流されていくように、タンポポの白い綿毛が飛んでいく。

「ソー・ビューティフル。きれいだ……」

フレデリック・マイヤーズのつぶやきが、飛んでいく白い綿毛に対してのものなのか、それともタンポポの茎を手にした自分に向けられたものなのか——と思って視線をさぐろうとするものの、温和な笑みを浮かべた瞳にぶつかって、柳瀬光子はうつむく。恥ずかしい。いまだに、マイヤーズと向き合うことには慣れていない。

「どれ、私もやってみよう」

マイヤーズは草むらからタンポポを引き抜き、強く息を吹きかけた。綿毛のかたまりが草むらに落ち、マイヤーズが苦笑する。

「軽く、ソフトに。茎はもう少し顔から離してください」

光子が手渡した、ひときわ大きく膨らんだタンポポに、マイヤーズがそっと息をかける。小さな綿毛が、巣から飛び立つ小鳥のように舞い上がり、風に乗って行った。

マイヤーズが「おお……」と歓声を上げ、光子はその行方を追う。

五月の空は午後七時が近くなっても明るく、綿毛が飛んでいく木立ちの先に、夕日を映した中海が黄金色に光っている。

二人きりになれる所へ行きたいといわれて、光子が選んだのが城跡のある小山だった。明治時代の初めまでは、二つの天守閣を持つ城がそびえていたというが、今は石垣も雑木に隠され、城山であったという面影すら乏しい。登る人もほとんどいない。

しかし家から近いこともあって、光子は子どもの頃からよく登っていた。獣道同然の登山道も熟知している。中海に面した登り口でマイヤーズと落ち合い、覆いかぶさるような樹木の枝をかいくぐりながら進むと、十五分ほどで開けた草むらに出た。

案の定、誰もいなかった。もともと、城がなくなったあとの小山に興味を持つ人は少なかったし、今は誰もが日々の生活で手いっぱいなのだ。

「いい眺めですね」とマイヤーズはいった。

「はい、ここからの景色が好きなんです」と光子は答えた。

右手に独立峰である大山《だいせん》がそびえ、その裾野から続く米子の町並みが眼下に広がる。夕餉の煮炊きの煙がたなびく家並みの先には、弓ヶ浜半島が弧を描いて延びている。半島の美保湾側には白砂の浜と松林が続き、入海である中海側には葦の原が広がっている。

沈みゆく日輪は、中海の向こう、島根半島の山々にかかっていた。稜線から朱色の光が放たれているように見える。

「心が洗われるようだ。神聖な気持ちになります」

綿毛の飛び散った茎を持ったまま、マイヤーズがいった。

「マイヤーズさんの故郷では、夕日はどこに沈みますか」

「私はロンドンの下町で育ちました。太陽は建物と建物の間に沈みます。それは少し寂しい光景でした。でもここで見る日没は美しく、パワーを感じます」

「マイヤーズさんにそういってもらえてうれしく思います」

「ミツコ。私のことはファーストネームで呼んでほしい。フレデリック……いやフレディと――。いいね？」

はい……と答えて顔を上げた光子の手が握られ、身体が引き寄せられた。整髪料と煙草の匂いがするジャケット――その麻の感触が頬をくすぐる。

ときを置かず、マイヤーズの唇が光子のそれに触れた。これがキスというものなのか……と思う間もなく押し倒され、光子は草むらでマイヤーズの身体を受け止めていた。

「ミツコ、アイ・ラヴ・ユー……ミツコ……」

耳朶を甘く噛まれながらささやかれて、自分の中から自分が抜けていくような幸福感に包まれる。熱い吐息と青草の匂いが混じり合い、自制心がタンポポの綿毛のように飛び散っていく。

まさかこんなことになるなんて、ひと月前まで思いもしなかった。

いや、そうじゃない。私はそれと気づかず、ずっと望んでいたのだ。手紙をもらったときから――。ううん、初めてフレディに会ったときから――。

「ミー・トゥー。アイ・ラヴ・ユー、フレディ……」

ささやきを返しながら、自分の心の内に潜んでいた感情に気づいて、光子は自分が怖くなる。


二月の雪の晩、部屋に入ってきたマイヤーズは、なぜこんなに遅くまで仕事をしているのかと、光子に問うた。

ミスが多くて提出期限に間に合わないかもしれないのだと光子が答えると、マイヤーズは打ちかけのペーパーをタイプライターから抜き取り、しばらく目を通したあとで、「よくできている。ミスはない」といった。

「ミス・ベネットから何かいわれたのですか」

ベネットはキャサリンの名字だ。光子は「いいえ」と首を振ったが、マイヤーズはほかの翻訳作業者から何か聞いていたようで、「彼女には私から話をします。これからは直接私に、翻訳したものを届けるようにしなさい」と穏やかな口調で告げた。

それから、遅くなってからの一人歩きは危ないから家まで送って行こうと、光子に申した。

「いえ、それは結構です。徒歩で十分ほどのところですから」

「先日も、市内で若い女性が暴漢に襲われそうになりました。市中の治安は私たちの仕事です。雪も降ってきました。急ぎましょう」

さあ、とマイヤーズに促されて、光子は急いで机の上を片づけ、父の古コートを羽織った。毛織で物は良いのだが、なにしろ大きいし重たい。袖口を折っても、ねずみ色のコートの中に埋まってしまうように見えるのが恥ずかしかったが、今さらどうしようもない。

細かい雪が間断なく降る夜道を、光子はマイヤーズと並んで歩いた。初めは少し後ろを歩いていたのだが、となりに来るよういわれたのだ。

雪は、まだ積もるほどにはなっていない。街灯もなく、商店も雨戸を閉めた道はまったくの暗がりだったが、マイヤーズの持つランプが足元を照らしてくれた。

ユキオンナを知っているかと、光子は尋ねられた。

「雪女？　小泉八雲が書いたお話の雪女ですか？」

「そう、ラフカディオ・ハーン。この国ではコイズミヤクモと呼ばれていましたね」

子どもの頃に母から聞いたのだがよく覚えていない、知っていたら聞かせてほしいとマイヤーズはいう。

「ロングロング・ア・ゴー……むかしむかし、ひとりの若い樵《きこり》がいました。ある年の冬、老いた樵と一緒に山へ入った若者は、激しい吹雪に遭って近くの山小屋に逃げ込みました」

女学校時代に読んだ本を思い出しながら、光子は語り始めた。「そうです、そんな話でした」とマイヤーズが相槌を打つ。

「夜になって囲炉裏の傍で寝ていると、ふいに入り口の戸が開き、白い衣をまとった女が入ってきました。髪の毛も肌も真っ白な、雪の化身のような女です」

「イロリ?」とマイヤーズが訊く。

「イッツ・ア・ジャパニーズ・ストーヴ。四角い窪みの中で木を燃やします」

「アイ・シー。続けてください」

「雪女は口から冷たい息を吹きだして、年寄りの樵を殺してしまいました。自分も殺されると思って、若者はとても怖くなりました。けれど雪女は、若者には息を吹きかけませんでした」

「ホワイ?」

「若くて美しい男だったからです。おまえは死なせたくないと、雪女はいいました。けれど、もし今夜見たことをほかの誰かに話したら、そのときは容赦なくおまえを殺すといったのです。家に帰った若者は、その言葉を守り、雪女のことは誰にも話しませんでした」

何年か後、若者の家に美しい娘が訪ねてくる。二人は好き合って一緒になり、可愛い子どもたちが何人も生まれた――というところで、柳瀬家の前に着いた。

「ありがとうございました」光子は腰を折って礼を述べた。

「またいつか、ユキオンナの続きを聞かせてください。いいですか?」

「……はい」

「楽しみにしています。グッナイ、ミス・ヤナセ」

そういって軽く手を上げると、マイヤーズはもと来た道を戻って行った。


マイヤーズの執務室は、中国配電ビル三階の奥にある。夕方、その日にタイプした書類を持って行くと、入り口近くの机にいる秘書官のような男性がそれを受け取る。直す箇所があれば翌日メモが渡されるが、ほとんどは「OK」のサインのみだった。

マイヤーズは、いるときといないときが半々だった。いるときは、ほとんどが英国フラッグの飾られたデスクでタイプライターを打つか、書類に目を通しており、光子に気づいてまなざしを向けることはあっても、言葉をかけたり笑みを寄越すようなことはしない。そこにいるのは、英国空軍第二十二保安隊長以外の何者でもなかった。

キャサリンからは、以前のような悪罵《ば》を投げつけられることはなくなった。文書を見てもらわなくなったのだから当然かもしれないが、朝の挨拶にも軽くうなずいてくれるし、コーヒーを持って行くと無言ながら受け取ってくれる。「暖かくなりましたね」という光子の挨拶に、「そうね」と返してくれたこともあった。

指導役でなくなることについて、マイヤーズがどう話したかは知る由もないけれど、婚約者同士なのだから、キャサリンが気分を害するような言い方はしなかったはずだと光子は思う。きみは本来の仕事に専念してほしいとか、ジャパニーズガールの面倒をみるのは疲れるだろうからとか——。

その想像は、小さな棘となって光子の胸を刺す。ここで働かないかというマイヤーズの誘いも、ピティだったのかシンパシィだったのか、考えるほどにわからなくなってくる。

やめよう、と光子は思った。あれこれ考えるのはやめよう。給金をもらえる職場があるというだけで充分ではないか。おかげで何とか生活できるようになったし、徳太郎と康子の学費もまかなえている。

それにマイヤーズのおかげで、嫌がらせに近いキャサリンの叱責もなくなった。視線がしばしばこちらに向けられているのは感じるが、何かいわれるわけではない。あの雪の晩の、

「助けて」という心の叫びは届いたのだ。

届いたって誰に？――マイヤーズさんに？

それはそうかもしれない……けれど……と思って、光子はふいに窓ガラスに映っていた女の顔を思いだす。自分のはずなのに自分でないような気がしたのは――ああそうだ、髪の毛が短かったからだ。自分は肩を越すくらいの長さがあって普段は一つに括っているが、降る雪を背景にこちらを見ていた女の髪は、少年のように短かった。

自分に似ているが、自分ではない誰か――いや、そんなことがあるはずはないと、光子は自分の記憶を笑う。あの晩の自分は追いつめられて少しおかしくなっていたし、厚くて歪みのあるガラスだから、そんなふうに見えただけなのだ。


四月の半ば、「ＯＫ」のメモと一緒に、白い封筒を秘書官から手渡された。表に裏にも何も書かれていない。きっちりと糊付けされているそれを、光子は仕事場に戻ってペーパーナイフで開けた。

「アス、ゴゴ７ジ、ヤヨイマチノ、タジマヤニキテホシイ。ユキオンナノハナシ、ツヅキ、キキタイデス」

タジマヤ……多嶋屋と、カタカナで書かれた文字を変換する。駅前通りから一つ裏手の路地にある多嶋屋は、深い木立ちを有する老舗の料理屋だ。戦争末期の空襲で米子駅前の一帯はかなりの被害を受けたが、多嶋屋は木立ちのおかげで類焼を免れたと聞いていた。

雪女の話——確かに続きを聞かせてくれといわれたけれど、あれはもうふた月近く前のことだし、社交辞令の挨拶だと思っていた。マイヤーズさんは本気だったのだろうか。

短い文面を何度もさらっていた光子は、キャサリンが後ろに立っていることに気づかなかった。「どんな指示が出たの？」と訊かれて、「いえ、何でもありません」とペーパーを畳もうとした光子の手から、キャサリンがそれを取り上げる。

「何と書いてあるの」

「あの……タイピングが薄くて読みにくいから、もっと強く打つようにと……」

「ふうん。そんなことをわざわざレターに書くかしら。それになぜニホン語で書いてあるの？」

「……たぶん、私の英語力がまだ乏しいからでしょう」

苦しい言い訳だったが、「英語力が乏しい」という言葉にわが意を得たのか、キャサリンは「しっかりやってよね」といって手紙を返してくれた。光子はほっと胸をなで下ろす。

翌日、女学校時代の友だちと会うから今夜は遅くなると、母に断って家を出た。初めのうちは心配していた母も、光子の持って帰る少なくない給金で暮らしが立つようになると、マーケットで買った生地で通勤用のブラウスやスカートを縫ってくれるようになった。

敗戦から四年が経ち、町はまだ混沌としているものの、ぽつぽつと新しい商店ができ、マーケットに出る品物も少しずつ増えてきている。その日の光子のスカートも、旧軍放出の落下傘生地をオレンジ色に染め直したのを買って、母がサーキュラー型に仕立ててくれたものだった。

母に嘘を吐いた後ろめたさはある。不安がないといえば嘘だけれど、どこかで胸のはずみを感じているのも確かだった。そうした感情を、上司の命令なのだから――と光子は自分にいい聞かせる。

ツバキやシラカシに囲まれた多嶋屋の玄関を訪うと、五十年配の中居さんが二階へ案内してくれた。

床の間付きの六畳に黒檀のテーブルが置かれ、マイヤーズが香りのいい煙草を喫っていた。「ハイ」と片手を上げて向けた笑顔は、執務室で見るのとは別人のようなにこやかさで、抱えていた不安が一度に消えていく。グレーのジャケットにブルーのネクタイという服装も、親しみやすさと若々しさを感じさせる。

すぐに皿や小鉢が運ばれてきた。野菜の煮つけや山菜の天ぷら、ウナギの焼き物、菜の花料理が並ぶ。

の和え物、サヨリの吸い物……どこから調達してきたのかと思うほど、豊富な食材を使った
「さあどうぞ。食べましょう」

マイヤーズに促されて、光子はおそるおそる箸をつけた。こんなご馳走を口にするのは子どものとき以来だ、と思う。

マイヤーズは、皆生温泉にある旅館を宿舎にしているが、料理人が英国人なので、出てくる食事は肉やじゃがいもばかりなのだといった。

「せっかくジャパンに来たのですから、ジャパンのディナー、食べたいでしょう。ときどき、ここに来ます」

「日本の料理、おいしいですか」

「イエス。魚も野菜もおいしいですね。味のハーモニーを感じます。それにヘルシーでしょう」

なるほど箸も器用に使いこなしている。マイヤーズはグラスで日本酒を飲んでおり、光子も勧められたが、「私は飲めません」と断った。本当は少しなら飲めるけれど、赤い顔をして帰ったら母からどんな詮索をされるかわからない。

食事が終わって茶が出されると、「では、雪女の続きを話しましょう」といって、光子は

居ずまいを正した。自分はそのためにここへ呼ばれたのだから。

ところがマイヤーズは、

「大丈夫。話は知っています。若者が結婚したのはユキオンナでしたね。若者が、うっかり吹雪の晩のことを妻に話した。ユキオンナは、若者を殺そうとしました。でも、できなかった。彼女は若者を愛してしまったからです」

といったのだ。光子は呆気にとられ、「ではなぜ私をここへ？」と尋ねていた。

「あなたとこうして話をしたかったからです、ミス・ヤナセ。偽りをいってすみません。母から聞いたユキオンナ、私はよく覚えています。雪の夜、あなたから聞いた物語はなつかしかった」

父は下級役人で、自分は貧しい家庭に育ったと、マイヤーズは語った。しかし母の愛は深く、幸せな子ども時代だった。学費のかからない軍の学校に進んで将校になったが、自分は軍人に向いていない。本国へ戻ったら、大学に入り直して外交官になりたいのだと——。

「戦争を起こさないために、外交官の仕事は大切です。このたびの世界戦争では、あまりにも多くの人間が死に、また傷つきました。私の父と母は、ロンドンへの爆撃で亡くなりました。私の部下も大勢死んだ。私の心にも深い傷が残っています。われわれ連合国は戦争に勝ちました。でも本当にそうでしょうか。どちらの国でも人々はみな傷ついたのです。ミス・

ヤナセ、あなたもきっとそうでしょう?」

　穏やかな声を聞いているうちに、光子は胸がいっぱいになり涙が込み上げてきた。

「どうしました?　泣かないで」

「すみません。悲しいのと嬉しいのが一緒になって……」

「嬉しい?」

「勝った国も負けた国も、人々はみな傷ついたと……そうおっしゃってくださったからです」

「あなたはジャパンの国民で、国家を構成する一員です。でもその前に一人の人間、一人の女性だ。それは私も同じです。私は偶然ブリテンに生まれ、あなたはジャパンに生まれた。それだけでしょう?」

「ええ、そうです。本当にそうですね……。あの、じつはお訊きしたいことがあったのです。マイヤーズさんが『アイ・ホープ・フォー・ユー』と手紙に書いてくださったのは、私へのピティからでしょうか?　それともシンパシィでしょうか?」

　マイヤーズは少しのあいだ首をかしげていたが、どちらでもないと光子にいった。

「どちらでもない?」こんどは光子が首をかしげる番だった。

「言葉の通りですよ。あなたを望んだのです。勇気があり、聡明なあなたに来てほしかったから――。初めて会ったときから、私はあなたに惹かれていました。人として、また女性としても――」

光子は、呆然としてしまって何もいえなかった。マイヤーズは冗談をいっているようには見えない。そもそも、こんなときに冗談をいうような人でないことはわかっている。

廊下に掛けられた時計が、ボーン、ボーンと音を鳴らし始める。九つの音を聞き終えると、「さあ、送っていきましょう」といってマイヤーズは立ち上がった。何かいわなければと思いつつも、「また会ってくれますか?」というマイヤーズの問いかけにうなずくのが、そのときの光子の精一杯だったのだ。

家の近くまで来たとき、散り始めた加茂川沿いの桜を見たマイヤーズが、「美しい。ユキオンナの化身のようですね」といったのを、光子はよく覚えている。それまで、桜をそんなふうに見たことはなかったし、一瞬だが、美しくも不吉な雪女が自分に乗り移ってくるような不安にかられたからだ。

「ミス・ベネットと結婚なさるんでしょう? 本国へ帰ったら」

光子は思い切って尋ねた。

マイヤーズは「なに?」と聞き返したあと、ミス・カーチスとそんな約束はしていないと答えた。

「ミス・ベネットがそういったのですか」

「いえ、人づてに聞いただけですが……」光子はあわててごまかす。

「そうですか。ミス・ベネットは美しく有能な女性です。でも、思い込みを正せないところがある。あなたの作ったテキストに、理由なくノーをくり返していたこと、部下から聞きました」

「ミス・ベネットには何と？」

「偏見を捨てなさいと――。そうすれば、あなたはパーフェクトだとね」

恋する人からのその忠告を、キャサリンはどんな気持ちで聞いたのだろうか。辛い目に遭わされたのは確かだし、一月のあの日、階段の踊り場で勝ち誇ったように「マリィ」といったキャサリンを思いだすと、光子は「いい気味」といいたい気分になるけれど、その一方で気の毒にも感じる。こんな「ジャパニーズガール」が職場に入り込んでこなかったら、彼女も平穏だったろう。もしかしたら、本当にマイヤーズと婚約していたかもしれないのに――。

「あの、もうひとつ気になっていたことを聞いてもいいですか」

「どうぞ、何でも」

「二月の雪の晩、私が残って仕事をしていることをどうして知ったのですか。あの日、マイヤーズさんは外にいらしたはずでしょう」

「ああ、どうしてでしょうね。なんとなくそんな気がして」

「私、不思議な体験をしました。マイヤーズさんが部屋に入ってくる前、窓ガラスに知らない女の顔が映っていたんです。私に似ている気もするけど、私じゃない女の人。髪の毛も短くて……。ただ、私を心配してくれているのはわかったんです」

「コーラーかもしれないね」

「コーラー？」

「あなたを呼ぶ人、あなたへの訪問者」

「訪問者？　私を訪ねて？」

「そう。あなたに似ていたのならば、あなたにつながる、過去か未来からかの訪問者でしょう。時間は一本の単純な線ではなく、ねじれたり重なったりする、意識はときに時間を飛び越えることがあると、そう本で読んだことがあります」

「難しくてよくわかりませんが、もしそうだとしたら、その訪問者は私を助けに来てくれたんだと思います」

それはよかった、といってマイヤーズはほほ笑んだ。そして、ひと月後の五月半ば、再び手紙を受け取った光子は、城跡のある小山へ誘ったのだった。

◇

激しい抱擁をかわしたあと、二人は中海を見下ろす崖に立った。すでに日は落ちて、あたりは薄暮に包まれている。昼間は多くの漁船が行き交っている中海にも、船影はほとんど見えない。

眼下は、米子湾と呼ばれる入り江だ。漁船も運搬用の船も、今はその湾の奥にある港で眠りにつこうとしている。

「あの島に建物がありますね」

マイヤーズが指さしたのは、米子湾からさほど遠くないところにある、萱島《かやしま》と呼ばれる島だった。小さな島全体を覆うようにして、屋根の張りだした建物が見える。

「観月楼という料理屋でした。私も、子どもの頃に一度だけ連れて行ってもらったことがあります。でも、連合国との戦争が始まったあたりで閉じてしまいました」

光子はそうマイヤーズに話した。

「カンゲツロウ――どんな意味がありますか」

「月が美しく見える建物という意味です。月が中海の湖面に映えて、とても美しいと聞きました」

光子が観月楼へ行ったのは十歳になった秋、父が倒れる直前だった。その年の夏に中国との戦闘が始まっていたが、市中に戦争を感じさせる雰囲気はなく、観月楼はちょっと値の張る名所として知られていた。たぶん、普段から使っている父が、一度家族も連れて行ってやろうと思い立ったのだろう。

夕暮れどき、粟嶋神社の船着き場から小舟に乗ると、すぐに萱島に着いた。木組みの階段を登ったところに玄関があり、通された部屋の障子を開けると、中海の向こうに大山があった。手すりの付いた縁側に出れば目の下は澄んだ湖面で、藻のあいだを泳ぐ魚たちが間近に見える。米子の町も水に浮かんでいるようだった。

わあ、すごい――幼い徳太郎や康子と一緒になって、光子もその景色に歓声を上げたことを覚えている。供された料理は巻きずしや赤貝の煮つけなど、さほど珍しいものではなかったし、月を眺めた記憶もないけれど、満足げに猪口をあおる父と、くつろいだ母の笑顔は脳裏に刻まれている。家族そろって過ごした、最後の幸福なひとときだった。

「もう一度、行ってみたいですか。カンゲツロウに」

光子の話を聞き終えたマイヤーズが訊いた。

「そうですね。行くことができたらいいでしょうね。今はもうやっていませんから無理ですけれど」

「たぶん、行くことできます。私もカンゲツロウからの景色を見たい。美しい月もね」

「でも、どうやって……」

「あの建物は、現在われわれの管理下にあります。将校の保養施設に使う予定でしたが、今は誰も使っていない。建物もそのままでしょう」

「そうなんですか」

光子は少し驚いたが、考えてみれば中国配電ビルも、敗戦までは電気会社のものだったし、マイヤーズが宿舎にしているという皆生温泉の旅館も、進駐軍が接収して使っているのだ。八年ほど前に営業をやめた観月楼がそうであっても不思議はない。

マイヤーズが光子の肩を抱き寄せた。光子はマイヤーズの胸に頭をあずける。薄いジャケットを通して、男の体温と体臭が伝わってくる。

もし、徳太郎がこんなところを見たらどれほど怒るだろう――ふと、そんな思いが光子の胸をかすめた。怒るだけではすまないかもしれない。

弟の徳太郎は高校を卒業し、四月から米子市役所に勤めるようになった。給金は光子がもらう額に及ばないが、柳瀬家の跡取りの就職は、光子にも母にも大きな安堵をもたらした。

戦後復興が進めば、この先給与も上がるはずだと徳太郎はいっている。

——進駐軍なんか辞めたらどう。いつまでもやってる仕事じゃないよ。

口にしないまでも、そういいたそうにしている顔を何度も見てきた。親友だった山内達男を「殺した」進駐軍は、徳太郎にとって「敵」なのだ。これまでは、姉の給金で養われているという負い目があっただろうが、この先ははっきりと口にするようになるかもしれない。母にも、そろそろ結婚を考えてほしい素振りが見える——。

「ミツコ、何を考えている?」

マイヤーズにいわれて、光子は「ううん、何も……」と首を振った。「観月楼に行くことができたら、いいでしょうね」

「そう、きっと行きましょう」マイヤーズの声はやさしかった。


七月の夕刻、光子とマイヤーズは粟嶋神社で落ち合い、マイヤーズが漕ぐボートで萱島に渡った。

まだ日のある時分で、粟嶋神社の山裾で一枚、萱島の木組みの階段で一枚、マイヤーズが写真を撮ってくれたのだが、「リラックスして。スマイルね」といわれたにもかかわらず、写真慣れしていない光子は、睨みつけるような視線をカメラに向けてしまった。少し前、初めて髪にパーマをあてたのも恥ずかしかったし、これからの何時間かを、二人きりで過ごすことへの緊張感もあった。

マイヤーズが持ってきた鍵で、観月楼の玄関は簡単に開いた。数年間使われていなかったせいで黴くさい熱気がこもり、廊下も埃だらけだったものの、かつて家族と訪れた部屋を探しあて、雨戸を開けて畳や床の間を雑巾で拭くと、往年の面影が甦った。

子どものときには知る由もなかったが、十畳のその部屋は、館内でもかなり上等の部類だった。父が奮発したのだろうと思うと、なつかしさと切なさが込み上げた。

もう一つの発見は、中海に張りだした縁側がつながっており、回り廊下になっていることだった。目の下にはあのときと変わらぬ、澄んだ湖面が広がっている。床の高さを均すために、長さの異なる何本もの柱が支えているのを見て、岩場だらけの小島によくこんな建物を作ったものだと、光子は感心した。

「掃除はもういいでしょう。ミツコ、こちらに座りましょう」

いわれて黒檀の座卓に向き合うと、マイヤーズがリュックサックから食べ物を取りだし始めた。パンやハム、チーズにコンビーフ、ワインやりんごジュースの瓶も出てくる。

マイヤーズは調理場からグラスや皿を運び、それらを器用に盛りつけた。コンビーフの乗った薄切りパンなど、光子にとっては初めての食べ物だったが、添えられた洋ガラシがぴりりと効いていて思いのほかおいしい。

勧められて赤いワインも飲んでみた。こちらはあまりおいしいとは思えなかったけれど、脂気の多いコンビーフには合っている気がした。油脂分を、ワインの渋みと酸味がほどよく中和してくれ、不思議な調和を生みだすようだ。

そのことを口にすると、「そう、そうでしょう!」と、マイヤーズが相好を崩す。普段は理知的な顔だちが、笑うといたずらっ子のような表情になる。

可愛い――と光子は思う。

開けた障子の向こうには、暮れていく中海が見えた。暑かった一日もこの時間になると、湖面を渡る風に涼やかさを感じられるようになる。

ワインで火照った頬をその風に当てていると、マイヤーズの手がそっと障子を閉めた。後ろから抱きすくめられて光子は一瞬身体を固くするが、耳にかかる吐息と甘いささやきで、心は一足先に相手のものになってしまう。

こわばっていた身体がそれを追う。波が砂をさらうように、緊張や戸惑いがあっけなく拭い去られていく――。


九月、観月楼に来るのは三度目だった。曇っていたり、月の出と時間が合わなかったりして、これまでの二回は観月楼の真髄にふれることができなかったが、その晩は違った。対岸の山並みに浮かんでいるのは大きな満月だ。青みがかった月の光が、湖面に一条の道を描いている。

そんな光景を、光子は初めて見た。神秘的な、怖いほどの美しさだ。

月の道――光の道――。縁側から「シャイニング・ロード」といって指さすと、部屋から出てきたマイヤーズが、「イエス、シルバー・ブリッジ」と答えた。

シルバー・ブリッジ――銀の橋。確かにそうだ、と思って光子はうなずく。湖面に架けられた銀の橋を渡れば、対岸まで、いや、山の端に近い月までも登って行けそうな気がする。

フレディと二人、月の国に暮らすことができたらどんなにいいだろう。

「ここが月の国だよ。誰も邪魔をする者はいない。私たちの愛を――」

光子の言葉を受けてマイヤーズがいう。

幸せだ。フレディの愛に包まれていることを実感する幸せ――。

でも……と、光子は小さな声でいう。

「フレディ、あなたはいずれ本国へ帰るでしょう。私たちは、ずっと一緒にはいられない」

「そんなことを考えていたのかい。私が本国へ帰るときは、ミツコも一緒だ。私は大学で学び直して外交官になる。ミツコ、私の傍にいてくれるね？」

フォーエヴァー、いつまでも、とマイヤーズはいった。これはプロポーズ？

「あなたは、私と結婚したいといっているの？」

「もちろんだよ。ミツコは聡明で勇気がある。ブリテンでもきっとうまくやれる。ジャパンを離れるのは寂しいだろうけど、私がついている。オーケーしてくれるかい？」

気持ちはもちろん「イエス」だった。日本にいる間だけの、つかの間の恋の相手として選ばれたのだと思っていただけに、結婚を申し込んでくれるなんて、天に昇ってしまいそうなくらいうれしい。

ここは本当に「月の国」なのかもしれないと思う。月の魔法にかけられた国――。けれど――母や徳太郎は賛成してくれないだろう。賛成してくれない以前に、話すら聞いてくれないかもしれない。進駐軍を毛嫌いしている徳太郎はもとより、母もまた、二度と会えないかもしれない遠国へ娘が行くなんて耐えられないだろう。

当の光子だって、一年半前までは進駐軍兵士を避けるようにして暮らしていたのだ。山内達男が事故で亡くなったときは、徳太郎と同じか、それ以上の憤りを進駐軍に対しておぼえた。フレディに会わなければ、今もきっとそうだったろう。

でもこの人は――。

伏せていた顔を上げて、光子はマイヤーズを見つめる。月明かりの中に浮かぶ瞳が、穏やかに光子を見つめ返す。

この人は信じられる。誰よりも公正で真摯で、そしてやさしい。この人はスペシャルな、特別な人――。

光子が「イエス」とうなずくと、「サンキュー、ミツコ！」という言葉とともに強く抱きしめられた。息ができないほどの強さに、何度目かの幸福感が湧き上がってくる。

「ミツコ、手を出して」

いわれるままに左手を差しだすと、腕をほどいたマイヤーズが上着のポケットからハンカチを取りだし、くるんであった小さなものを掌に置いた。指輪だった。嵌め込まれた石の色は判別できないが、暗がりの中でも美しい輝きを放っている。

マイヤーズは指輪をつまみ上げると、光子の薬指にそっと差し入れた。

「これはブルーサファイア。シンシア――日本語でいうと、真心や誠実だろうか、それを表す宝石だといわれている。シンシアの語源はね、月の女神アルテミスなんだよ。受け取ってくれるね」

シンシア？　真心？　月の女神？　マイヤーズの口から発せられる言葉は陶酔を誘うが、本物を見たことはなくても、サファイアがとても高価な宝石だということは知っている。「いえ、いただくわけにはいきません」光子は指輪をはずそうとした。

「ホワイ……なぜ……」マイヤーズが怪訝そうな声で訊く。

「私はあなたに何もしてあげていません。助けてもらってばかりです」

「ノット・アット・オール！　そんなことはない。ミツコは私に幸せをくれた。これからも幸せをくれるだろう？　このブルーサファイアは、私の母が持っていた唯一の宝石なんだ。戦地へ行く際、お守りにといって渡してくれたもの……。受け取ってくれるね？」

二度目の申し出を拒むことはできなかった。母親の形見であればなおさら――。光子ははずしかけた指輪を元の位置に収めると、「生きているかぎり大切にします」といった。

「よかった……。ごらん、ミツコ」

マイヤーズが湖面を指さす。

「あのシルバー・ブリッジ、あれが私たちの歩む道だ。周囲がどんなに暗いときでも、シルバー・ブリッジを歩めば迷うことはないだろう」

「ええフレディ、私たちは一緒に、銀の橋を渡って行きましょう」

今夜のことは死ぬまで忘れないだろう。あの、まばゆく荘厳な銀の橋とともに――。家族に反対されても、生まれ育った土地を離れて遠い異国へ行くことになろうとも、この人とずっと一緒に進むのだと、そのときの光子は心に決めていた。

◇

あの指輪はどうしたのか……つかのま戻ってくる意識の中で光子は思う。

あの子は……月乃は幸せだろうか。浮かぶのは真綿のような、白く柔らかいほっぺた……。

私は悪い母親だった……。

でも……後悔はしていない。あのときは本当に幸せだったのだから……。

――姉さん。

心配そうな声がする。徳太郎？　なぜ心配するの？　私をかわいそうだと思って？

大丈夫よ。私はかわいそうな人間じゃない。かわいそうな人生じゃない。マイヤーズとの別れは私が決めた。

――姉さん、何かいいたいのか？

――マー……ヤ……。

――マーヤ？　麻矢がどうした？　麻矢に会いたいのか？

麻矢？……ああ、写真で見た月乃の娘……私の孫……短い髪の……。

ああ、ああ……そうだったのか……。昔、ガラスの向こうから私を見つめていた……あれが麻矢。未来からの訪問者……。時間を超えて助けにきてくれた、私の孫……。

——ありがとう……。

これでゆっくり眠れる。これでようやく……銀の橋を渡ることができる……。

米子城跡から見る萱島

六　これが恋？

二〇〇二年――。

中海再生会議から半年余りたった九月半ばの日曜日、米子港の岸壁に、家族連れやカップルが集ってきた。よく晴れたせいで残暑が厳しいが、そのぶんクルージングには最適な日となった。

「麻矢ちゃん、すごいよ。百三十人だよ。予約していた人はほぼ参加。当日受付が三十人」

受付をしていた熊谷里美が、名簿を持って麻矢の元へやってきた。

「ありがとうございます。事前申し込みの方から体験してもらうので、当日の方は待ってもらうことになるんですけど、クマさん、そのこと伝えてもらえますか」

「わかった、テントに案内して説明しておく。いい天気になってよかったね」

「はい、風もあまりないし、よかったです」

この日のために二ヵ月間、麻矢は合原満とともに準備を進めてきた。「十年で泳げる中海」にするために、自分たちができることは何かと考えた結果、まずは市民と中海の距離を近づけようということになった。それが中海体験クルージングである。中海をじかに体験してもらうとともに、その湖上から自分たちの暮らす町を見てもらうのだ。

クルーザーを三隻借りた。それぞれ十人くらい乗れるもので、一隻は高田専務が所有するものだが、あとの二隻は市民からの無償貸与だ。高田専務は日頃から、自分のクルーザーに友人や取引先の客を乗せて中海を案内しており、「中海から見る景色はいいぞ」という言葉がヒントになった。

ヨットも五艘用意した。こちらはおもに、子どもヨットクラブを主宰している近藤豊さんが提供してくれたものだ。イベントを手伝うといってくれる人たちも、二十人ほど集まった。

準備を進めてきたといっても、「主体は市民」という再生会議の方向にのっとって、麻矢や合原はコーディーネーターに徹してきた。もちろん、番組を通じて告知はしてきたが、錦海テレビが前に出すぎるのはよくないと麻矢も思っている。

午後一時から順にクルーザーに乗船してもらった。ヨットのほうは大人のみ。ベテランのヨットマンが操舵するが、念のためにライフジャケットをつけてもらう。空の青と水の碧との間に張られた白い帆が、目に沁みるほど美しい。

約一時間の中海周回を終えクルーザーから降りてきた人たちは、みんな満足そうな顔をしていた。「涼しくて風が気持ちよかった」という小学生がいれば、「おもしろかった！」と声をはずませる幼児もいる。

「いや、中海から見る景色は格別ですね。身近にこんな素晴らしい湖があったんだと、改めて感じましたよ」

六十代夫婦とおぼしき男性のほうが、しみじみした口調でそういうと、連れの女性が「私、子どもの頃に泳いでたんですよ。そこの錦《きん》公園のところで」と口を添えた。

米子港から近い湊山公園が、かつて錦公園と呼ばれていたことは、『中海ストーリー』のために昔の話を聞いたから麻矢も知っている。干拓事業が始まるまではコンクリート護岸もなく、岩場と砂地が混在する水辺の公園だったという。水と陸とがゆるやかにつながる場所だったのだ——。

麻矢はふと、光子さんが写っていた古い写真を思いだした。


光子さんは、中海再生会議があった二月の深夜に亡くなった。

麻矢がそれを聞いたのは翌日の晩で、光子さんは病院の霊安室から火葬場へ運ばれ、さらにその翌日、お骨になって柳瀬家へ戻ってきた。徳太郎伯父は、菩提寺の坊さんに来てもらって弔ったからこれでいいといったけれど、通夜も葬儀も遺影もなく、小さな位牌と骨壺が置かれただけの祭壇はあまりにも寂しかった。祖母だと聞かされたその人が、本当にこ惑った。

の世にいたという実感も持てないままあちらへ行ってしまったことに、麻矢は少なからず戸
「ママには伝えたの？」

「ああ、よろしく頼むということだった。納骨なんぞにかかる費用は負担するからとな」

「お金の問題じゃないんじゃない？　自分の実の母親でしょう？　なんでそこまで冷たくなれるのかな」

「光子姉さんのことは、月乃も大人になるまで知らんかったわけだからなあ。会ったこともほとんどなかったと思うし、まあ仕方がないわなあ」

「そうか……」

「そうなんだよ。だけん、月乃を責めることはできんのだ」

母もまた、自分の実の母親が生きていたという実感を持てなかったのかもしれないと思う。

「ねえ伯父さん、そうなった理由って何なの。前に、光子さんが〈未婚の母〉だったからみたいなことをいってたけど、それだけなの？」

かねて気になっていたことを、麻矢は徳太郎伯父に突きつけてみた。

「それだけというがな、戦後まもない頃にはそれだけでも大変だったんだ。……まあ、それ

だけでないこともあったんだが、姉さんも死んでしまったし、いまさら話すようなことではないけんなあ」

「そんなふうにいわれると、よけい気になるよ。わたしは光子さんの孫なんでしょ、聞く権利があるんじゃないの」

そうつめ寄ると、徳太郎伯父は湯呑みの茶を一口飲んでからふうっと息を吐き、

「麻矢が見つけた姉さんの写真なあ……。あれを撮ったのが月乃の父親でな、裏にＦ・Ｍとイニシャルがあったが、戦後しばらく米子に進駐していたイギリス軍の将校だった。そう、フレデリック・マイヤーズという名前だったな……」

と呟くようにいった。

「え、伯父さん、前はそんなイニシャル知らないって……。ていうか、相手がイギリス軍将校ってことは、ママはハーフで……」

自分はクォーターということになる。いわれてみると、母はとびきりの色白で髪の毛も茶色がかっているけれど、そんなことは思ってもみなかった。小学生くらいまでの母は、周りの子と雰囲気が違うことをからかわれたり、いじめられたりしたことがあったのだと、伯父はいう。

「もしかして、光子さんはそのイギリス人将校の愛人というか……」

「いや、結婚するつもりだったんだ。姉さんはその頃、進駐軍のタイピストをしていてな、マイヤーズも一度この家に来たよ。確かに結婚したいといっておった。わしもトミばあさんも考え直すようといったんだが、姉さんの決意は固くてな、相手が本国へ帰るときは一緒にイギリスへ行くと決めておったんだが……」

マイヤーズさんはなぜか光子さんを置いてイギリスへ帰ってしまい、そのときすでに母がお腹の中にいたということらしい。光子さんの妊娠をマイヤーズさんが知っていたかどうかはわからないが、「まあ向こうにしてみれば、しょせん日本にいる間だけの相手だったんだろうよ」と、徳太郎伯父は吐き捨てるようにいった。その口調からは、長い年月を経てなお消えぬ憎しみというか、蔑みのようなものが感じられた。

「生まれた月乃をな、姉さんは自分が育てるといったんだが、わしやトミばあさんが説得して、トミばあさんの娘として戸籍に入れた。じいさんはとうに死んでおったから、今ならそんなものは受理されんだろうが、その辺はまだいい加減な時代だったし、わしが市役所におったんでな」

その後、光子さんは東京へ出て行ったが、便りもほとんどなく、どうやって暮らしていたかはよく知らないと伯父はいった。二十年あまり経って、結婚して東京へ行った娘と入れ替わるようにして戻ってきた光子さんは、うつ状態に加えて妄想じみたことを口にするようになったため、倉庫を改造した部屋に押し込める格好になったのだと——。

「妄想じみたことって、どんな？」

「何だったかなあ……。月の国で暮らすんだとか、中海には月に通じる道があるなどといったおった気がするなあ。萱島には宝物が埋まっている、なんてこともな」

「そう……。でもママは平気だったのかなあ。この家に帰ってくると〈隠し部屋〉に光子さんがいたわけでしょう」

「気になってはおったと思うよ。それもあって、トミばあさんが死んだあと施設に入れたんだが……。姉さんには、東京にいた頃の蓄えも多少あったしな」

「光子さんてどんな人だったの」

「若い頃は、賢くて自立心の強い人だったな。進駐軍で働くのも自分で決めてきて、それでわしらを養ってくれた。反発したこともあるが自慢の姉さんだったよ。曲がったことが嫌いで気の強いところなどは、麻矢が受け継いでおるかもしれんな」

「わたしが？　わたしって光子さんに似てるの？」

「じつは息を引きとる少し前、姉さんが『マーヤ』と口にしてな」

「え、それってわたしのこと？　わたしのこと、光子さんは知ってたの？」

「月乃の家族の写真は以前から見せておったんだが、ひと月ほど前だったか、最近のお前の写真を見せたら、姉さんが涙を流したことがあってな」

「涙？　なんで？」

「孫が大きくなっているのを見て感慨深いものがあったんだろうなあ。麻矢とマイヤーズは語呂が似ておるから、最期に口にしたのもそっちだったかもしれんが、『マーヤ、ありがとう』と、小さな声で、そんなふうにいってな――」

　家族から呼ばれてきた愛称が、会ったことのない祖母の口から、しかもいまわの際に出たというのは驚きだった。だいいち、ありがとうなんていわれる理由は、麻矢にはまったく思いつけない。

「それはやっぱり、マイヤーズといおうとしてマーヤになったんじゃない？」

「そうだなあ。マイヤーズと別れたあと、姉さんは独身を通したからな。あんなことがあっても忘れられんかったのかもしれん」

「ずっと愛し続けていたのかも……。けど、それもなんだか辛い話だね……」

　麻矢は立ち上がって二階へ行くと、押し入れのアルバムから光子さんの写真を抜きだして戻ってきた。手持ちのフレームにそれを入れる。

「ここに飾ってもいい？　光子さんの写真、これしかないんでしょう？」

　徳太郎伯父は、いいともダメだともいわなかった。位牌の横にそっと置く。

ウェーブのかかった長い髪、美しい野生生物を思わせる、大きくて意志的な瞳――。

「後ろの、萱島にある建物は料亭だっていってたよね。この写真の頃もやってたの？」

「いや、太平洋戦争が始まるあたりで閉じてしまった。戦後は進駐軍に接収されたと聞いたことがあるな」

「マイヤーズさんは進駐軍の将校だったんだよね。だったら、光子さんを連れてその料亭に行ったんじゃない？」

「もう店はやっておらんかったのにか？」

「だから、お忍びっていうか……。町なかで逢うわけにはいかなかっただろうしね」

　徳太郎伯父は、遠い昔を思いだそうとするかのように目を閉じていたが、やがてその頃に
「そうだったかもしれんな」とつぶやいた。


　クルーズの最終組が帰ってきたのは、午後四時半をまわった頃だった。乗船の誘導役を務めていた麻矢は、無事に終わったことに安堵の胸をなで下ろした。湖上で安全確認をしていた、近藤豊さんや合原満が乗ったヨットも帰港し、ボランティアの人たちとイベントの成功を喜ぶ。お茶やジュースのペットボトルで乾杯した。

「藤堂さーん」

テントやテーブルを片付けているところに、野口汐里が走ってやってきた。一年ちょっと前、中海に潜ったときに麻矢のサポートをしてくれたダイバーで、この日はボランティアとして参加している。

「藤堂さん、私たちもヨットに乗せてもらいましょうよ。小田切《おだぎり》さんにいったら、どうぞってことだから」

「小田切さんて、ヨットの操舵をしてくれた方ですか」

「そうそう。ダイバー仲間でヨットもやってるの。ちょっとオッサンだけど、ヨットの腕は保証する」

テントの脚をはずしている合原のほうを見ると、むっつりした顔で「せっかくだから行ってこいよ」という。怒っているわけではなく、むしろ機嫌のいいときほど不愛想になるのだということを、この間の付き合いで麻矢は知っている。何かと面倒くさい男なのだ。

湖上に出ると、陸ではほとんど感じられなかった風が、髪の毛をそよがせた。小田切武史《たけし》のヨットはディンギーと呼ばれる二人乗りの小型艇で、汐里は、先に麻矢が乗るよう背中を押してくれた。

麻矢はヨット初体験である。湖面がすぐそばにあり、じかに水の上に浮かんでいるような気になるが怖さは感じない。思ったより滑らかに進んでいくのは、やはり操縦する人の腕がいいのかもしれない。

「波がほとんど立ってないからですよ。まあ、もともと中海はよほどのことがないと荒れないですけどね」

小田切はそういいながら、ヨットから身を乗りだすようにして帆を操っている。その向きによって進行方向が決まるのだろうということはわかるが、風上に向かって進んでいるように思えるのが、麻矢には不思議だ。

「動力もないのにどうしてですか」

「セールが風を受けると揚力が生じるんですよ。風に対して四十五度の方向に艇が進むんです。まっすぐ風上には行けないけど、ジグザグに進むことで目的地まで行くことができる。さて、どこまで行きましょうか」

訊かれて麻矢は、「じゃあ、萱島まで」と答えていた。これもまた光子さんの写真のせいだ。

「萱島ならすぐですよ。あそこには昔、料亭があったそうですね」

「はい、わたしも伯父からそう聞きました」

「伯父さんと住んでるんですか」

「はい、灘町にある古い家なんですけど、母の実家なんです。昔は海産物問屋だったらしいけど」

「もしかして柳瀬徳太郎さん？」

「知ってるんですか、伯父のこと」

「一度お会いしたことがありますよ。その料亭のことも柳瀬さんが教えてくれたんです。高床式の、けっこう立派な建物だったらしいですよ。たしか『観月楼』といったかな。月を観る楼――」

へえ――麻矢は立っている小田切武史を見上げた。三十代の後半だろうか、前頭部の髪が少し後退しているところなど、確かに少々「オッサン」ぽくはあるけれど、背が高いし身体つきも筋肉質な感じがする。ヨットマンでダイバーでもあるというから鍛えられているのだろうし、肉体を使う仕事をしているのかもしれない。けっこうイイ感じの人だなと思いながら、

「月を観る楼なんて、なんかロマンを感じますね。昔の人は風流だったんですね」

麻矢がいうと、「昔といっても五十年ほど前のことですけどね。せっかくだから名残りでもないか、上陸して調べてみましょうか」と小田切が提案する。

「いいですね。……あ、でも野口さんが待ってるから……」

「そうですね。じゃあ、またこんど」

ヨットは、萱島を右手に見ながらゆっくりと旋回し、米子港へ向かう。今は赤茶けた岩場にひょろひょろした木々が生えているだけだが、五十年くらい前は大勢の人が訪れた小島なのかもしれない。徳太郎伯父もその料亭に行ったことがあるのだろうし、光子さんもそうだったかもしれない。その頃には、漁船や運行船もたくさん行き来していたのだろう。

出港して三十分ほどの間に陽がだいぶ傾き、湖面が夕焼けの色を映し始めた。進行方向には湊山公園と城山の緑があり、大学病院の白い建物が水に浮かんでいるように見える。その背後には、緑、というよりターコイズブルーの大山――。

「藤堂さん、後ろ、見てみて」

いわれてふり返ると、中海の北側に連なる島根半島の山々が茜色に染まっていた。太陽はその向こうに沈む。「わあ、きれい」と思わず声が出た。

「ほんと、きれいですよね。いつか息子にも見せてやりたいなあ」小田切がつぶやくようにいう。

息子がいるのか。じゃあ結婚してるんだ――少しがっかりしたが、年齢を考えれば当然だろうと思う。これまでもそうだったけれど、どうも自分は年の離れた男に惹かれるクセがある。ダメだダメだ――。

「いくつですか、息子さん」気を取り直して訊いてみる。

「五歳になったところかな」

「じゃあ、まだヨットには早いですね。でももう何年かしたら、近藤さんがやってるヨットクラブに入れますよ」

「そうですね」

野口汐里が、湖岸から手を振っているのが見えた。麻矢も振り返す。先にヨットから降りた小田切が、麻矢の手を取って下船をエスコートしてくれた。ヨットマンとしては当たり前の行為なのかもしれないが、男も女もないような職場にいて、ひとりでカメラを担いで取材に行くのが日常の麻矢にとっては、それだけのことにときめいてしまう。

一方で、そんな自分が恥ずかしかった。


その年の十二月、宍道湖・中海淡水化事業の中止が決まった。島根・鳥取両県知事があいついで、「中止すべき」との意向を農林水産省に伝えたのだ。

さかのぼること十四年前、「淡水化反対」という住民の声に応えるかたちで、両県知事が淡水化事業の凍結を国に要請していた。いずれ中止となる流れは見えていたものの、農業用水の確保をどうするのかという問題などがあり、正式決定までには長い時間がかかった。

国営である干拓・淡水化事業は、着手から四十年目にして、幕を閉じることになったのである。

「いいタイミングだ。『中海ストーリー』再開の準備は進んでるか？」

高田専務が新聞の紙面を指さしながらいう。このたびもまた、全国紙の一面に載るニュースとなったし、地元紙に至っては淡水化中止関連の記事で埋まっている。

「はい、一月からの一年間は、中海の環境美化に取り組んでいる人たちを紹介しようと考えています。これがリストです」

合原満が差しだした企画書を手に取った高田専務は、「そうか」とうなずいたあと、「だが、紹介で終わっては意味がないぞ」といった。

「わかっています。ひとりでも多くの市民が、中海再生に取り組もうという気持ちになるような番組を作ります。錦海テレビが民意をリードするような方向で……」

「わかっとらんがな。テレビが民意をリードするなどは思い上がりだ。それは扇動というもんだ」

「しかし、専務はいつもシーズ（種）をまけとおっしゃってるじゃないですか」

「シーズをまくのと扇動は別物だ」

「はい、わかりました」

不服なはずなのにその気配を見せない合原の横顔を、麻矢は隣から盗み見る。企画を作るのはディレクターである合原だが、麻矢も少なからず相談を受けてきたし、『中海ストーリー』再開に向けた合原の熱意を感じ取ってきた。取材対象の選定は資料を集めて吟味していたし、取材内容も視聴者の目線を意識して決めていた。わかってないといわれるのは、相手が高田専務でも――いや高田専務だからこそ不本意だろう。

そう思ったら、つい口を挟んでいた。

「合原さんは、誰よりも専務の気持ちをわかっていると、わたしは思ってます。ちょっと独りよがりなところはあるけど、専務がされたいことを実現しようとして……」

「俺は独りよがりか？」合原がメガネ越しに麻矢を睨む。

「いえ……あ、まあ、そういうところもちょっとあるっていうだけで……」

ようわかっとるがな――高田専務がニヤニヤしながらいった。「前の局も、それがトラブルの元だったようだしな」

え、そうなんですか？　麻矢が声を発すると、合原が「やめてくださいよ」と高田専務にいった。何かしらのトラブルがあって東京のキー局を辞めたと聞いたことがあるが、以前そのことに触れると怒鳴られたことを、麻矢は思いだす。

「ええがな。トラブルというより嫉妬で引きずり降ろされたんだろう？」

専務にいわれ、冷蔵庫の奥からカビの生えたケーキを見つけてしまったような、何ともいえない顔つきで、合原は視線を窓の外に向けた。錦海テレビのシンボルである大きなパラボラアンテナが、冷たそうな雨に濡れている。

「合原はな、テレビジャパンで『激論トーク』の前番組のアシスタント・ディレクターをやってたんだよ」

「あ……、たしか『サルベージ現代』……」

麻矢は、高校の頃に何度か見た番組の名前をいってみる。サラ金から借りたお金が返せなくてホームレスになった人や、陰湿ないじめが原因で自殺してしまった中学生などを取り上げ、社会問題を深掘りしていくものだったはずだ。

「そう。けっこう評判のいい番組だったな。それが番組改編することになって、番場紘一の出演を取りつけたのは合原だ。ディレクターになることが決まっていたそうだが、『激論トーク』が始まると、ディレクターはおろか番組から外された。独断で番場さんと交渉したという理由でな。しかし、本当のところは合原を妬む奴らに追い落とされたんだろうと、番場さんはいっとった。番場さんは上にかけ合ったそうだが、後釜のディレクターが大物政治家の縁者でな、まあ大手のテレビ局はそんなもんだな」

「それで……合原さんはテレビジャパンを辞めたんですね」

「番場さんから話を聞いて、うちに来ないかと誘ったわけだ。合原は境港の出身でな、給料は安いし小さなケーブルテレビだがといったら、安かろうが小さかろうが、思うことをやらせてもらえるならといってくれた」

「今は、そんなに安くも小さくもないと思いますけど」

錦海テレビは近年順調に加入者を増やし、視聴エリアは米子市全域から境港市まで広がった。インターネット接続サービスも始めて、業績は右肩上がりだと麻矢は聞いている。

「合原がうちに来た七年前は、いつ潰れてもおかしくない状況だった。できてからまだ四、五年だったたからなあ」

そんなときによく来ましたねえ、という言葉を呑み込んで、麻矢は合原の横顔に目をやった。すっと通った鼻筋や鋭角的な顎のライン——よく見ると、意外に整った顔立ちなのかもしれない。

昔のことはもういいでしょう——合原の唇が動いた。「専務がおっしゃることはわかりますが、十年という目標を考えるとのんびりしているわけにもいきません。できるだけ多くの市民に事実を伝え、考えてもらわないと……。『中海ストーリー』に関しては私に任せてもらえますか？　そうでないなら、番組から降ります」

え？　なにそのタンカの切り方は！　ていうか、あんたが降りたら『中海ストーリー』は作れないじゃん！

麻矢の動揺をよそに、高田専務は笑いながら「ああ、もちろん任せるよ」といった。「さっきはカマをかけるようなことをいってすまんかったな。十年という目標は、われわれの意志だ。中海を再生させて、その先に地域を活性化させるという大きなビジョンがあるんだ。頑張ってくれよ」

「はい、わかりました。頑張ります」

合原が立ち上がったのに続いて麻矢も席を立ち、二人で専務室を出た。並んで階段を下りる。

「ヒヤヒヤしたじゃないですか」

何が、とむっつりした声で合原がいう。

「だって、番組を降りるなんていうから……」

「さっき、俺の顔をじっと見てたよな。意外にイイ男だなって思ってただろ？」

「……思ってません」

「俺、独りもんだよ」

「知ってます」

「付き合うか？」

「付き合いません！」

合原を思いっきり睨みつけると、麻矢は先になって階段を駆け下りた。正面玄関で来客を送りだしていた熊谷さんから、どうした？という目で見られてしまい、何でもないですというふうに軽く手を振ったけれど、自分の席に戻っても怒りは収まらなかった。合原の肩を持つような発言をしたことも、キー局での話を聞いて一瞬好感を抱いたことも、もう全部なし！　消去！

気がつくと、書きかけの放送原稿に赤ボールペンでぐるぐる円を描いていた。あー！　と思いながら、くしゃくしゃにしてゴミ入れに捨てた。

◇

二〇〇三年の一月から再開した『中海ストーリー』は、取材、放送ともに順調に進んだ。「美しい中海を守る住民会議」の代表者、中海に面した彦名地区で環境活動に取り組む人たち、生活協同組合の活動——。

「取材でいちばん大事なのは、質問を吟味しておくことだ。熱意はもちろん大事だが、それは気持ちのことじゃない。相手のことをどれだけ勉強して臨むかということだ。のほほんと出かけていって、相手にしてもらえると思うなよ」

合原満はそういい、じっさい周到に下調べをしてくれるおかげで、麻矢もそれなりの知識をもって取材に向かうことができる。まるで高校野球の鬼コーチが千本ノックをかますかのように、あれもこれも読め、これも目を通せと、本や資料を押しつけてくるのにはうんざりするけれど、確かにいくらテレビ局の人間だからといって、何も知らないんですという顔で出かけて行ったら、相手にされないだろう。

合原と、仕事以外の話をすることはない。階段を降りながら「付き合うか？」といった、あれは何だったんだろうと思うが、たぶん冗談だったのだろう。あるいは、高田専務とのやりとりで一時的に気が昂ぶり、適当なことを口走ったのか——。

麻矢は、あの後しばらく合原の顔をまともに見られなかったのだが、そんな自分が馬鹿らしくなるほど、合原は平静だった。それがまた腹立たしい。


七月後半の日曜日、麻矢は近藤豊さんが主宰する「ジュニアヨットクラブ」を訪れた。近藤さんは、ヨットクラブの子どもたちを中心に「中海クリーンクラブ」というグループを作って、月に一度、湖岸清掃をおこなっている。その日は七月の活動日だった。

中海の安来市側湖岸に、近藤さんのヨットハーバーはある。山を背にした入り江にログハウス風の建物があり、何艘かのヨットが水際に係留されていた。

「やあ、よく来られましたな」

Tシャツに作業ズボン、タオルを首に巻いた近藤さんが迎えてくれた。梅雨が明けたばかりで、朝の八時だというのにもう暑い。集まっているのは、十五人くらいの小・中学生たちと十人ほどの大人。みな頭にキャップ、首にタオルを巻きつけている。大人の参加者は、子どもの親だったり、近藤さんが声をかけたりした人たちのようだ。

湖岸に落ちているペットボトルやナイロン袋を、子どもたちは大きなゴミ袋に集めていく。葦の枯れ枝も多い。「もう十年以上、毎月やってる作業ですけん」と近藤さんがいう通り、子どもたちの様子は手慣れたものだ。麻矢はそれをビデオカメラで録画する。

「中海クリーンクラブは、十年以上活動を続けているとのことですが、きっかけは何だったんでしょうか」

ひとしきりカメラを回したあと、近藤さんへの取材に移った。

「ヨットのセンターボードや舵にナイロンが絡みつくんですわ。危ないんで何とかせにゃいけん、ということで始めました。湖岸のゴミ拾いは、子どもたちのほうからやろうといい出したんですよ」

「それはすごいですね。十年前と比べてどうですか？　きれいになっているか、それとも……」

「あんまり変わらん気がします。始めた頃は弁当ガラやナイロン袋が多かったですが、今はそういうのはちょっと減って、葦や枯れ枝の割合が増えました。先月、初めて中海の海底清掃をやったんです。そしたら、何だかようわからんが、ナイロン系のゴミがいっぱい上がりましたよ」

「そういうゴミはどこから来るんでしょうか」

「人が捨てたものもあるし、日本海から流れ込んできたのも多いんじゃないですかな。それが湖中に沈んだり、湖岸に打ち寄せられたりするわけで」

「ヨットをされる方たちにとっては大きな問題ですね」

「わしらだけじゃなく、中海周辺に住む者ぜんぶにとって、大きな問題だと思うんですけどなあ。子どもたちは頑張ってくれてるんだが、それで拾えるゴミはほんの一部ですよ。子どもたちにどんな中海を残したいか、考えてもらえるといいですけどなあ」

「ほんとに、そうですね」

「中海の湖岸をぐるっと、みんなが手をつないで、それで清掃活動したら湖岸はすぐにきれいになるでしょう？」

「ぐるっとですか」

「そう、みんなでぐるっと手をつないで湖岸をきれいにする。それがわしの夢ですなあ」にこやかに話す近藤さんに、「それはいいアイデアですね」と笑顔で答えながら、麻矢は眼前に広がる湖面に目をやった。

日本で五番目に大きい湖だけあって、その周囲はおよそ百キロメートルに及ぶ。仮に二メートル間隔で手をつないだとしても、百キロをつなぐには五万人くらいが必要——と計算してみて、自分の返事の虚しさに気づく。いいアイデアかもしれないが、とうてい無理な話だ。だからこそ「夢」なのだろうけれど——。

子どもたちにならってゴミを集めながら移動していると、少し離れた場所で同じことをしている男性四、五人が目に入った。その中に小田切武史の姿を見つけ、麻矢の口から「あ……」という声が洩れた。

「やあ、藤堂さんじゃないですか。今日は取材ですか」

向こうも気がついて、麻矢のほうへ近づいてきた。太い首筋も筋肉質の腕も、一足先に夏を満喫してしまったような日焼け具合だが、それが白いポロシャツによく似合っている。近藤さんにヨットの保管や点検を頼んでいることから、月に一度の清掃活動にも参加しているのだそうだ。「まあ、仕事の都合で来れないときもあるんですけどね」といって、小田切は笑った。

「お仕事、何をされてるんですか」

「うーん、なんていったらいいんだろう。一言でいえば水商売？」

「水商売？　スナックとかバーとか？」

日焼けした筋肉質の腕がシェイカーを振る姿は、あまり想像できないが……。

「残念ながらそっちじゃなくて、水質とか水理の研究のほうで……。あ、これ僕の名刺です」

小田切がウエストポーチから取りだした名刺には、「NPO法人　自然と人間環境研究センター理事長」の肩書があった。何だかよくわからない名称ではあるものの、「理事長なんてすごいですね」と麻矢がいうと、小田切はハハッと笑った。

「僕を含めて五人しかいないんですよ。環境省や島根県と組んで、おもに宍道湖の水質保全に関わってます。あと、シジミの調査なんかも」

「日焼けしていらっしゃるから、肉体労働をされているのかと思ってました」

「まさに肉体労働そのものですよ。船漕いだり水にもぐったり、調査機械を運んだりの仕事ですから。ハハハ……」

眉が濃く鼻梁の高い——どちらかといえば濃いめの顔だちだが、笑うと目尻が下がって可愛らしい感じになる。黙っているとトラで笑うとコアラのイメージかな、と麻矢はこっそり思う。一緒にいるのは安来市と米子市の職員の人たちで、この春頃から参加してくれるようになったのだそうだ。

「中海・宍道湖をラムサール条約に登録しようという動きが進んでるんです。だから、少しでもきれいにしないといけないそうで」

「ラムサール条約って、湿地保存や水鳥の生息地を守るための国際条約ですよね」

麻矢が読んだ本には、三十年ほど前に制定された条約で、条約作成地がイランの都市ラムサールだったことから、その名が付いたと書いてあったはずだ。ユネスコに事務局があり、世界の登録地数は千五百ヵ所以上、日本では釧路湿原や琵琶湖など、たしか……

「今のところ十三ヵ所だったかな。条約では、水深が六メートルを超えない海域を『湿地』と定義してるんで、中海や宍道湖も湿地に該当するんです。環境省は、国内の登録数を増やしたいと考えてるみたいでね」

「いいことですよね！　ラムサール条約に登録されたら全国的な知名度も上がるし、市民の意識も高まるし」

「そうなるといいんですけどね。実際のところ、県庁や市役所は汗をかかないというか……。こうして来てくれてる職員の人たちは偉いと思うけど、ほとんどは紙の上の仕事ばかりでしょう。登録されても名前だけになるんじゃしょうがないんだけどね……」

小田切は声を潜めてそういったあと表情を変え、

「そうだ、前に萱島へ行く約束をしていたでしょう。このあとどうです？」

とコアラの笑顔で麻矢を誘った。

覚えていてくれたんだ、一年近く前のことなのに――と思うとうれしくて、「はい、お願いします！」と答えていた。今日は日曜日だし、半日くらい遊んでも文句はいわれないはずだ。


うー、気持ちいい。

湖上の爽快感は一年前にも味わっていたけれど、頬をなでる涼しい風と水の上をすべっていく感触はなんともいえない。夏の日差しを受けて、湖面がキラキラ光っている。

ソーダ水に浸ってるみたい――。

麻矢のつぶやきが聞こえたのか、「そういえば子どもの頃、粉末のソーダの素があったでしょう」とヨットを操る小田切がいう。

「何ですか、それ」

「そっかあ。藤堂さんは若いから知らないか……。粉末を水で溶くと緑色のソーダ水ができてね、氷を浮かべて飲むとうまかったなあ」

「わたし、クリームソーダが好きでした。ソーダ水の染みたアイスがおいしくて」

「そうそう。あれはご馳走だったなあ」

「小田切さんは、どうして今の仕事をしようと思ったんですか」

「もともと宍道湖のそばで育ったんだけど、大学で水環境をやったらハマッちゃって、つい大学院まで行っちゃいましてね」

「水が好き、っていうことですか」

「好きですね。つかみどころがなくて得体が知れない。それでいて生命の源でしょう？　人間の身体も七割が水だし、みんな水から生まれて水に還るんだな……なんて、ときどき思いますよ」

外見とは裏腹に思える詩的な言葉に、麻矢は少し戸惑った。繊細な人なのかもしれないと思う。意外とシェイカーが似合ったりするのかも——。

萱島に近づくと、おびただしい数の鳥が木々に止まっているのが見えた。サギやカワウだと小田切がいう。〈鳥の楽園〉と思えば心なごむ景色かもしれないが、実際には糞害のせいだろう、多くの木が枯れ枝をさらしており痛々しい姿に映る。

「かつては、緑豊かな小島だったらしいんですけどね」

わずかにある砂地にヨットを寄せながら、小田切がいった。むき出しになった岩も、鳥の糞でところどころ白く変色している。

かなり崩れてはいるが、木組みの上り段があった。おそらく観月楼へ続いていたのだろうその段々を、小田切に手を引かれながら麻矢は登った。さっきまでヨットを操っていた小田切の手はじんわりと熱を孕んでいて、その熱さに胸がざわつく。

いやいや、この人は家庭持ちだから――。心の中で首を振ると、白いサギが目の前をかすめていった。

光子さんも、こんなふうに手を引かれて登ったのだろうか、とふと思う。手を引いていたマイヤーズという男性は、どんな人物だったのだろう。自分の祖父だというのに、イギリス軍将校だったということ以外はわからない。でも、今も生きている可能性はあるのだ。

「まあ、どっちにしろ会うことはないんだけどね」

登り切ったところでつぶやいた声が聞こえたのか、小田切が「なに？」と訊いた。

「いえ、なんでもないです……というか、やっぱり何もないですね」

観月楼の名残りがあるのでは、と期待したけれど、デコボコする足元の岩に木の根が這っているばかりで、土台の気配すらない。そもそも平地がほとんどないこんな場所に、どうやって料亭を建てたのか不思議ですらある。

「高床式だったらしいんで、宙に浮いたような建物だったんでしょうね。だから土台が残ってないんでしょう。今となっては〈幻の観月楼〉というわけだ。でも眺めはすばらしい。ね？」

「ほんと」

米子のほうを見れば、水面の向こうに城山と大山が、振り返れば、やはり水面のかなたに島根半島が見える。観月楼は幻になったけれど、萱島自体が水に浮かぶ楼のようだ。

「息子さん、連れてきてあげたら喜ぶんじゃないですか？　釣りとかできそうだし」

麻矢が思いつきでいうと、小田切は「そうかもしれませんね」と素っ気なく答えた。あれ？　一年前は楽しそうに息子の話をしていたはずなのにと思う。

「三年前に離婚して、息子は妻が育ててるんですよ。僕は息子を手放したくなくて親権を争ってたんですけど、今年の初め、妻が親権を持つことに決まって――それ以降は会ってない、というか、会わせてもらえないんですよ」

「そうでしたか。すみません、変なことをいって……」

「いや、もうだいぶ吹っ切れました。元の妻は公務員なんで収入も安定してるし、実家には祖父母もいるし、そっちのほうがいいんだと割り切るしかないですね。藤堂さんは、恋人は？」

「あ、いえ、そういう人はいません」

「きれいな方だから、お相手がいるとばかり思ってました」

「フラレたことしかないんですよ。性格が悪いんでしょうか」

冗談めかしていうと、「それは意外だな。こんなオヤジで、しかもバツイチの男なんかは対象外でしょうけどね」と、小田切も笑う。

「対象外なんて……。小田切さんは魅力的な方です」

「そういってもらえるとありがたいな」

「わたし……好きです。小田切さんのこと」

するりと口から出た言葉に麻矢は自分で驚き、「あ、人としてという意味で……」とあわててつけ加えた。

「うれしいな。じゃあ、また会ってもらえますか？」

差しだされた小田切の手を、「はい」といって握ろうと近づいたそのとき、大きめの石につまづいて麻矢は前につんのめった。あっ！　と声を出す間もなく、きつく抱きしめられた。というより抱き止められた格好だ。

「大丈夫ですか」

「は、はい。わたしってほんとに……」

しどろもどろで答えながら足元を見ると、つまづいた石はいくつかに割れて、赤茶けた欠片が散らばっていた。

「鳥の糞や雨なんかで、もろくなっていたんですね。危ないからどけておきましょう」

小田切はそういって崩れた石を持ち上げたが、あれ？　と声を発すると、取り除いたあとの土を木切れで掘り返し始めた。「何か埋まってるみたいですよ」という。

出てきたのは、小さなブリキ缶だった。だいぶ古いものらしく表面が錆び、缶をぐるぐる巻きにしていた紐はあらかた朽ち果てている。

小田切が蓋を開けると、油紙のようなものがぎっしり詰まっていた。その真ん中に指輪がひとつ。これまた台座やリングはくすんでしまっているが、嵌め込まれた青っぽい石には宝石らしいきらめきが宿っている。

「サファイアかなあ……」指輪をつまんだ小田切がいう。

「本物でしょうか？　もし本物なら、どうしてこんなところに埋めたのかな」

「まあ、十中八九偽物でしょうけど、島根大学の理工学部に知り合いがいるんで、一応調べてもらいますよ」

ブリキ缶ごとウエストポーチにしまいながら、「もし本物だったらミステリーですね」と小田切が笑った。

そうですねと麻矢も笑ったけれど、オモチャの指輪を子どもが遊びで埋めたのだろうくらいにしか思えなかった。それよりも小田切に抱きしめられた衝撃のほうが強かったし、翌日になると指輪のことは頭の中から抜けてしまった。

半月ほど経って旧盆が過ぎた頃、

「そういえば、このあいだ萱島に行ったんだってな」

夕食を食べながら打ち合わせの最中に、麻矢は合原からいわれた。社の近くにある小さな喫茶店だが、遅くまでやっているので合原はよく食べに来るらしい。午後八時をまわって店内にほかの客はおらず、女性店主も奥に引っ込んでしまったようだ。

オムライスを食べる手が止まった。どうして知ってる？　と思いながら、「はい、行きましたけど」と麻矢は答える。

「それが何か？」

「いや、別に。訊いてみただけだ」

素っ気ない口ぶりで、合原は食べ終えた皿を脇にどけた。

九月には二回目の中海体験クルージングをおこなうことになっているが、好評とはいえ参加できる人数は限られている。もっと多くの人に中海を知ってもらえる企画はないかと、二人で話し合っていたところだった。

湖岸ウォークはどうかと、麻矢は提案した。水鳥公園から彦名干拓地にかけて、中海に沿った遊歩道が整備されている。秋から冬にかけてはコハクチョウなどの水鳥が見られるし、水辺の環境を知ることもできる。

グッドアイデアだと思ったのだが、

「悪くはないが、それだって百人程度だろう？　もっとたくさんの市民が参加できることをしたいんだよな。それに、今年の『中海ストーリー』のテーマは〈中海の環境美化に取り組む人たち〉だから、そうした取り組みを知ってもらえるようなものがいい」と合原はいった。

「じゃあ、展示企画ですかね」

「そうだな。展示だけじゃ足を運んでもらいにくいから、体験や食と組み合わせられないかと思う」

「食はいいですね。そういえば、『中海ストーリー』の一年目に〈中海を食す〉っていう企画をやったじゃないですか。ゴズの天ぷらとかアオデのお味噌汁とか、おいしかったなあ。ほかでは食べられないものだし」

「獲れる量が限られてるから、漁業協同組合に協力してもらえるかどうか……だな」

「中海クリーンクラブの近藤さん、漁協の方と親しいそうですよ。頼んでみましょうか」

「へえ――。このあいだの取材でそんな情報もつかんだのか。まあ頼むよ」

話がそこまで来たところで、「取材のあと萱島に行ったんだろ、男と二人で」と合原が蒸し返した。

「子どもたちと一緒にゴミ拾いをしてた方に誘われただけですよ。日曜だったし、問題ないでしょう。大体、なんで合原さんがそんなこと知ってるんですか」

さすがにムッとしていうと、悪い――合原が麻矢に向かって頭を下げた。この三年間、頭をこづかれたことはあっても下げられたことなんて一度もない。「なんで謝るんですか」とまた訊いた。

「ちょっと人から聞いたんだ。萱島に二人で行ったことや、小田切武史という男のことなんかを――。小田切は元島根県職員で、優秀な奴らしいな。優秀すぎて県を辞めたんだと、その人はいってたよ。ヨットマンだしな、カッコいいよな。でもな、離婚したとはいえ子持ちなんだろ。そんな奴と付き合ってもいいことないぞ」

「よけいなお世話です。だいいち付き合ってなんかいませんから」

「そっか……。なら俺と付き合えよ」

「なんでそうなるんですか」

「藤堂のことは、俺のほうがずっとわかってる。俺たちは相棒なんだ。付き合えば、仕事も、中海の再生もうまくいく」

「は、何いってるんですか？」

「中海の再生は、俺たちに与えられたミッションだ。そうだろ？」

「それはそうですけど」

「だったら、公私ともにパートナーになるのが一番いいと思わないか」

「思いませんよ！　なんで仕事のために、合原さんと付き合わなくちゃいけないんですか！」

先に帰りますといって席を立ち、ひとり分の代金を払いながらふり向くと、合原は背の高い観葉植物の向こうでうつむいていた。ひどいことをいわれたと思っているのに、メガネを取っておしぼりで顔を拭く横顔が、ご主人に叱られた犬みたいでちょっと切ない。麻矢は、見なかったふりをして店のドアを開けた。

熱帯夜を予感させる、生暖かい空気が押し寄せてきた。

三日後の昼、冷たいものでも食べに行こうと熊谷里美から誘われた。

「冷たいものってアイスですか」

麻矢がいうと、「やだ、蕎麦かうどんよ。冷たいやつ。たまにはちゃんとしたお昼ご飯食べたいの。付き合ってよ」と笑った。

熊谷さんは、ここのところ市町村合併の取材で忙しそうだった。どことどこの合併話が進んでいるか、頓挫しそうか、どんな思惑があるか——くわしいことは知らないし、小耳に挟む程度なのだが、一筋縄でいかないらしいことはわかる。テレビでは流せないことが多いとしても、そうした情報を取ってこれるのは、経験豊富な熊谷さんだからこそなんだろうと思う。

車で五分ほどのところにある蕎麦屋に入って、二人とも天ざる蕎麦を注文した。人気店らしく、座席は八割がた埋まっている。

「合併の取材、大変そうですね」

麻矢の言葉に、

「うん、まあね。でも家のほうがもっと大変。あー、もうすぐ夏休みが終わると思うとほっとする」

えび天を頬張りながら、熊谷さんはそういった。夏休み中は、小学校に上がった息子のために毎日お昼ご飯を用意しておかなければいけないし、宿題をさせるのも一苦労。家に帰ってみれば、四歳の妹と一緒になって散らかしたあとが、台風一過さながらの様相を呈しているのだそうだ。

「ダンナさんはやってくれないんですか」

「晩ご飯を作ってくれることもあるけど、それもたまにだし、片づけまでは無理だよね。仕事してるほうがよっぽどラク。麻矢ちゃんは結婚とか考えてる？」

「いえ、考えてはないんですけど……」

蕎麦をたぐっていた熊谷さんの手が止まった。

「考えてはないけど、ゴーマン合原に迫られてるとか？」

「いや、迫られてるっていうか……」

「ごまかさなくていいよ。麻矢ちゃんに気があるの、端で見ててもわかるもん」

「そうですか？」

「うん、わかるわかる。で、何かいわれたの？　なんていわれたの？」

グイグイ来られて、麻矢は喫茶店でのやりとりを打ち明けた。はあー、と呆れたような、笑いをこらえているような声が熊谷さんの口から洩れる。

「ヤリ手のくせして不器用なんだよね、合原って。三十三にもなって、もう少しちゃんと告白できないとダメだよねえ。とはいえ、けっこう本気なんだと思うけど、麻矢ちゃんはぜんぜんその気ないの？」

「うーん、そういわれても……」

あれが告白だとしたら、合原の言い方はあんまりだと思うが、叱られた犬みたいにうなだれていた横顔を思いだすと、悪いことをしたかなという気にもなる。不器用というか、どこか屈折したところがあるのを、合原は自分でもわかっているはずだ。その〈陰〉みたいな部分に惹かれないわけでもない。

「あ、そうか。麻矢ちゃんは、小田切さんていうヨットマンが好きなんだよね」

「好きっていうか、いい人だなって……」

「その人とはうまくいきそうなの？」

「まだわかんないです」

ずっと年上だからか、小田切は包み込むようなやさしさと頼もしさを感じさせてくれる。けれど、「また会ってくれますか」といわれただけで、付き合いを申し込まれたわけではないのだ。別れた息子への未練もあるだろう。

「まあ、どっちにしても恋だよね。いいね、若いって」

熊谷さんはそういってお茶をすすると、「行こうか」と立ち上がった。

これが恋？　と麻矢は思う。恋って、もっと――喩えていうなら太陽に向かって咲くヒマワリみたいに心はずむものなんじゃないの？――と思って、学生時代の手ひどくフラレた経験を思いだした。自分から突っ込んで自爆した。すごく嫌な記憶だ。自分が嫌で死にたくなったほどだった。

またあんな失敗をすることになったら――と思うと、効きすぎている冷房のせいだけじゃなくて背筋が冷たくなる気がする。

夜、帰り仕度をしているところに、小田切武史から電話があった。すばやく廊下の奥に移動し携帯を耳にあてがうと、「あれ、本物でしたよ」という声が聞こえた。

「本物？……ああ、指輪のことですね。オモチャじゃなかったんですか……」

正直、忘れかかっていたので驚いたし、「ええ、本物のブルーサファイアだそうです。けっこう価値のあるものなんじゃないかな。どうしましょうね」といわれても、麻矢にもどうしていいのかわからない。「どうしたらいいですか」と、逆に小田切に訊いた。

「落とし物として警察に届けるべきなんでしょうけど、物が宝石だけにあれこれ訊かれるだろうし、不審な目で見られそうな気もしますね」

「そうですね……。ご迷惑をかけちゃいますよね」

「いや、僕はかまいませんが……それとね」

ブリキ缶の底に、写真が一枚貼りついていたのだと小田切はいった。かなりぼろぼろになっているが、若い女性の後ろに観月楼の足場らしき柱が写っていることからして、先日登った場所だろうという。麻矢はとっさに光子さんを思い浮かべた。

「女性はどんな人ですか？　ひとり？」

「ひとりです。髪の毛が長くて、少しウェーブがかかっているのかな。膨らんだスカートをはいていて、たぶんきれいな人なんだろうけど、ぼやけてしまっているから若いということくらいしか」

「その写真、見せてください。わたしの知ってる人かもしれません」

「知ってる人？　いや、ずいぶん古そうな写真ですよ」

「祖母……かもしれないんです。いえ、たぶんそうだと思います。伯父の家に、同じ格好をした祖母の写真が残ってるんです。そっちは、萱島をバックにした写真なんですけど」

「お祖母さん？　本当ですか！　じゃあ、指輪はお祖母さんにゆかりのあるものかもしれませんね！」

興奮気味な小田切の声を聞きながら、麻矢も心臓の鼓動が早くなるのを感じていた。

写真が光子さんなら、指輪は、結婚を約束していたというマイヤーズさんから貰ったものなのかもしれない。その約束が破られた悲しみから埋めたのだろうか――おそらくそうなのだろうが——と思うと、何十年も経って見つけたのが孫の自分だったという偶然が怖い。萱島が無人島で、訪れる人がほとんどいなかったということはあるにせよ——。

「写真と指輪、お返しします。近いうちに会いましょう」

小田切にそういわれて電話を切ったあと、麻矢は壁にもたれて息をついた。

息を引きとる前、光子さんの口から「マーヤ」という言葉が出たと、徳太郎伯父はいっていた。その話を聞いたときは、「マイヤーズ」といおうとしたのだと思ったし、実際そうなのだろうけれど、引き寄せられるように萱島へ行ったことも、指輪を見つけてしまったことも、なんだか光子さんの遺志が働いているように感じてしまうのだ。

それは怖ろしいことではあるが、嫌なことか？　といわれるとそうでもない。伯父から似ていると（あくまで気性らしいが）いわれたこともあってか、光子さんには近しい感情を抱いている。祖母に親近感というのも妙な話ではあるけれど——。

七　アダプトプログラム

二〇〇四年一月、中海再生会議は「中海再生プロジェクト」と名前を変えた。「十年で泳げる中海」という目標に向かって、本格的に動きだそうという意図からである。「子どもヨットクラブ」と「中海クリーンクラブ」を主宰する近藤豊さんが代表に就いた。

発足総会のようすを、錦海テレビは番組として流した。参加者たちはそれぞれに意気込みを語ったが、中海の水質は改善していないのが現実だった。汚れがもっともひどいのは、中海の最奥——米子湾にあたる部分で、ここには加茂川から生活排水が流れ込んでくる。下水道の整備は進められているものの、すべての家庭や事業所が接続できる状況ではなく、加茂川自体がまだまだ汚い。

「みなさんは、この一年何をしてきたんですか」

東京から駆けつけた番場紘一がそういった。

となりで進行役を務めていた麻矢はどきりとしたが、焚きつけるのが番場の手法だということは、一回目の会議のときからわかっている。二十人ほどの参加者たちも、番場の言葉を受け止めているようだった。

もちろん、それぞれで活動をおこなってきた人たちばかりだ。定期的に湖岸清掃をしたり、家庭排水をきれいにする学習会を開いたり、麻矢の伯父たちのように加茂川清掃をおこなっているグループもある。

しかし、活動が浸透しているとはいえないのも現実で、多くの市民の意識は変わっていない。大きなプールの端っこをリスがちょこちょこ泳いでいるような感じで、波紋がプール全体に広がっていかないのだ。

それは『中海ストーリー』の視聴率にも現れている。『ほっとスタジオ』のようなタイムリーさも、情報バラエティのようなエンターテイメント性もない番組だから、視聴率が取れないのは仕方がないとは思う。気にすることはない——高田専務はそういってくれるし、「面白おかしければいいというもんではない。視聴者にとって必要な番組を作ることが大事なんだ」と励ましてくれるが、麻矢はそう簡単に割り切れない。

一生懸命やってるんだけどな——。

勉強になるし、けっこう面白いと思うんだけどな——。

そうつぶやきながら、ふと、グルメ番組のリポーターをしている自分の姿を思い浮かべてみる。お洒落な店。鮮やかな料理が盛りつけられた皿。柔らかそうな肉を一切れ口に含んで、満面の笑みでコメントする——学生時代には、そんな姿を思い描いていたこともあった。華やかで、光に包まれていて、ディレクターやカメラマンからちやほやされる自分──。

就職面接で「流行りの女子アナになりたいんでしょ」といわれたことは、あながち外れてはいない。なんだかんだいっても、テレビの世界のきらびやかさに憧れていたのだ。

同じテレビでもずいぶん違うところへ来てしまったなと思う。後悔はないけれど、一抹の寂しさはある。

そんな中での慰めは、『中海ストーリー』に出演したのち、中海再生プロジェクトに参加してくれる人がいることだった。中海をきれいにするために自分も何かしたいと、錦海テレビに連絡をくれる視聴者も、わずかながらいる。リスも泳ぎ続けていれば、波紋を広げられるかもしれないと思う。

合原と練ってきた企画は、「中海環境フェア」という名前で、六月に開催することができた。中海再生プロジェクトや環境団体が、パネル展示、実験、映像などを通じて、来場者に自分たちの活動を紹介した。参加者は決して多くなかったが、ともかく第一歩である。

食のイベントも実現した。中海産の「アオデ」と呼ばれるカニの味噌汁、「アカバイ」という名の巻貝の煮つけなど、珍しさもあって好評を博した。

その六月には、環境省が主催する「エコアジア二〇〇四」というイベントが、米子市で開かれた。これは「アジア太平洋環境会議」が正式名称で、およそ一〇〇の地域から集まった参加者が、環境問題について意見を述べ合った。

さらにこの年には、「日韓子ども環境サミット」が韓国の春川《チュンチョン》市で開かれ、中海の水質浄化に取り組んでいる彦名地区の小学生たちが参加した。小学生たちは、古いストッキングを流しに設置することで、中海に流入する水がきれいになることを、数値を示して発表した。

翌年の二〇〇五年十一月、中海・宍道湖がラムサール条約に登録された。国内の登録地はそれまで十三ヵ所だったのが、このとき一挙に二十ヵ所が追加登録されて、三十三ヵ所になった。北海道の阿寒湖、福島・群馬・新潟にまたがる尾瀬なども、同時期の登録である。

登録数が多かったこともあって、「ラムサール条約」の名は全国に広まった。中海・宍道湖の地元でも、国際条約に登録されたというインパクトは大きかった。中海再生プロジェクトでは、これが中海に目を向けてもらうことへの追い風になるでは、という期待が高まった。

「藤堂さん、アダプトプログラムって覚えてる?」

ラムサール条約登録からしばらく経った頃、麻矢は合原満からそう訊かれた。

「覚えてますよ。諏訪湖でやってた取り組みですよね。市民が湖岸の一定区画を受け持って、定期的に清掃する。諏訪湖ではそれがうまくいって、ずいぶんきれいになったたって聞いたじゃないですか」

長野県の諏訪湖を訪ねたのは、ちょうど三年前だった。中海と同様に汚れていた諏訪湖を、十二年かけて泳げるまでにしたドキュメンタリー番組を地元テレビ局が制作し、ギャラクシー賞を受賞した。ギャラクシー賞といえば、報道人あこがれの賞ということもあり、『中海ストーリー』の再スタートを前に、合原と麻矢はその経緯を取材に出かけたのである。

「あれを中海でもやれないかな」

「アダプトプログラムを、ですか?」

「うん」

アダプトプログラムは、市民と行政が協働でおこなう清掃活動のことをいう。「アダプト」は、「養子にする」とか「里親」という意味の言葉で、公共の一定区画を養子に見立て、市民がわが子のように面倒をみる、そして行政がそれを支援する制度である。一九八〇年代にアメリカで始まった取り組みだが、諏訪湖のように、日本でも取り入れる市町村が出始めていた。

「でも、諏訪湖と中海じゃ大きさが違い過ぎませんか。湖岸の長さだって、中海は諏訪湖の六倍くらいあるんですよ」

「そりゃ中海の湖岸ぜんぶは無理だろう。けど汚れのひどい米子湾周辺とか、安来側の湖岸、大根島なんかでやれたらずいぶんきれいになるんじゃないか？　それに、中海のことを知ってもらうのに、これほどいい方法はないと思うけどね」

「確かに……。実際に水辺へ行ってもらったら、中海の良さも、汚れ具合も、自分の目で見ることができますよね。でも、諏訪湖は行政が主導してやったからできたんでしょう？　湖岸の里親になってもらうなんて、そんな大掛かりなことがわたしたちにできるんですか」

「正直いえばわからん。民間団体が主導してやったところはまだないみたいだしな」

「ですよね……」

「でも高田専務は乗り気だ。ラムサール条約登録を喜んでるだけじゃ、現状を変えることはできんといってる」

「再生プロジェクトのほうは？」

「これから話すけど、代表の近藤さんは中海クリーンクラブをやってるわけだから、賛成してくれるだろ」

「それは間違いなく賛成だと思いますよ」

近藤豊さんや子どもたちが中心となった中海クリーンクラブは、毎月一回の湖岸清掃を続けているが、ゴミの処理やゴミ袋の費用など、かかる負担は小さくないと聞いている。行政との協働が実現すれば、その負担は軽減されるだろう。

それだけじゃない。

――中海のまわりを、みんながぐるっと囲んできれいにすれば……それがわしの夢ですなあ。

麻矢の脳裏に近藤さんの言葉が甦った。あのときはとうてい無理な話だと思ったが、アダプトプログラムが実現すれば、近藤さんの夢は夢でなくなるかもしれない。

「やりましょうよ！　わたしは何をすればいいですか」

「まあ、そう前のめりにならなくていいよ。来年一月の『中海ストーリー』は、『アダプトプログラムに向けて』でやろうと思う。これから企画を作るから、藤堂さんはアダプトプログラムの事例を集めてよ」

「わかりました」

「アメリカの事例もな。英語できるんだろ」

「相変わらず人使いが荒いですね。あ、そういえばお子さん産まれるの、もうすぐですよね。仕事忙しくて、おうちのほう平気ですか」

「ああ、おまえに心配してもらわなくても大丈夫。もうすぐ三十路になるおまえのほうが、俺は心配だよ。貰い手なさそうだしな」

「よけいなお世話です！　それにまだ二十八です！」

さっきは「藤堂さん」と呼んでいたのに、以前の「おまえ」に戻った合原にそういい放って、麻矢は会議室をあとにした。


合原は一年前に、高校時代の友人の妹だという女性と結婚した。披露パーティーに呼ばれた熊谷里美さんから見せてもらった写真には、可愛らしい新婦のとなりに、苦虫を噛みつぶしたような表情の合原がいた。機嫌がいいときほど不愛想になる合原の癖を思いだして、麻矢は心の中でくすりと笑った。幸せなんだ、と思った。

「麻矢ちゃんにいい寄ってたくせにねえ」

一緒に写真を見ていた熊谷さんがいうので、「たぶん、いっときの気まぐれだったんですよ」と麻矢は答えた。

「そうなのかなあ。まあでも、高齢のお母さんがほんとにうれしそうだったんだよね。合原のお父さんは早くに亡くなったらしいから」

「そうですか。よかったですよね」

その言葉に偽りはない。合原に惹かれるところはあったけれど、付き合ったり、もし結婚したりしたら、お互いに傷つけあってボロボロになるだろうと思っていた。夏のあのとき以降、合原が強引な口を利くことはなかったし、麻矢も聞かなかったことにして過ごしていた。

結婚すると聞いたときも、へえそうなんだ、くらいの感想しかなかったが、結婚後の合原が少し柔らかい雰囲気になったのは確かで、それは麻矢にとってもありがたい。少し太ったのも幸せの証なのだろう。

「小田切さんとはどうなの？　ラムサール登録の頃、他局だけどテレビに出てたよね。宍道湖のシジミの話とかしてた。穏やかそうで、いい感じの人じゃないの」

「ときどき会ってるんですけど、あんまり進展はないっていうか……。少なくとも結婚する気はないみたいなんですよね」

「麻矢ちゃんはどうなの。結婚したいの？」

「どうなんだろう……よくわかんないんです。結婚って、なんか重いし」

「そっか。まあ結婚て重いよね。ていうか底なし沼みたいなものかもね。はまるのは一瞬だけど、抜けだすのは大変だし、覚悟がいる」

「もしかして、抜けだしたいとか？」

冗談半分で訊いたのに、熊谷さんはしばし真顔で考え込み、それから「まあ、子どもがいるからね」と肩をすくめて笑った。

一年前に熊谷さんとそんな話をしたときから、小田切との関係はほとんど変わっていない。月に一度か二度、お互いのスケジュールを調整して会っているものの、食事をしたり映画を観たり、たまにヨットに乗せてもらう以上のことはない。それっぽい雰囲気になって身体を寄せると、肩を抱いたり手を握ったりはしてくれるけれど、そこから先へは進まない。

いつだったか、半年に一度ではあるけど息子と会えるようになったと、小田切がいっていた。自分との関係に踏み込まないのは、もし結婚したら息子と会えなくなる、という怖れがあるからなのかもしれないと麻矢は思う。もっとも、麻矢は麻矢で重荷を背負いたくないという気持ちがあるから、どっちもどっちなのだが。

それでも寂しくはある。もっと強く求められたいと思う。萱島で抱きしめられたときが、一番距離が近かったんじゃないかとさえ思うことがある。あれから二年以上が経つというのに——。

萱島で見つけた指輪は、ブリキ缶ごと徳太郎伯父が保管している。いちおう警察に届けたほうがいいのでは……と話を向けた麻矢に、「こげなものが出てきたか……」と伯父はつぶやき、「わしが死んだら、警察に届けるなり、おまえのものにするなり、好きにしたらええ。それまではわしに預からせてくれ」といったのだった。

麻矢に異存はない。光子さんが指輪を持っていたことは伯父も知らなかったらしいが、ブリキ缶の底にあったのはやはり光子さんの写真だったたし、萱島に宝物を埋めたという言葉を覚えていた伯父は、それが光子さんのものだと確信したようだ。

「精神がおかしいときにいったことだけん、タワゴトだと思っておったが……本当だったんだな。たったひとつの、姉さんの形見だ」

「マイヤーズさんから貰ったのかな」

「おそらくな」

「ブルーサファイアって高い宝石だよね。そんな指輪をあげるくらいだから、本気で結婚しようと思ってたはずなのに、どうして裏切ったりしたのかなあ」

「さてなあ……。いざとなったら足手まといになったのかもしれん」

「光子さんはいつ埋めたんだろう。別れたあとだよね」

「東京へ出て行く前だろうなあ。月乃が生まれる頃に、観月楼は取り壊されておったからな。この何十年というもの、萱島に行く者などまずおらんし、だけんこそ今まで見つからずに来たわけだ。よりにもよって麻矢が見つけるとはなあ……」

「すごい偶然としかいえないよね」

「姉さんが呼んだのかもしれんなあ……」

指輪の入ったブリキ缶をなでながら、徳太郎伯父は、麻矢が思ったのと同じようなことを口にした。そして、仏壇の引き出しの奥にそれを仕舞ったのだった。

◇

アダプトプログラムは、十二月の中海再生プロジェクト総会で実施が決定し、半年後の二〇〇六年五月開始をめざすことになった。

アダプト（里親になる）区画は、三十、五十、百メートルの三種類を用意し、参加する団体・グループに選んでもらう。個人参加の区画も用意した。当面のエリアは、中海の最深部にあたる、湊山公園を中心とする湖岸である。花見や散歩などで訪れる人が多く、加茂川の河口に近いこともあって、ゴミや流木が散乱している場所だ。

二〇〇六年一月、錦海テレビは『中海再生――アダプトプログラムに向けて』という特別番組を制作した。合原は『中海ストーリー』の中でやるといっていたが、高田専務の後押しがあって、特別枠の番組を作ることになったのである。

出演者は、米子市と鳥取県の環境課長、中海を管理する国土交通省の担当者、それに中海再生プロジェクトから近藤豊代表。

麻矢は司会と進行役を任された。

『中海ストーリー』を中心に、もう五年もキャスターをやってきたし、進行台本は合原が書いてくれるけれど、生番組は何が起こるかわからない。それに行政側のゲストからは、アダプトプラグラムへの合意が得られていなかった。合原からは、否定されなければいいといわれているが、その程度でお茶を濁すなら特別番組の意味はないだろうという気もする。

よし——麻矢は大きく息を吸い込み、お腹に力を込めた。小さなスタジオは、ライトでまぶしいくらいだ。

中海の現状、再生プロジェクトのこれまでの取り組み、中海再生宣言——といったものが映像で流されたあと、麻矢はアダプトプログラムについての説明をおこなった。近藤さんが具体的な取り組みについて話す。

「私らも長年、湖岸の清掃活動をやってきましたが、やってもやってもゴミが流れ着きます。市民の方々に広くこの現状を知ってもらって、自分のこととして考え、行動してもらいたいと思うんです」

近藤さんの言葉を受けて、米子市と鳥取県からは、ラムサール条約に登録されたのを機に、中海の水質浄化、周辺美化に取り組みたいとの発言があった。

国土交通省は、中海のヘドロ浚渫作業を続けてきている。水質は少しずつよくなってきており、今後も作業を続けてきれいにしていきたいとのことだ。

ひととおり意見が出たところで、麻矢は勝負に出た。

「中海をきれいにしたいという思いは、みなさん共通していますよね。多くの市民が参加できる活動として、私たちはアダプトプログラムを実施したいと考えているわけですが、一緒にやっていただけますか。米子市さん、どうですか?」

「……はい、やりましょう」

「鳥取県さん、いかがでしょう?」

「ええ、やりましょう」

「国交省さんは?」

「一緒にやりましょう」

「ありがとうございます。中海は、市民県民、そして国民にとって大切な自然資源です。力を合わせてきれいにしていきましょう」

こうして生番組の中で、麻矢は行政の協力を取り付けてしまった。勇み足だったかも……と、終わったあとで背筋に冷たいものが流れたけれど、合原はニヤリと笑って麻矢の肩を叩いただけだった。近藤さんからは、「よくいってごしなった」と喜んでもらった。

「やるじゃないか。番組を作った甲斐があったというもんだ」

翌日、高田専務からそういわれて、麻矢は心の内で快哉を叫んだ。これでアダプトプログラムが実現すると思うとうれしいが、自分がそれに寄与したという喜びは、それ以上に大きい。達成感に満たされる。プールの端っこでパシャパシャやっていたリスが、ゴールデンレトリバー並みの大型犬に成長して、悠々と泳いでいるような気分だった。

しかし、そんないい気分も長くは続かなかった。アダプトプログラムへの参加団体が、まったくといっていいほど集まらないのだ。二月が終わる頃になっても、まだ五団体である。近藤さん以下、再生プロジェクトの中心メンバーが、事業所や学校、市民グループの元へ足を運び説明するのだが、「いいことですね」とはいってもらえても、参加するとはいってもらえない。麻矢の仕事は、カメラを担いで再生プロジェクトの活動を取材することだが、行く先々で芳しくない反応を目にするうちに、だんだん気持ちがしぼんでくる。

中海のイメージは、相変わらず「汚い」と「臭い」だった。

「あんな汚いところでゴミなんか拾っても、どうにもならないでしょう」とはっきりいう人もあったし、そうでなくても、へえ、とか、ふーんといった他人事のような反応が多い。ラムサール条約登録で、市民の目が中海に向いたように見えたが、それと自分が何かをすることとは別なのだと、麻矢は思い知った。

いまさら――という諦め。

やりたい人がやれば——という無関心。

何の得になるのか——という冷めた目。

そんなものか……と思いつつ、なんで？　という気持ちも抑えきれない。とある会社で応対に出た男性が、「そりゃ、きれいになればいいとは思いますよ。社会貢献という理念もよくわかります。でもそれは表看板でしょう。実際のところ、利益にならないことをやる会社はないんじゃないですか」というのを横で聞いていて、「御社の存在理由は利益だけですか！」という言葉が口から出そうなるのをこらえたこともあった。

それでも、近藤さんたちは地道に勧誘を続けている。取材する麻矢も「一緒にきれいにしましょう。お願いします」と熱を込めていうのだけれど、大方の空気は真冬のそれのように冷たい。面倒なことを持ち込まないでほしいといわれたこともある。いっときは大型犬くらいになった麻矢の自信とやる気も、再びしぼんでしまいそうだ。

さらに麻矢を落ち込ませたのは、錦海テレビ社内から聞こえてくる声だった。

大変だね、と皮肉まじりにいわれるのはまだいいほうで、「いつまでやってんの？」とか、「ゴミ拾いが仕事なんだっけ？」など、軽い冗談のようにしてかけられる言葉の一つひとつが石つぶてのように痛い。

表向きは、「ゴミ拾いも仕事のうちなんですよー」などと笑ってごまかすのだけれど、身内からも冷ややかに見られているのだと思うと、悔しさや情けなさがつのる。トイレで泣いたのは、入社した年以来だった。

「確かに、中海再生プロジェクトを、お荷物だと思っている人たちはいるよね。うちは市民運動をする会社じゃないって声、あたしも耳にしたことがあるし」

三月初めの夜、ファミレスで向かい合った熊谷里美から、麻矢はそんな話を聞いた。このところ浮かない顔をしていたから、心配して誘ってくれたのだろうと思う。

「そうですか。でも、高田専務が中心になって進めてるのに……」

「そりゃ、高田専務は錦海テレビを作った一人だし、表立って口にする人はいない。でも、余計なことをやってると思ってる人たちはいるんだよね。収益に結びつくわけじゃないしね。お金ばっかり使って何してるんだって」

熊谷さんは半年ほど前、報道部から総務部へ移っていた。経営に近い部署にいるせいで、そうした声が耳に入るのかもしれない。

「もしかして、クマさんもそう思います？」

麻矢はおそるおそる訊いてみた。錦海テレビができて間もない頃に入社し、経営難だった時期を知っている熊谷さんから見れば、視聴率の取れない『中海ストーリー』を作り、お金にならない中海再生活動をやっている自分は、やはり社のお荷物と映るのではないか――。

「思ってたら晩ご飯に誘ったりしないでしょ」

そういわれてほっとした。運ばれてきたハンバーグが、鉄板の上でじゅうじゅう音を立てている。

「それとね、一月の特別番組で、麻矢ちゃんが行政側の言質を取ったじゃない？　あれをクサす人もいるの。やり過ぎだとか、報道番組の域を越えてるとか」

あ……。頬張ったハンバーグを飲み込めなかったのは、熱さのせいだけではない。

「まあ、そういうのはやっかみだから。気にすることないよ」

「そうなんでしょうか」

ようやくのことでハンバーグを胃に収め、麻矢は訊く。

「あたしもね、市町村合併の取材をしてたとき、いいたいことはいっぱいあった。でも政治案件だし微妙な問題だから、表向きのことしかいえなかった。そんなことは出せないとか、よけいなことはいうなって」

「いわれたんですか」

「直接いわれることはあんまりなかったけど、雰囲気でわかるじゃない」

「悔しいですよね。せっかく取材したのに」

「そういうところ、仕事も家庭も似てるのよね。無言の圧力というか、そうするのが当然みたいな雰囲気ができ上がっちゃってる。まあ、世の中がそうだといったほうがいいんだろうけど」

「錦海テレビは、開放的で先進的だと思ってましたけど」

以前には、熊谷さんもそういっていたはずだ。

「うん、他局に比べればそうだよね。それに中海再生は政治問題じゃないし、中海がきれいになって困る人はいないわけだから、民間のテレビが行政をリードしたっていいと思う。そうでなくたって、行政は腰が重いんだし」

「勇み足だったかなって、ちょっと思ってたんですけど」

「そんなことないよ。麻矢ちゃんのあれ、カッコよかったからやっかむ人がいるんだよ。気にせずに頑張って」

「はい、ありがとうございます」

外食は久しぶりだといって、熊谷さんはエビフライとグラタンを食べていた。おいしそうに頬張るようすを見ていると、麻矢もここしばらくの鬱屈が消えていくようだったのだが――。

翌日取材から帰ってくると、デスクの上にA4版の白紙が置かれていた。

なんだろう。

裏返すと、「中海再生プロジェクト　社のメイワク！」とプリントされた文字があった。

えっ、と思い、かっと頬が熱くなった。編成室には十人ほどのスタッフがいたが、誰が置いたかなど訊くわけにはいかないし、報道部以外の者の仕業かもしれない。小さく折り畳むと、麻矢は自分のバッグにそれを仕舞った。

二日後の夕方、会議を終えて自席に戻ると、また白紙が置かれていた。裏返すと「中海再生プロジェクト　社のオニモツ！」とある。「メイワク」や「オニモツ」といったカタカナ文字もさることながら、「！」マークに心がえぐられる。

なにこれ！　誰がこんなことを！

麻矢は、会議室に呼びだした合原満に二枚の紙を見せた。無視しておけ、犯人探しはするなが、合原の返事だった。

「どうしてですか。外部の人じゃない、社内の誰かが置いたとしか考えられないんですよ」

「だったら、なおさらだ」

「合原さんは、何かいわれたことないんですか」

「俺は、ないな」

　わたしが女だからか――女だから、こんな嫌がらせをされるのか――その言葉を呑み込み、麻矢は無言で合原を睨みつけた。

「中海再生プロジェクトを快く思わない社内の人間は、そりゃいるかもしれない。けどな、事を荒立てても何の得にもならない。藤堂さんがよけいに傷つくだけだ。俺たちは成果を出すしかないんだよ」

「成果って……」

「中海が泳げるくらいにきれいになって、多くの市民が中海を地元の財産だと思ってくれる――それが中海再生プロジェクトの成果だ。そして、錦海テレビが地域社会に貢献するテレビ局だと認識される――それが社員としての俺たちの成果だ」

「それはわかりますけど……でもこんなことまでされて、わたし……正直やっていけませんﾞ」

「じゃあ辞めるか？　『中海ストーリー』も、再生プロジェクトも」

「わたしが辞めたら……」

「藤堂さんの代わりを、誰かにやってもらうことになるよな」

「誰かって」

「若くて元気な女性スタッフが増えたから、後任にはたぶん困らない」

そのいい方に、麻矢の憤りが限界を超えそうになった。結婚して柔らかくなったと思っていたけれど、人の神経を逆なでするところは変わっていない。

一緒に怒ってほしかったのに――。味方だと思っていたのに――。この五年間、あんたの無茶振りに耐えて頑張ってきたのは何だったのか！

食ってかかりたい気持ちを押さえて、「合原さんも、そのほうがやりやすいですよね」と麻矢はいった。

合原はメガネを取って首を振り、それからメガネをかけ直した。

「俺がどうのこうのじゃない。おまえが続けたいかどうかだろう？」

「辞めます！　どうぞ気の合う方を後任に選んでください！」

売り言葉に買い言葉だった。だが、いったん口から出てしまった言葉は回収ができない。

「わかった……。高田専務には俺から伝えておく」

合原に背を向けたとたん涙が込み上げてきて、麻矢はトイレに駆け込んだ。


話を聞いてもらいたい、というより慰めてもらいたい熊谷里美の姿は見あたらず、なんとかその日の仕事を終えた麻矢は、帰り道の途中、米子港の岸壁に車を停めた。フロントガラスの向こうに中海の湖面が広がっている。まっすぐ柳瀬家に帰りたくなかったし、かといってカフェのようなところに入る気にもなれなかったのだ。

岸壁には何隻かのクルーザーが係留され、突堤に立つ小さな灯台が、暗い水面にオレンジ色の光を投げかけている。

ゆっくりと回転するその光を見ていると、中海と向き合ってきた五年あまりの出来事が、細切れの映像となって甦ってきた。

米子空港沖の中海に潜って、「見えません、何も見えません！」と叫んだこと。昔の中海の写真を探しまわったこと。

中海再生宣言や、番場紘一さんにカツを入れられた会議のこと。近藤豊さんや子どもたちとゴミ拾いをしたこと。

中海体験クルージング。中海環境フェア。そして、『中海ストーリー』の取材で出会った沢山の人たち――。

嫌なことも、しんどいこともあったけれど、みんな大切な思い出だ……いや、まだ思い出にはしたくない。

後悔していた。辞めるといってしまったことを――。でも、このまま続ける気持ちにもなれない。

麻矢は携帯を取りだすと、小田切武史の番号を呼びだした。前回会ったのは一月の終わりで、麻矢も忙しかったが、小田切からも連絡がないまま一ヵ月以上が過ぎている。

声が聞きたかった。穏やかな声で、「それはつらいね」といってほしい。

呼び出し音が八回鳴ったところで、「もしもし」という小田切の声が聞こえた。

「藤堂です。遅い時間にすみません。お元気ですか」

「あ、はい。いつもお世話になっています」

「今、話してもいいですか」

「あ、いや、今ちょっと手が離せないことがありまして……。はい、またこちらから連絡させていただきます。すみません」

大丈夫ですか？　わたしから電話しますけど、明日の夜なら……と訊く前に電話を切られてしまい、麻矢はぼんやりとした気持ちで携帯を見つめた。

画面に浮かぶ時刻は九時十五分。打ち合わせか何かの途中なのかもしれないが、たとえ仕事中であっても、これまでそんな対応をされたことはなかった。あわてていたみたいだったし、言葉づかいが妙に他人行儀なのも傷つく。

息子と会っているか、息子が家に来ているのかもしれない。かすかだけれど、子どもの声が聞こえたような気もする。でも、息子だけならあんなによそよそしい話し方をしなくてもいいはず——と思って、小田切の元妻が近くにいる光景を麻矢は想像した。そうだ——きっとそうに違いない。だから、仕事の電話のふりを装ったのだ。

なんなのもう！

麻矢は、ハンドルを思いきりこぶしで叩いた。そんなこと、よりによってこんな日に知りたくなかった。熱烈な恋どころか、これが恋？　と自問するほどのぬるすぎる付き合いを続けてきたけれど、大切な相手だと思ってきたし、向こうにとってもそうだと信じていたのに……。

——別れた妻とは、もう何の関係も感情もない。でも息子はかわいいし、大きくなっていくのを見たい。彼女が誰かと再婚したとしても、僕はいちおう父親だから、困ったときには息子の助けになりたいんだ。

そんな言葉を聞いて、責任感の強い人なんだな……とうっとりしていた自分が、なんだか馬鹿みたいに思える。小田切にとって、自分は息子と会えない寂しさをまぎらわす相手でしかなかったのか——。ただの埋め草だったのか——。

そう落胆する一方で、すべては思い過ごしかもしれないとも思う。小田切の傍には息子も元妻もいない、仕事上の打ち合わせをしていただけなのだと——。そう思いたいが、やっぱりあの口調は不自然だ。

何度も反芻するうちに、小田切との短いやりとりは、すり切れたテープみたいに判読不明になっていく。麻矢の心も同じだった。「なんで？」と、「もう嫌！」ばかりがどんどん上書きされて、自分の気持ちが読めなくなっていく。自分が誰からも必要とされない、存在する意味のない人間に思えてくる。

助けて……誰か……。

そうつぶやいてみても、フロントガラスの向こうにあるのは、中海の湖面とゆっくり回る灯台の明かりだけだ。あとは、闇、闇、闇――。

麻矢は、ハンドルにもたれて目をつぶった。泣きたいのに、こんなときに限って涙が出てこない。目蓋の裏にあるのも、闇、闇、闇――。

顔を上げると、フロントガラスに映る自分の顔と目が合った。

いや、違う――。わたしじゃない。

そう気づいたのは、相手が長い髪の毛をひとつに結んでいるからだった。麻矢は中海に潜って以来、ずっとショートカットで通しているのだ。

誰？　わたしを見ているのは誰？

――光子さん？

写真の光子さんに、相手は似ているような気がした。労わるような視線を向けて何かいいたげにしているこの人は――。

光子さんだ！　わたしのおばあちゃんだ！　麻矢は確信した。

かすかにだが、「マーヤ……」という声が聞こえた。「マーヤ……」とやさしい声がもう一度。

気のせいだ。幻聴だ――わかっていても、麻矢は祖母の声にすがりつきたかった。

柳瀬家に帰ったのは、午後十時を過ぎてからだった。徳太郎伯父はすでに眠ったらしく、家の中はひっそりとしている。

台所の灯りもつけず、麻矢はしばらく椅子に座ってぼんやりしていた。

真っ暗ではない。隣家の明かりがカーテン越しに窓から入るせいで、ほの明るい台所は浅い海の底のようだ。フロントガラスに映った光子さんの顔と、「マーヤ……」というかすかな、けれどやさしい響きの声が、その浅瀬から立ち昇る気泡のように、くり返し現れては消えていく。

やがての頃に立ち上がって灯りをつけ、炊飯器に残っていたご飯にレトルトカレーをかけて食べた。伯父の手料理でないのは残念だけれど、温かいものがお腹に入ると気分が落ち着く。熱いお茶を、息を吹きかけながら飲んだ。

以前は夕飯を作っておいてくれた徳太郎伯父だが、「わしも年を取って台所がしんどくなった。すまんが外で食べてきてくれんか」と、麻矢は今年の初め頃にいわれた。

「うん、かまわないけど、伯父さんはどうするの」

「ほれ、おかずの宅配をしてくれるところがあるだろう？　あそこに頼む。飯だけ炊いておけばすむからな」

徳太郎伯父は七十五歳を過ぎたはずだ。食事の仕度が面倒になるのも当然だろう。近頃は、自治会の世話やボランティアに出かけていくことも減っているようだ。

これまで世話になってきたのだから、休みの日くらいは自分が料理をしようと思っていたのに、この三ヵ月あまり休日らしい休みがほとんどなく、たまの休みもずるずる過ごしてしまって何もできていない。漬け物の小鉢も、味噌汁を作った形跡もない台所を見渡しながら、伯父は今夜なにを食べたのだろうと、麻矢はふと心配になる。

息を引きとる前、光子さんが「マーヤ、ありがとう」と口にしたと、伯父はいっていた。それがマイヤーズさんを思いだしての言葉だったとしても、今夜のようなことがあると、祖母との不思議なつながりを感じずにはいられない。幻聴ではあれ、光子さんの声を聞いたことで、荒れていた心が少し鎮《しず》まったのは確かなのだから——。

麻矢は仏間へ行って蝋燭に火を灯した。光子さんの写真は今もそこにあり、脇に飾られた沈丁花が深い香りを放っている。

引き出しを開けて、奥のブリキ缶に手を伸ばした。錆びた缶の、ざらりとした感触が指に触れる。

けれど、その缶の中に指輪はなかった。

小さな缶だから一目瞭然なのだが、ひっくり返してみても、やはり油紙しか出てこない。

どうしたんだろうと思う。徳太郎伯父がどこか別の場所に仕舞ったのだろうか。留守にすることはあまりないとはいえ、仏壇の引き出しでは不用心だと考えたのかもしれない。

きっとそうだ。高価な宝石らしいし、光子さんのたったひとつの形見なのだから——。

◇

週が明けた月曜の午後、麻矢は高田専務に呼ばれた。

専務室のデスクの前に立つと、パソコンから顔を上げた高田専務が「おう来たか」という。呼ばれた理由はわかっている。

「合原から聞いたが、『中海ストーリー』を降りたいそうだな。理由は何だ？　合原とうまく行かんか？」

「いえ、そういうわけじゃないんですけど……」

「そろそろ飽きたか」

「そんなことはありません」

「ああ、結婚か。結婚するというなら、仕事を減らさんといけんな」

「結婚は、まだ考えてません」

「だったら何だ？」

麻矢は言葉につまってうつむいた。社内で耳にする言葉はもちろん、机の上に置かれた紙のことなどいえるわけがない――と思ったのだが、

「まあ、嫌なことをいわれたりすることがあるかもしれんがな。外でも中でも」

といわれたので、「はい……」と答えてしまった。

「番組を始めて足かけ六年、中海再生プロジェクトが五年、『十年で泳げる中海』の目標の半分が過ぎた。きみも合原も近藤さんたちも、もちろん私も奮闘しているわけだが、アダプトプログラムにしても市民の反応は鈍いよな。やってるわりに、関心がなかなか高まらん。社内にもさまざまな意見がある。取締役会でも、金にならんことをいつまでやっているのかといわれる」

「はい……」

「潮時だと思うか」

「え？」

「ここらで番組を打ち切ったほうがいいと思うか？」

うつむけていた顔を上げ、麻矢は高田専務の顔を見た。ぱっとみ強面だが、

「なぜ、わたしにそんなことを訊かれるんですか？　本当は、そんなこと思ってらっしゃらないですよね」

というと、弱々しい笑みがその顔に浮かんだ。はにかみとでもいうのか、そういうところはちょっと少年ぽいと思う。

「きみにはどう見えているかわからんが、私だって鉄の心臓を持っているわけじゃない。これまでも葛藤があったし、長くコツコツやるしかないと思ってきたが、私は社の経営に責任を持つ立場でもある。正直いって限界を感じているのも事実なんだ」

「中海再生プロジェクトはどうなるんですか」

「プロジェクトは社外の組織だから、うちが離れても活動してくれるだろう」

「……そんなの、無理ですよ。それに無責任だと思います。番場紘一さんもおっしゃってたじゃないですか。いいだしっぺの錦海テレビが責任を持てって」

「ならきみは、何で番組を降りるんだ」

「……専務と同じです。やっても成果が見えなくて、限界だなって思ってました。わたしが降りても、わたしの代わりはいくらでもいるだろうって……」

「合原がいったんだろう」

いえ、まあ……と曖昧な返事をしたところでドアがノックされ、当の合原満が入ってきた。麻矢がいることに少し驚いたようだが、「アダプトプログラムの参加状況です」といってデスクに歩み寄り、ペーパーの綴りを高田専務に差しだした。

「この一週間で二十件か。えらい増えたなあ」

合原から受け取った紙をめくりながら、感嘆の声で専務がいう。

「ヨネガワ産業さんが関連事業所に声をかけてくれたんです。あと、近藤さんたちが市内の公民館を回ってくれて、八グループの参加がありました。公民館からは、引き続き説明の依頼が来ています」

「ヨネガワ産業というと、ずっと以前うちの機器を世話になったところだな」

「はい。ですが、取引目的で参加してくれたわけではありません。社長さんの父親が昔、中海でウナギ漁をされていたそうで、幼い頃に食べたその味が忘れられないそうです。もう一度あんなふうな中海になったらどんなにいいだろうと、そうおっしゃっていました」

「ウナギか……。中海はその昔、全国でも有数のウナギ産地だったと聞くな」

ウナギの話もさることながら、合原が自分の足でヨネガワ産業の説得に赴いたことに、麻矢は軽い衝撃を受けた。そんな素振りなど、ちっとも見せなかったのに――。しかも、関連事業所含めて十件以上の参加をとりまとめていたとは――。

「合原よ」

「はい」

「藤堂くんが番組を降りたら、代わりの人間はおるか」

合原は後ろに下がっていた麻矢をちらっとふり返って、「いません」と答えた。

え？　だったら何であんなことを――と麻矢が問う間もなく真顔になった合原は、

「専務、いろんな障害があることは承知していますが、『中海ストーリー』を続けさせてください。いや、続けましょう。『中海再生宣言』は、あそこで書かれていた言葉は、ただの夢物語ですか。ファンタジーですか。違いますよね。あれは、専務の本物の夢なんでしょう？　錦海テレビは、地域をよくするためのメディアなんでしょう？　だったら夢を実現させましょうよ！　専務は、『地域のためになることをやれば、廻りまわって儲けになる』と、日頃いわれてますよね。夢を実現させて、利益も上げて、反対している奴らの鼻をあかしてやりましょうよ！」とまくしたてた。

そんな熱い合原を、麻矢はこれまで見たことがなかった。

けれど、『サルベージ現代』という社会派番組に携わり、嫉妬から東京のキー局を辞めざるを得なかったという話を思いだせば、これこそが〈ゴーマン合原〉の本領なのだろうと思う。神経を逆なでするようなことをいう癖が相変わらずなのは、かなりムカつくけれども――。


「夢といわれて思いだしたよ」

高田専務が立ち上がり、デスクを回って合原の肩を叩いた。

「私は子どものときから、人のいうことを聞かん人間だった。ずいぶん親を困らせたもんだ。人が無理だということに挑戦してみたい、無理だといわれることこそやってみたいと、そう思っとった。錦海テレビを作ったのもそれだった。『中海再生宣言』には、私の理念がぜんぶ入っている。中海の再生に人生を賭けてもいいと思ってやっている。おまえさんがいう通り、本物の夢だ。何をぐらついておったんだろうな」

「自分も人のいうことを聞かない人間ですから……。専務、続けましょう。中海で泳げるようになるまで」

「わかった。頼りにしている。だがな、私の夢は中海をきれいにして、それで終わりではないんだ。市民の財産として活用してもらうこと、中海があってよかった、中海は大切なものだと思ってもらえるようにすることだ。いずれは観光クルーズ船を就航させ、湖岸にフィッシャーマンズワーフのような施設を作りたい。人々が集い、外からも多くの人間がやってくるようになる。中海の夕陽を眺めながら料理を楽しみ、美しい景色を堪能する。そうなったら、もう誰も中海を汚そうとは思わんだろう？　この景観を大事にしたいと思うだろう？」

「フィッシャーマンズワーフ……」

麻矢と合原は、ほぼ同時に同じ言葉を口にした。それはサンフランシスコにある観光地で、獲れたての魚を販売したり、その場で調理して食べさせてくれるレストランが並ぶことで有名な場所だ。構想が大きすぎて、麻矢としては「そうなったらすごいですね」以上のことがいえないが、その夢に自分も伴走してみたいという思いが湧いてくる。

「藤堂くん、やってくれるか。私や合原と一緒に」

「はい、やります。いえ、やらせてください。専務の本物の夢を、わたしも一緒に実現させてください。まだまだ失敗ばっかりで、ダメ人間ですけど……」

いっているうちに、ここしばらく流してきた悔し涙とは違う涙が頬を伝いはじめ、麻矢は人差し指でそれをぬぐった。誰からも必要とされない人間だと打ちのめされていた気分が、潮が引くように遠ざかり、大きくて温かい波に包まれるようだ。

そういえば、社会貢献という理念は表看板で、利益にならないことをやる会社はないといわれたことがあった。今なら、こういい返すだろう。「夢や理念のない会社は寂しいですね、外側はきれいだけど中はカラッポの箱みたいですね」と——。

その日の夕方、米子市内中心部の公民館へ行く近藤豊さんたちに、麻矢は同行した。合原が報告した通り、高齢者のボランティアグループから、アダプトプログラムの話を聞きたいという申し出があったのだという。

公民館の前庭に沈丁花が咲いていた。春まだ浅い空気のなかに、冴え冴えとした香りを放っている。

十人ほどのグループだった。月に一、二回プランターの植え替えをして、季節ごとの花が植わったプランターを、地区内の小学校や公園などに配置しているという。

「中海がきれいだった頃を知っとる者が多いですけんな、錦海テレビを見て、わしらも何かできんかと思ったんですが、なにぶん年寄りばっかりなもんでしてな。その、アダプト何とかは、わしらにもできるもんでしょうか」

代表の男性がそう尋ねた。

「もちろんできます。里親になってもらう湖岸の長さは、三十メートル、五十メートル、百メートルから選べますし、清掃回数も決まっているわけじゃなくて、年に数回程度ということですから、無理のない範囲でやってもらえればありがたいです」

近藤さんの答えを聞いて、あちこちでひそひそ話が始まった。この公民館は、中海湖岸の湊山公園から徒歩十五分くらいのところにある。車の運転をしない高齢者でも参加できるだろうし、「錦海テレビを見て」といってもらったことが、麻矢はうれしかった。

十分ほどで話がまとまったらしく、代表が参加する旨を近藤さんに伝えた。簡単な書面を交わす際、「団体名を付けてもらうことになっているんですが、何にしましょうか」と近藤さんにいわれて、代表は「はてなあ……」と首をかしげた。ボランティアグループには、とくに名前などなかったようだ。

近藤さんの後ろに座っていた麻矢は、「花を育てたり配ったりされているわけですから、花の名前はどうですか？」といってみた。

「花ですか。これまで植えてきた花といえば、パンジー、チューリップ、マリーゴールド……」

代表が独り言のようにつぶやくなか、「あの……」とひとりの女性が手を上げた。「ああ野口さん、どうぞ」と代表がいう。

「ここの前庭に沈丁花が咲いておりますね。とてもいい匂いで、春が来たとうれしくなりました。それで、『沈丁花』はいかがでしょうか。地味な花ですが、遠くまで香りが届くところなど、わたくしどもに合っているような気がするもんですから」

七十代後半くらいの、小柄で品の良い女性だった。きれいにまとめられた白髪が、紫色のカーディガンによく似合っている。

「沈丁花ですか。いいかもしれませんな。では、『グループ沈丁花』にしますか」

代表の言葉に何人かがうなずいて名前が決まり、それで会はお開きになった。

玄関でブーツを履いていると、野口さんと呼ばれた先ほどの女性が出てきて、「中海の番組に出ておられる方でしょう?」と麻矢に声をかけてきた。

「はいそうです。観てくださっているんですね」

「ええ、いつも観させてもらっておりますよ。わたくしが子どもの頃の中海は底が見えるほど澄んでいて、水辺で遊んだり、船に乗ったりしたものでした。いろいろあって、この年まで独り身で来たもんですから、今も中海に近いところにおりますが……」

「そうですか」

「中海の淡水化を止めようと、わたくしも署名活動をしたりしました。子どもはいませんけど、未来の人たちにきれいな環境を残さないといけないと思って」

「そうでしたか」

「今もときおり、歩いて湊山公園まで行くんですけどね、中海を見ては絶望的な気持ちになっておりました。せっかく、干拓や淡水化が止まったのに、中海が見捨てられているようで……。でも、あなたのような若い方が頑張っていらっしゃるのを見て、救われる気持ちがしたんですよ。一言お礼がいいたくて。引き止めてごめんなさいね」

「いいえ、お話を聞かせてもらって、こちらこそありがとうございます。頑張ります！」

　これまでも、視聴者から声をかけられることがなかったわけではない。でも、その女性の言葉はちょっと特別だった。彼女の人生と中海が重なっていると感じられたし、切実で心のこもった言葉だったからかもしれない。

　もし光子さんが生きていたら、この人と同じくらいの年齢なんだと思いながら、麻矢は帰って行く女性の背中を見送った。

◇

「来月は『中海・宍道湖一斉清掃』に向けた番組を作るからな。両県知事のコメントも採りに行くから、そのつもりでいてくれ。これが企画書だ」

　週の半ば、麻矢は合原満からそういわれた。

「え、一斉清掃、ほんとにやるんですか。いつやるんですか」

「一昨日決まったらしい。日程は六月二十五日の日曜日だ。県と周辺の市とで実行委員会が作られるそうだが、中海再生プロジェクトにも加わってほしいそうだ」

「中海・宍道湖一斉清掃」は、前年のラムサール条約登録発表の席上、鳥取・島根両県知事から提案されていたものだ。

市民の手で中海・宍道湖をきれいにしよう——そのときにはリップサービス程度に受け取られていたし、麻矢もそう思っていた呼びかけだが、知事たちは本気だったらしい。そういえば鳥取県の片平知事は、干拓事業が中止になった際、「事業が中止になった以上、元に戻すのが自然へのエチケットだ」と発言していたのを、麻矢は思いだした。

「それはすごくいいですね。アダプトプログラムにもはずみがつきますよね。で、知事のコメント採り、わたしがやるんですか?」

「ほかに誰がいる。一月にやった特別番組の度胸があれば、知事のコメント採りなんてどうってことないだろ」

「いや、あれは、とっさに何とかしないといけないと思って……」

「いいんだよ、それで。ああいうことができるキャスターは、地上波テレビでもなかなかいないからな」

褒めてくれているのだろうか——お尻がムズムズするけれど悪い気分ではない。照れ隠しに胸をそらせると、「いや、ない胸の自慢はいい」と軽くあしらわれた。

一昨日決まったという一斉清掃に向けて、わずか一日二日で番組の企画書を作ってしまう合原は、やはりゴーマン、いや剛腕だと麻矢は感心する。高田専務への熱い進言は、それだけの実力と熱意があればこそだろう。

「そういえば、中傷の紙はあれから？」

合原に訊かれて、「今のところはないです」と麻矢は答えた。

「そうか。ならいい」

自席に戻って机の上を見たが、やはり紙は置かれていない。ほっと息をつき、麻矢はショルダーバッグから取りだした携帯を開く。

知らない番号からの着信がひとつあったが、小田切武史からのそれではない。メールも届いていていない。

小田切の番号を消去してしまおうかとも思うけれど、まだそれだけのふんぎりはつかない。次の瞬間にも電話がかかってきて、「ごめんね。バタバタしていて電話できなくて」という声が聞こえてくるのではないかと期待してしまうのだ。その可能性は低いとわかっているのに――。

バッグに仕舞ったところで、マナーモードにしている携帯が震えた。はっとして開くと三鷹の母からだ。

「もしもし麻矢？　兄さんが救急車で病院に運ばれたって、さっきこちらに連絡があったの」

「徳太郎伯父さんが？」

麻矢は驚いて訊き返した。兄妹として育てられたせいだろう、母は今でも徳太郎伯父のことを「兄さん」と呼ぶ。

「そうなの。うちの電話番号をいえるくらいだから、意識はあると思うんだけど……。まだ処置中なので、あとでまた連絡しますっていわれたの。どう？　最近、具合が悪そうだった？」

「ううん、とくにそんなふうには……」

そうはいったものの、麻矢はここしばらく、ろくに伯父の顔を見ていない。今朝もまだ寝ているようだったから、声をかけずに出てきてしまったのだ。

「まあ年も年だしね、急に悪くなったんでしょうけど」

「病院はどこ？　これからすぐに行ってみるから」

「まだ仕事中でしょう？　ごめんなさいね」

「ううん、大丈夫。少しなら抜けられるから」

錦海テレビに入った頃は、東京に帰って来いとか、早く結婚を、などといっていた母だけれど、この二、三年そういったことはほとんど口にしなくなった。認めて――というより諦めてくれたのだろうし、兄が結婚して孫が生まれたことも大きいのだろうと、麻矢は思っている。最近は電話をしても、一歳になったばかりの甥の話が大半だった。

徳太郎伯父が運ばれたのは、湊山公園に隣接する大学病院だという。柳瀬家からも近い。時刻を見ると、午後七時をまわったところだった。幸い、今日やるべきことはあらかた終わっている。麻矢はスプリングコートを羽織ると、駐車場に向かって走った。

徳太郎伯父は個室のベッドに仰臥し、点滴を受けていた。

「伯父さん、ごめんね。具合が悪いのに気づかなくて……」

麻矢が声をかけると、徳太郎伯父はつむっていた目を開け、

「なにを謝ることがあるか。大したことはない。心配せんでもいい」

といったが、その声は小さくかすれていた。

医師の話では肝硬変が進んでおり、腹水も溜まっているとのことだった。夕方訪ねてきた近所の人が、布団の中で辛そうにしている伯父を見つけて救急車を呼んでくれたということだが、一緒に暮らしていながら気づけなかった自分を、麻矢は責めざるを得ない。

「沈黙の臓器」ともいわれる肝臓は、痛みを発することが少なく、全身の倦怠感や食欲不振がおもな症状なのだというから、寝ていることが多かったのもそのせいなのだろう。食事もちゃんと摂っていなかったかもしれない。

そのことを電話で伝えると、「そう。今すぐにどうのということはないのね?」と母は尋ねた。

「たぶん……」麻矢にはそれしか答えられない。

「なるべく早くそちらに行くから。兄さんのことは病院に任せて、早く帰って休みなさい。麻矢が気に病む必要はないからね」

母はそういってくれたが、麻矢は電話を終えると病室に戻り、丸椅子を引き寄せて徳太郎伯父の寝顔を見つめた。

七年前、「よく来たな。わしも麻矢の顔が見たいと思っとったところだ」といって温かく迎えてくれたことを思いだす。翌朝、伯父はトーストにハチミツをたっぷり塗って食べていた。そして、二人で錦海テレビの番組を見たのだった——。

あの頃と比べると、伯父の顔はひとまわり小さくなった。皺が深くなって、眼窩がくぼんだように見えるのは、部屋が薄暗いせいだけではないだろう。

そのとき伯父がふいに目を開けて、「まだおったのか」といった。もしかしたら寝たふりをしていたのかもしれない。

「うん、もうすぐ帰る。あのね、ママが近いうちに来るって」

「わざわざ来んでもいいのに」

「心配なんだよ」

「そういえば、あの指輪な……」

「え、指輪？」

「向こうに返したからな」

　麻矢は一瞬、徳太郎伯父が何をいっているのかわからなかった。仏壇の引き出しに入れてあった指輪は、伯父が別の場所に仕舞ったのだとばかり思っていたのだ。

「どういうこと？」

「マイヤーズに返したんだ」

「マイヤーズさんは生きてるの」

「ああ」

「でもどうやって？　マイヤーズさんはイギリスの人だし、光子さんと別れてから半世紀以上たってるのに」

「それは、ママに、月乃に訊いてくれ。わしはもう寝るけんな」

徳太郎伯父が目を閉じたので、「おやすみなさい」といって麻矢は病室を出た。

指輪を返す役目を母が担ったと、伯父の口ぶりからはそう受け取れるけれど、突然母が出てきたことに麻矢は戸惑った。典型的な専業主婦で、父に頼りきりに見えた母。柳瀬家に実母が幽閉されていても、気にするそぶりを見せなかった母。その母がいったい何を知っているのだろう——。

病院の長い廊下を歩きながら、麻矢はなんだか狐につままれた気分だった。

加茂川沿いに残る土蔵

八　中海・宍道湖一斉清掃

父親がイギリス人というのは、短大を卒業したときに聞かされていたけど、父という実感もない〈父〉と初めて会ったのは、二十五年ほど前、結婚して東京に移って五、六年たった頃だったかしら。「バブル」と呼ばれる、金余りの時代が来るのはもうちょっとあとだけど、自動車生産が世界一になったり、歩きながら音楽が聴けるウォークマンが流行ったりして、世の中に上向きの気分があった頃。歌手の山口百恵が、結婚して引退したりね――。


柳瀬家の台所でコーヒーを飲みながら、母はそんなふうに話し始めた。

五十代の半ばになった母は、栗色の髪に白髪が混じり始めているものの、肌の白さは変わらないし、〈かつての美人〉の面影は健在だった。小さなフリルのついたブラウスに、ベージュのアンゴラカーディガンという、プチセレブっぽい服の好みも相変わらずだ。

その日の夕方、麻矢は母の月乃と一緒に、大学病院の医師から説明を受けた。検査の結果、徳太郎伯父の病状はかなり深刻で、肝臓がんが肺などにも転移し、手術による治療は難しいとのことだった。

それは伯父にも伝えてあり、できる治療としては抗がん剤の投与だが、あとはいらないとおっしゃっています」

「ご本人は必要ないといわれるんですよ。できれば痛みは少ないほうがいいが、と医師がいうのを聞いて、「本人の意思を尊重してください」と母はいった。余命二ヵ月程度——が医師の見立てだった。

病室を見舞うと、マイヤーズのことを麻矢に話してやってくれ、と伯父は母にいった。

「光子姉さんが死んで、わしも、もうじきおらんようになる。いくらかは麻矢に話したが、あとは月乃、おまえから話してやってくれ」

「麻矢が指輪を見つけたんですってね」

母の言葉に伯父は「ああ……」とうなずき、「光子姉さんが麻矢に見つけさせたんだと思ったよ。姉さんにはすまないことをした……」とつぶやくような声を出した。

「大丈夫よ、ちゃんとマイヤーズさんに返したから」

「そうか。ほっとしたよ」

「それに、あの人がマイヤーズさんと別れたのは、指輪のせいじゃないでしょう。そんな昔のこと、気にする必要ないわ」

「そうかもしれんが、人生の終わりになると、昔のことをあれこれ考えてしまうものでな。

まあ、半分は懐かしんでおるのかもしれんがな……」

徳太郎伯父は、しみじみとした口調でそういった。七年間一緒に暮らして世話になった――いやその前から可愛がってくれていた伯父が余命いくばくもないことに麻矢はショックを受けていたが、伯父の落ち着いたようすはせめてもの救いだった。

病室を出たあと、

「伯父さんがいってた、姉さんにすまないことをしたって、あれ、どういう意味かな」

と、麻矢は母に訊いてみた。

「あの指輪ね、兄さんが萱島に埋めたのよ」

母はさらっと答えた。

「え、うそ！」

「兄さんはびっくりしたでしょうね。自分が埋めた指輪を麻矢が見つけちゃったんだから」

「それって、光子さんから指輪を奪ったってこと？」

「そのへんはよくわからないけど、たぶんそうなんでしょう。指輪がなくなれば、マイヤーズさんとの結婚もなくなると思ったんじゃないかしら。兄さんはその頃、進駐軍を嫌っていたみたいだしね」

ブリキ缶に入った指輪を見せたとき、「こげなものが出てきたか……」と徳太郎伯父がつぶやいたのを、麻矢は思いだした。あれは、自分が埋めたものを見つけられてしまったことへの驚きだったのだろう。

だとすると、萱島には宝物が埋まっているという光子さんの言葉は、伯父の作り話ということになるし、光子さんが妄想を口にするほど変調をきたしていたというのも、本当なのかどうかわからなくなる。

「でも、別れたのは指輪のせいじゃないって、ママはいってたよね」

「そうね。まあその話はあとにして、先に夕飯を食べましょうか」

母の希望で幹線道路沿いの回転すし屋に入り、「やっぱり、こっちの魚は美味しいわね」と皿を引き寄せる母の横で、麻矢は合原満が作ったペーパーに目を落とした。明日は、片平鳥取県知事のコメントを採りに行くことになっている。知事のこれまでの発言などが、ペーパーにはまとめられていた。

忙しそうね、と母がいう。うん、と答えて、麻矢はヒラメの握りを頬張る。

「やりがいのある仕事に就けてよかったわね。でも、その調子だと、結婚なんて頭にないのかしら。誰かいい人はいないの?」

鮨が喉につかえ、無理に飲み下す。小田切武史のことは思いだしたくない。「ママは、外で働こうと思ったことないの」と話を振った。

「そうねえ。ないこともないんだけど」

曖昧な返事で話がとぎれたので、麻矢はペーパーの続きを読み、そうして柳瀬家に帰ってきてから、母はマイヤーズさんのことを話し始めたのだった。

フレデリック・マイヤーズさんが、駐日英国大使として来日しているのを教えてくれたのはパパだった。パパには結婚前に一応のことを話してたし、勤め先の銀行は政府関係の仕事もしていたから、情報が早いのね。

「駐日英国大使？」

「そう、まさかと思うわよね」

でも経歴を調べてもらったら、戦後の四年間ほど、英国空軍の将校として岩国や米子に来ているし、年齢も合ってた。それで大使館あてに手紙を出したのよ。相手はイギリス大使だから返事は期待してなかったんだけど、一ヵ月くらいして返事が来たの。ぜひ会いたいって。

高輪にあるレストランの個室で会ったマイヤーズさんは、恰幅のいい紳士だった。背はそれほど高くなくて、髪の毛はダークブラウン。瞳もほぼ黒に近い色で、外国人ぽくないというか、親しみやすい感じだったわね。穏やかな笑みを浮かべて迎えてくれたというのもあるでしょうけど。

ツキノさん、お会いできてうれしいですって、そういってくれた。私の存在――つまり、あの人が自分とのあいだにできた娘を生んで、その子が「ツキノ」という名だということを、マイヤーズさんは知っていたわけね。

といっても、イギリスに帰ったときは知らなかったそうよ。もし知っていたら、自分は決してミツコさんと別れることはなかったといってた。

「じゃあ、いつ知ったの」麻矢は訊いた。

「外交官になってから何度か日本に来ることがあって、赤坂のホテルで働いていたあの人と、偶然再会したんですって。マイヤーズさんが五十歳くらいのとき」

「すごい偶然だね。ドラマや映画だとロマンスが復活しそうな感じ」

「そうはならなかったみたいね。一度だけ一緒にお茶を飲んだそうだけど、あの人の態度は冷たかったそうよ。娘が生まれたことは話してくれたけど、『自分は娘を捨てた。生きているあいだに会うことはない。もちろんあなたも娘に会うことはない』と、まあそんなふうにいったらしいわ」

母は、光子さんのことを「あの人」と呼ぶ。自分が祖母を「光子さん」としか呼べないのと同じなのかもしれないけれど、その冷たさというか意固地さには、やはり戸惑いをおぼえる。

それは光子さんにも感じることで、

「どうしてそこまで意固地になったのかな。マイヤーズさんに捨てられたから？」

と麻矢が訊くと、

「捨てられたというのとはちょっと違うようなの」と母はいった。マイヤーズさんは、「別れを決めたのはミツコさんのほうなのです」といったのだという。

もちろん本当のことは当人同士にしかわからないんだけど、マイヤーズさんが話してくれたことをつなぎ合わせると、当時マイヤーズさんは、部下のイギリス人女性と結婚の約束をしていたらしいのね。相手は上流階級出身のお嬢さんで、その頃から外交官を目指していたマイヤーズさんにとっては、いわば政略結婚の相手だったと思うんだけど、女性のほうはマイヤーズさんにぞっこんで、米子でも一緒に働いていたみたい。

そこにあの人が現れて、マイヤーズさんと恋仲になった。二人はこっそり逢ってたんでしょうけど、どこかでイギリス人女性の知るところとなって、ちょっとしたトラブルになったんだそうよ。

マイヤーズさんはね、自分は女性との婚約を取り消して、ミツコさんと一緒になる決意だったといってた。その証として指輪を贈ったと――。兄さんの話だと、家にも挨拶に来たらしいしね。

でも、あの人としては、マイヤーズさんの不実が許せなかったんでしょうね。結局、マイヤーズさんはそのイギリス人女性と結婚したそうなんだけど、再会したときの態度が冷たかったのは、そのせいもあるかもしれないわね。

「何だかいろいろこじれてるね、光子さんの人生」

そういった後で、思いだしたくない小田切武史の顔が浮かんだ。自分も、小田切の元妻と天秤にかけられているのかもしれない。こじれているのは自分の人生も同じだ。

「そういう人だったのよ。むこうみずに突き進んで、結果的に周りに迷惑をかけてしまうような人。自分勝手なのよ」

「そうかなあ。わたしにはそんなふうに思えないんだよね。だって自分勝手な人なら、婚約者を押しのけてでも結婚するんじゃない？　わたしには思いやりのある人に見えたけどな」

「どうしたの。まるであの人に会ったことがあるみたいじゃない」

「ああ……もちろん写真でしか知らないけどね、なんとなくそんな気がするの」

光子さんの幻影に励まされたことがあるなんていえない。お風呂に入るねといって、麻矢は椅子から立ち上がった。

風呂から上がると、母はタオルや下着など、病院へ持って行くものを居間の座卓に並べていた。「しばらくこっちにいるから、麻矢は仕事に専念しなさい」という。

「三鷹の家は大丈夫?」

奈緒子さんがいるし、と母は兄嫁の名をあげ、「パパはもともと外食が多いから、ふた月くらい平気でしょ」といった。

徳太郎伯父を看取るまではいる、ということなのだろう。旅行や里帰りならふた月は長いが、それが伯父に残された時間だと思うと、麻矢はその短さに胸が苦しくなる。伯父には息子が二人いるが、どちらも遠方に住んでおり、仕事や家族もあってこちらに来ることは難しいようだ。親父の望むようにしてやってほしいと、母は息子たちから聞いているらしい。

「それで、どうやって指輪を返したの。イギリスへ送った?」

「マイヤーズさんは大使じゃなくなった後も、何度か日本に来てたのよ。親日家っていうのかな、『ロンドン日本協会』っていう団体の代表をしたりしてね。今年も年明けから一ヵ月ほど来日していて、そのときに会って返したの」

「じゃあ、最近だね」

「そう、一月の中頃だったかしら。八十歳をいくつか過ぎて、さすがに老いは感じられたけど元気そうでね。でも、あの人が死んだことを伝えたら涙ぐんでたわ」

「ずいぶん昔のことなのに」

「きっと逆なのよ。年を取ると昔のことのほうが近くなるっていうか……。兄さんも、昔のことをあれこれ考えるっていってたでしょう」

そういうものかな、と答えたが、目の前のことに追われている麻矢にはよくわからない。いやわからないというよりも、過去のあれこれはまだ生々しくて、むしろ遠ざけておきたい気持ちのほうが強い。

「指輪を見たせいもあるんでしょうね。きれいに修理してもらって返したから、当時のことが甦ったのかもしれない。遅くなりましたが母の代わりにお返しします、って差しだしたときはさすがに驚いてたけどね」

「そりゃそうだよね。五十年以上も前にあげた指輪が突然出てくるんだもん」

「ブルーサファイアだったでしょう。中海の青を思いだしました、中海はとても美しかったっていってた。今も変わらないかと訊かれたわ」

「なんて答えたの」

「私は東京暮らしが長いのですが、きっと今も美しいままでしょうって」

あっちゃー。

麻矢は思わず額に手を当てた。いくらこっちに来ることのない相手とはいえ、ずいぶん適当なことをいってくれるじゃん。

「娘が米子のテレビ局にいて、中海の番組を作っていますといったら、ワンダフル！と喜んでくれたわよ。あなたの娘なら私の孫だが、きっとあなたに似てチャーミングなんだろうねって――」

それはどうも、といって、麻矢はその場を引き上げた。そろそろ寝ないと明日の仕事に差し支える。

母が錦海テレビに理解を示すようになったのは、マイヤーズさんとのやり取りのせいもあるのかもしれないと思う。これまでも、この先も会うことのない祖父だけれど、美しかった中海を心に留めてくれている人が、かつてのイギリス大使だというのはなんとも不思議な気がするし、ちょっと自慢したい気分になる。

もちろん外には出せない話なのだが――。

◇

翌日の鳥取県知事、二日おいて島根県知事へのインタビューは、なんとか無事に終わった。どちらの知事も、中海・宍道湖を貴重な自然資源と考えていて、魚介類の復活や観光誘致に力を入れたいと語った。

とくに島根県は、宍道湖あっての「観光都市松江」が県庁所在地だし、中海の八割を有している。

いっぽうの鳥取県は面積こそ少ないが、米子・境港という県西部の中核都市が中海に接している。歴史的にみても、中海抜きに両市の発展は考えられない。

中海の湖面上に県境を確定するまでには、両県の思惑が入り乱れての長い確執があったようだが、現在では手を携えて、水質浄化や水辺環境の保全に取り組んでいる。

「中海再生のためには、何がいちばん重要だとお考えですか」

麻矢はそう訊いてみた。

「やはり県民の、とくに周辺にお住いのみなさんの関心が高まっていくことが大事だと考えています。自分たちにとって大切な湖なんだと思ってもらえれば、水質も水辺もきれいになっていくでしょう」

「そのために、中海・宍道湖一斉清掃を提案されたわけですね」

「実際に湖のそばに来て、現状を見てもらいたいと考えています。ただ、われわれ行政が呼びかけたからといって、みなさんが動いてくださるわけではない。民間の力、とくにメディアにはお力添えをいただきたいと思っています」

両県知事からは、ともにそのような答えが返ってきた。

片平鳥取県知事は、そのあとに続けてこういった。

「一斉清掃をやろうと思ったきっかけは、ヨットクラブの子どもたちなんですよ。子どもたちが毎月湖岸のゴミ拾いをしていると聞いて、大人は何をしてるんだと――」

「そうだったんですか」

「聞けば、もう十年以上続けているというじゃないですか。たかがゴミ拾いっていう人もあるかもしれないけど、その小さなことが大人はなかなかできない。見習わなくちゃいけないと思いましたね」

麻矢はうなずきながら、ちょっとした感慨をおぼえていた。かつて小田切武史から、行政はなかなか動こうとしないと聞いたことがあった。麻矢もそう感じていた。

しかし、ラムサール条約登録の前後から変わってきたのは確かだし、ヨットクラブの子どもたちが、知事の心を動かしたというのは素直にうれしい。

「かつての中海は、人々の生活と深く結びついていた。必ずしもそうでなくなった現在は新しいキーワードが必要で、それが『環境』や『自然保護』といった言葉でしょう。しかしね、人間が自然を保護してやるというのは、私はちょっと違うと思っているんですよ。長い目で見れば、むしろわれわれのほうが自然に護《まも》られてきたわけだし、そういう謙虚さというのも大事だと思う。以前、『元に戻すのがエチケット』といったのは、そういう気持ちからです」

「人間の驕《おご》りを見直すべきと」

「驕りというより甘えかもしれないね。経済発展や便利さを追い求めて、これくらいやっても大丈夫という気持ちがあったんじゃないのかな。でも自然だって生きものだからね、取り返しがつかなくなることだってあるでしょう」

「中海は取り返しがつきますか」

「やんなきゃいけないでしょ。何のために干拓や淡水化を止めたんですか。貴重で美しい汽水湖を残すためでしょう？　それを次の世代に手渡すためでしょう？　あなた方の錦海テレビや中海再生プロジェクトは、そのために頑張っているんじゃないの？　そうでしょう？」

「はい、そうです」

なんだか逆質問される展開になってしまったが、「熱のあるコメントが採れたじゃないか」と合原はいってくれた。

アダプトプログラムへの参加数は、合原が二十件の報告をした週を境に上向いてきた。近藤豊さんたちの熱心な誘いが功を奏してきたのもあるし、錦海テレビが番組の合い間に、参加団体名を流し始めた効果もあるのだろう。会社や事業所にとっては、無料で社名をＰＲできることになるのだから。

その三月の終わり、熊谷里美が退社するという話を麻矢は聞いた。
「本当なの？」
「三月いっぱいで辞められるらしいですよ。義理のお母さんの介護をしなきゃいけなくなったとかで――。でも、あんまり知られなくないみたいです」
麻矢より後に入った女性社員が、総務部から聞いた話だといって、そう教えてくれた。社員が退職する際には送別会を開くのが慣例になっているが、熊谷さんはそれも断っているという。

三月いっぱいならあと五日だ。なぜ教えてくれなかったんだろうと思う。入社以来、いろんなことを教えてもらったり、相談に乗ってもらったりしてきた。いちばん身近な先輩だったし、子育てしながら頑張っている姿を見てすごいと思っていた。可愛がってもらっていたはずなのに――。

社内に姿が見あたらず、仕事が一段落した夕方、麻矢は社屋の裏手に出て熊谷里美の携帯を鳴らしてみた。呼びだし音が十回鳴って、切ろうとしたところでつながった。スーパーでの買い物を終えて、ちょうど車に乗り込んだところだという。どうやら、熊谷さんはもう出社していないらしい。

「熊谷さん、大丈夫ですか。お元気ですか」

「麻矢ちゃん、ありがとう。ごめんね……」

「そんな、謝るようなことじゃないですよ。でも、辞めるって聞いてびっくりしちゃいました。なんで話してくれなかったのかなって思って」

「そのことじゃなくて……」

「はい？」

「麻矢ちゃんの机の上に紙を置いたの、あたしなの。ほんとにごめんね」

「紙って、もしかして……」

「そう。オニモツとかメイワクとか、ひどいよね……」

「まさか、どうして……」

「たぶん、麻矢ちゃんが妬ましかったんだと思う。あたしのほうは、辞める、というか、辞めざるを得ないって決めた頃だったから……。やりきれない気持ちをどこにぶつけていいかわからなくて、麻矢ちゃんに当たってしまった。謝らなきゃって、ずっと思ってたんだけど、それもできなくて……。最低だよね。怒るよね」

「熊谷さん、ファミレスで、やっかみなんて気にするなって励ましてくれましたよね。あれは、お芝居だったんですか。もしかして、本心では……」

麻矢は続きを口にできなかった。一番の味方だと思っていたのに、じつは調子のいい女だと見下されていたのだろうか。

「違う！　それは違うよ。麻矢ちゃんのことは、あのときも今も好きだし、応援してる。でもね、実際には嫉妬してたところもあったんだと思う。若くて、仕事にすべてを注げる麻矢ちゃんをうらやましく思ったことはあった。あたしだって、家のことがなければバリバリやれるのにって……。ただ、あれについては魔が差したとしかいえない。言い訳に聞こえるだろうけど……」

「黙っていればわからなかったのに、どうして打ち明けてくれたんですか」

「そうだよね……。この電話をもらうまでは黙っていようと思ってた。辞めれば、錦海テレビとの縁が切れて、麻矢ちゃんと会うこともなくなるわけだしね。でも麻矢ちゃんの声を聞いたら、やっぱりね……」

「どうしても辞めなくちゃいけないんですか？」

「うん、もう決めたことだから」

「何とかならないんですか？　ダンナさんのお母さんなら、ダンナさんがお世話したらいいじゃないですか」

「うん、ありがとう。けどね……」

熊谷さんがいうには、夫は自分が仕事を休むことなど考えてもいないのだという。お義父さんが亡くなったあと、市内で一人暮らしをしていたお義母さんに認知症の兆しが見え始めたのは一年ほど前で、熊谷さんと夫が交代で出向いてようすを見てきたそうだが、今年に入ってから、買い物に出かけて帰れなくなることが何度かあり、同居を決めたのだそうだ。

「子どもたちもまだ小学生だし、あたしが家にいたほうがいいんじゃないかって」

「熊谷さんがそう思ったんですか」

「ううん、ダンナがいうんだけどね、あたしもそうかなって思うし、波風を立てたくないっていうのもあるし」

「そうなんですか……。でも残念です。頑張っていい仕事をされてきたのに。わたしも相談できる人がいなくなって寂しいです」

「そんなこといわないでよ。後足で砂をかけるようなことをしたのに」

「落ち着いたら復帰してくださいよ。待ってますから」

「ありがとう。そうできるかどうかわからないけど……。ほんとにね……なんか悔しくて……どうして仕事を辞めなくちゃいけないのかって……悔しいというか情けないというか……あんなことまでしちゃって自分が嫌になるし……」

熊谷さんは途中から涙声になった。そして、「もう切るね」という言葉とともに、通話はとぎれた。

麻矢は、しばらくぼんやりと社屋の壁にもたれていた。

だいぶ日が長くなったせいか、午後六時をまわってもまだ日差しは明るい。幹線道路に続く路地を、制服姿の自転車が三台、連なって通りすぎて行く。

ひと月近く前、ファミレスで一緒に夕飯を食べたとき、本当は熊谷さんのほうが愚痴や悩みを聞いてほしかったのだと、麻矢は気づく。家庭と仕事の両立が大変だという話はときどき聞いていたし、報道部から総務部への異動も突然だった。そこに義母の介護問題が発生したのなら――。そして夫はもちろん、周囲の誰にも相談したり、気持ちをぶつけたりすることができなかったとしたら――。熊谷さんは相当に辛かっただろう。

謝らなくちゃいけないのは、わたしのほうかもしれない。

今ならまだ引き止められるかも――。

再び携帯電話を取りだし、けれど番号ボタンを押しかけてやめる。

熊谷さんは、もう決めたことだからといっていた。自分なら、夫と喧嘩してでも仕事を続けると思うけれど、熊谷さんにそんなことはいえない。それに、実際その立場になってみなければ、自分だってわからないのだ。

◇

抗がん剤などの治療を不要とした徳太郎伯父は、同じ病院の緩和ケア病棟に移った。

四月半ばの日曜、麻矢が五階の病室を訪ねると、伯父はベッドに半身を起こしてクロスワードパズルをやっていた。

「三月末から四月初旬の短い期間に咲く花とは?」

伯父の問いかけに、「サクラでしょ」と麻矢は答える。

「ところが六文字なんだよなあ。お終いが『ノ』だ」

「じゃあ、ソメイヨシノ」

「おっ、なるほど。そうかそうか」

徳太郎伯父はうれしそうにマス目を埋めていく。毎日病室へ赴く母からも「元気そうよ」と聞いていたが、痛み止めが効いているせいか、伯父の体調は悪くなさそうだった。

窓ぎわに立つと、湊山公園の向こうに中海が見えた。公園に植えられたソメイヨシノはあらかた散って薄緑の葉が出はじめているが、城跡のある小山のほうに目を転じると、ヤマザクラがまだ少しだけ白い花をつけている。

中海は、春の陽を受けて穏やかだった。学生たちの漕ぐボートが一艘、対岸の安来方向へ進んでいく。

「麻矢、アダプト何とかはどうなっとるんだ」

パズルから目を上げた伯父に訊かれた。麻矢のほうから話したことはなかったが、錦海テレビを見て気にしてくれていたらしい。

「うん、四十団体ほどが参加してくれることになって、五月の連休明けに一回目の清掃活動をやることになったよ」

「そりゃよかったな」

「一回目は湊山公園を中心とする湖岸だから、ここからも見えるんじゃないかな」

「ほんなら覗いてみようか。わしは何もできんが、応援しよう。ちょうどいい部屋に入れてもらったもんだな」

「そうだね。はい、これ好きでしょう?」

麻矢がタッパーに入れてきたイチゴを差しだすと、徳太郎伯父は一粒口に入れて、「ああ美味い。甘いなあ。菓子みたいだ」という。さらに一粒差しだすと、「もう充分」と首を振った。

「ママからマイヤーズさんのこと聞いたよ。駐日英国大使だったんだってね」

「ああ。当時も外交官になりたいといっておった。日本のこともよく勉強しておるようだったな」

「今でも許せない？」

「もう昔のことだし、姉さんもいなくなったから、許すとか許さんとかじゃないんだが、姉さんの気持ちを思うと、苦いものは残っておるな」

「伯父さんは知ってたんだよね？　光子さんがマイヤーズさんと別れた理由」

徳太郎伯父は、起こしていた身体をベッドに横たえて目をつむった。「しんどいなら話はやめようか」と麻矢がいうと目を開け、「あれは昭和二十五年の今ごろ、いや三月頃だったかな――」と語り始めた。


暗くなって役所から戻ると、家の前に近所の者が何人も集まって、家の内を覗き込もうとしておった。何事があったかと家の中に入ると、光子姉さんが裸電球の下にぽつんと座っておって、母と康子が少し離れたところに並んで座っておった。

おいおいにわかったことだが、萱島でマイヤーズと逢っているところに婚約者だという女が乗り込んできて、マイヤーズと口論になったそうだ。女がナイフを取りだしてマイヤーズに迫ったんで、姉さんはそれを取り上げようとしたところ、揉み合いになって、女の太腿を刺してしまったというんだな――。

当時のことだから、マイヤーズが内々に処理して、女のケガもそう大したことはなかったようだが、人の口に戸は立てられん。話を聞きつけた近所の者が集まっていたというわけだ。あの晩、裸電球の灯りで見た姉さんの、悲しみとも怒りともつかん顔は、今も忘れられんな――。

「それで、別れることになったんだね」

「処分というのか、マイヤーズは本国へ帰されることになったようだが、姉さんとのことは諦めていなかったようだ。ナイフを持ちだしたのは女のほうだしな」

「じゃあ、光子さんのほうから？」

「マイヤーズは、女と結婚の約束などしていないといっていたそうでな、信じ切っていた姉さんにはショックだったろう。それと、これも後になって聞いたことだが……」

伯父はそういって身を起こすと、サイドテーブルのマグカップからお茶を一口飲んだ。母が用意した薬草茶だ。

口論の最中、マイヤーズが「ピティ」といったそうでな、憐れみという意味らしいが、「きみには、敗戦国の人々に対する憐れみの心がないのか」というようなことを、女に向かっていったそうだ。それもショックだったと、姉さんはいっておった。自分が憐れまれていると思ったんだろうな。

　さらには、貰った指輪の出どころがいかがわしいことも、追い打ちをかけたのかもしれん。戦争中、南方のどこかで軍が没収した宝石だとか——まあ女がいったことらしいので、本当かどうかわからんがな。

「それで指輪を伯父さんが……」

「月乃から聞いたか……。そんなもの、わしが捨ててきてやるといったんだが、姉さんは首を横に振った。そのときには知らんかったが、腹に子どもがおったんだから未練はあったろう。せめて指輪くらいは残しておきたかったろうが、それを強引に奪ってしまった……。あのときは、マイヤーズが心底憎かったからな」

「それで、萱島に埋めたんだね」

「捨てるに捨てられんで、しばらくは持っておったんだ。埋めたのは、観月楼の建物がなくなった後だったな」

「もうひとつ訊いていい？　光子さんは本当に精神に変調をきたしていたの？」

「……いや、沈んではいたが変調というほどではなかったな。物置部屋で暮らすといったのは姉さんで、世間と距離を置きたかったんだと思うが、妄想がどうのというのは、わしの作り話だ。姉さんをかわいそうな人にしておきたかったんだな。わしのほうが妄想を持っておったのかもしれん」

「そう――」

長く話して疲れたのだろう、伯父が深い息を吐いて仰臥したのと同時に、若い看護師が入ってきた。パソコンや血圧計が乗ったワゴンを押している。

お世話になります、と頭を下げてベッドから離れようとしたとき、麻矢、と伯父が呼んだ。ふり向くと、「話してすっきりしたよ」という。うん、とうなずく。

「姉さんが最期に呼んだのは、やっぱり麻矢の名だったと、わしは思うがな」

「どうして?」再び近づいて訊く。

「麻矢の写真を見せたときにな、私はこの子を知っている、若い頃、私はこの子に助けられたと、姉さんがいったんだ。ずいぶん長いこと、おまえの写真を見ておった」

わたしに助けられた?

意味がわからず訊こうとしたけれど、「血圧計らせてもらいますね」と看護師にいわれて、麻矢は徳太郎伯父の傍を離れるしかなかった。目を閉じ、それ以上何もいわないところを見ると、おそらく伯父にも意味はわからなかったのだろう。

枕に沈めた伯父の顔が、病室に入ってきたときより小さくなったように見えた。

柳瀬家に帰ると、母の作ったローストビーフが待っていた。輸入牛肉らしいけれど、下拵えがしっかりしているせいか、柔らかくて美味しい。ワインも少し飲む。

「伯父さん、元気そうだよね。意外と大丈夫なんじゃない？」

麻矢の言葉に、「そうかもしれないわね」と母が相槌を打つ。お互いに、本心ではそうは思っていないやりとりだ。病室に入ったときは体調がよさそうに見えたが、好きなイチゴも一粒しか食べなかったし、話をしているうちに辛そうなようすが垣間見えた。それでも伯父が話を辞めなかったのは、話せるうちに話しておきたかったからなのではないかと、麻矢は思う。

「ねえ、ママは光子さんを恨んでた？」

母はスープ皿から顔を上げて少し考え込み、何でそう思うのかと訊いてきた。

「だってマイヤーズさんとのことを話してくれたとき、自分勝手な人だったっていったでしょう？」

「そうね。自分勝手だとは思うけど、恨んでいるかといわれたら違うかな。二十歳くらいまでは、トミばあちゃんが母親だと思っていたしね。まあ、見た目がちょっと変わっていたから、小さい頃はからかわれることもあったけど、トミばあちゃんも徳太郎兄さんも可愛がってくれたから、何の不自由も感じずにすんだしね」

「でも、光子さんが亡くなったとき来なかったよね。それに、わたしが子どもの頃はこの家に光子さんがいたのに、気にしていないように見えた」

「あの人がいたこと、知ってたの？」

「ううん、誰がいたかなんて知らない。でも兄さんが、隠し部屋があって誰かが閉じ込められてるっていったの。夜遅く、裏口から白い着物の女の人が出てきて、ユーレイかと思ったこともあるし」

「そう……。もちろん気になってたけど、あなたたちには知られたくなかったのよね。うっかり出くわすんじゃないかって、この家にいる間は気が気じゃなかったわ。だって、どう話していいかわからないでしょう？」

「まあ、それはそうかもしれないけど」

「マイヤーズさんと会ってからは、あの人に同情する気持ちもあったんだけど、それでも、なんていうか、亡霊みたいに感じてたところはあるわね。母親っていう実感はないし、むしろ今の生活を壊されるんじゃないかって……。冷たい娘よね」

「それは……しょうがないと思う。光子さんも辛かっただろうけど……」

母の気持ちもわからないではない。もし子どもの頃に、「ユーレイみたいな女の人」が祖母だといわれたら混乱しただろう。少なくとも、「米子で過ごした楽しい子ども時代」の記憶は残らなかったかもしれない。母は母で、わたしたち家族の平安を守ろうと心を砕いていたのだろう。

「あの人が心を病んだのは、マイヤーズさんと再会したことが大きかったんじゃないかと思うのよ。薄皮の張ってた傷口が、ぱかっと開いちゃったんじゃないかしら」

亡くなったと聞いたときも、これといった感情は湧いてこなかったと母はいう。

「でもね、麻矢があの人のことを知りたがってると兄さんからいわれて、そのあと指輪を見つけたという話も聞いたりして、何だかつながってるんだなって思ったの。麻矢はあの人に似てる気がするしね」

「それ、伯父さんにもいわれた。見た目じゃなくて性格らしいけどね」

「兄さんが麻矢を可愛がったのは、そのせいもあるんじゃないかしら」

母はそういって、グラスに残ったワインを飲み干した。少量で頬が火照ってしまう麻矢に対して、ボトルの半分以上を空けても平気な顔をしている。

「ママって酒豪だったんだね」というと、「そうよ」と母は笑った。

◇

ゴールデンウィークが終わった最初の日曜日、麻矢は早朝から出社して、ゴミ袋や軍手、アルミ製のトングなどを社のワゴン車に積み込んだ。それらの備品は、米子市と鳥取県から支給されたものである。

曇り空ながら、雨の降りだす気配はない。ゴミ拾いには格好の日和だ。

合原満の運転で湊山公園におもむくと、湖岸に面した広場には、すでに近藤豊さんを初めとする中海再生プロジェクトのメンバー三十人ほどが集まっていた。

アダプトプログラムの参加団体は、四十三まで増えた。会社、事業所、学校、ボランティア団体などである。市会議員有志、市役所職員有志のグループもある。三々五々集まった人たちの数は、午前十時の開始時には三百人近くになった。

「みなさん、本日はご苦労様です。市民の手で中海をきれいにしたいとの思いで、アダプトプログラムを立ち上げましたところ、このようにたくさんの方に参加していただき、大変うれしく思っております。約二時間ほどの清掃活動ですが、中海と親しみながら、楽しくやっていきましょう」

近藤豊さんが、開始の挨拶をおこなった。それぞれの団体がアダプト（里親）になる区域はあらかじめ伝えてあり、本来は年に数回程度、都合のいいときに清掃する仕組みなのだが、初めのうちは一斉にやったほうがいいだろうということで、今日の開催になったのだった。

参加者の中に、麻矢は公民館で会った高齢女性の姿を見つけた。清掃ボランティアの仲間――「沈丁花」というグループ名だった――が一緒にいる。「あなたのような若い方が頑張っているのを見て、救われる気がしました」といってもらって、こちらのほうが救われたことを思いだす。さっそく来てもらえたことがうれしい。

その近くに野口汐里さんがいた。ダイバー仲間で参加してくれたのだろう。会うのはずいぶん久しぶりだ。あとで声をかけよう――そう思いながら見ていると、黒のパーカージャケットを羽織った男性が、小走りで野口さんに近づいた。

小田切武史だった。

麻矢はあわてて視線をそらした。もう四ヵ月近く会っていないし、三月はじめの電話以来、音信不通になっている。徳太郎伯父の病気があって頭の中から追いだされていることが多かったが、姿を見るとやはり心穏やかではいられない。

小田切が、麻矢たちプロジェクトメンバーが並ぶほうに向かって軽く会釈した。自分に向けられたものとは思わないけれど、麻矢の気持ちは乱れる。

こちらから電話します、といっておきながら電話がないのは、関係を終わらせたいということなのだろう。そんなのは高校生、いや中学生でもわかることだ。それならこっちからバシッといってやろうかと思ったこともあったが、その決心もつかないまま来てしまった。相手は十五歳も年上なのだ。

小田切は以前から近藤さんとゴミ拾いをしていたのだから、アダプトプログラムに参加するのは自然なことではある。けれど、忘れるのが一番――そう自分にいいきかせてきた麻矢からすれば、皮肉としかいいようがない。

ゴミ袋や軍手が配られて、それぞれのグループは担当区域へ散って行った。区域の長さは選べるが、五十メートルを希望する団体が多いので、全長にして一・七キロメートルほどになる。

高齢者が多い団体は湊山公園の湖岸を、若い人が多いグループは公園から少し離れたエリアを、というふうに割り振ってある。家族で参加しているグループもあり、子どもたちが、ゴミ袋を風船みたいに膨らませながら走っていく。

「さあ取材だぞ。今日の『ほっとスタジオ』で流さないといけないからな。俺は米子港周辺をやるから、藤堂さんは湊山公園を中心に頼む」

合原はそういうと、カメラを担いで足早に去って行った。

湊山公園の周辺は、ほとんどがコンクリート護岸になっているが、護岸から水際まではゴロ石に覆われている。その石のあいだに落ちているビニール袋やペットボトル、弁当殻などを、参加者たちは一つひとつ拾い集めていた。打ち寄せられた枯れ枝も多く、手にしているゴミ袋はたちまちいっぱいになってしまう。

「こんなにゴミが多いとは思いませんでした。ふだんは護岸までしか来ないから、わからなかったんですね」

麻矢が差しだすマイクに向かって、白の布帽子をかぶった女性がいった。

「木切れや枯れ枝が多いですね。この辺は中海のいちばん奥だから、どうしても集まっちゃうんでしょうか」作業服姿の男性が話す。

「昔と比べりゃあ汚れてますけどな、しかし、思っとったより水はきれいですな」七十代くらいの男性がいう。

「会社でアダプトに参加することなったんで、来てみました。こういう活動で、中海がきれいになるといいなと思って」

事業所のロゴが入ったウインドブレーカーを着た女性は、そういって笑顔を見せてくれた。

小学校低学年らしい男の子に、「こんにちは。今日は誰と来たんですか」とマイクを向けると、

「ちっちゃいカニがいたよ。逃げちゃったけど」

可愛らしい声でそんな言葉が返ってきた。

続いて「お母さんと、あとお父さんも」と男の子が答えたところに、母親らしい女性がやってきた。「もー、どこに行ったかと思ったじゃない」と男の子に声をかけながら、麻矢に向かって「どうも」と頭を下げる。肩までの髪にゆるいパーマをかけた、三十代後半くらいのきれいな人だ。

その母親と男の子が歩いて行くほうに目をやって、麻矢はハッとなった。そこには枯れ枝を拾い集めている小田切武史がいて、その小田切に向かって、「お父さん、あっちにカニがいたよ！」と男の子がいったのだ。

五十メートルくらい離れていたが、顔を上げた小田切は、麻矢を認めて頭を下げた。もしかして、さっきも自分に向かって会釈してくれたのだろうかと思うが、小田切の表情はよくわからない。というより、ほとんど無表情に見える。

麻矢はしばらくぼんやりしていた。

気を取り直し、反対方向に歩きだそうとしたところで、「麻矢さん、こんにちは！」と声をかけられた。「あ、汐里さん、お久しぶりです」と答える。

短パンに光沢のあるスパッツといういでたちの野口さんは、相変わらずスタイルも元気もいい。中海一周マラソンがあったら、今すぐにでも走れそうな雰囲気だ。

「アダプト、始まってよかったね。うちのおばあちゃん、といっても、ちょっと離れたところに住んでるおじいちゃんの妹なんだけど、公民館で麻矢ちゃんと会ったって、うれしそうにいってた。今日も来てるんだよ」

「ああ、あの方、汐里さんの……」

「そうそう、大叔母さん。子どもの頃に遊んだとかで、中海への思い入れが強くてね。あ、そうだ、小田切さんも来てるよ。久しぶりでしょ？　呼んでこようか」

「あ、ううん、いま取材中だから」

「そう？　ついでに取材しちゃえばいいのに。小田切さんね、最近、元の奥さんと復縁したんだって。息子さんに会いたがってたからよかったのかもね。今日は三人で参加してるよ」

「うん、家族で参加してもらえるのはうれしい」

「でしょ？　だから小田切一家にインタビューしちゃいなよ」

「そうだね。また終わりの頃にでも……」

気軽に誘う野口さんを何とかごまかして、麻矢は湊山公園から米子港に向かって歩く。途中、大学病院の建物を見上げるが、五階の窓に徳太郎伯父の姿はない。ここのところ処方される痛み止めの量が増えて、ほとんど眠っているのだと母はいっていた。

小田切が家族で参加したのは、自分への告知なのかもしれないと麻矢は思う。直接いえないから、姿を見せることで知らせようとしたのか――頭を下げたのは、こういうことだからよろしくというつもりなのか――と思うと、そんな小田切に心を残していた自分がバカみたいで泣きたくなってくる。

小田切のやさしさは優柔不断ということか――。わたしを傷つけたくなかったのかもしれないが、こんなかたちで知らされるほうがよほど傷つく――。

麻矢は公園の一角にしゃがみ込み、生えている草を何本か引き抜いた。それから、立ち上がってまた歩きだした。取材中だ。めそめそしているわけにはいかない。

わたしには仕事があるし、中海がある――そう自分にいい聞かせる。


アダプトプログラムによる清掃活動のようすは、錦海テレビだけでなく、短いながら地上波の他局でも紹介された。

その効果もあったのか、参加申し込みがあいつぎ、六月半ばには六十団体を超えるまでになった。

その頃、徳太郎伯父が危篤という母からの電話を受けて、麻矢は周囲に断り病院へ駆けつけた。

伯父の最期は静かだった。顔も身体も痩せてしまっていたが、苦しんだようすはなかった。

「お昼くらいにね、兄さんがふいに目を開けて、『世話になったな』っていったのよ。ちゃんとした言葉じゃなかったけど、確かにそういったの。世話になったのはこっちなのにね……」

母はそういってハンカチで涙をぬぐった。

子どもの頃、からかわれて泣いて帰れば「月乃が可愛いからやっかんでるんだよ」と慰めてくれ、中学高校時代は、遅刻しそうになればバイクで学校まで送ってくれ、短大に進むよう勧めてくれたのも徳太郎伯父なのだという。兄というより、父親のような存在だったのだろうと思う。

翌日には、伯父の二人の息子と康子伯母さんもやってきて、通夜と葬儀が営まれた。新しい位牌と遺影が飾られた仏壇から、光子さんの写真は取り除かれた。通夜が始まる前に母がしたことで、母はその写真をもらっていいかと訊いた。

もちろん、と麻矢は答えた。

麻矢は柳瀬家の居候だ。主である徳太郎伯父がいなくなった以上、引き払わねばいけないだろうと考えていたところ、葬儀が終わった晩、よかったらこのままいてほしいと、伯父の息子たちがいってくれた。

「麻矢さんが一緒に住んでくれて、父はどれほどか心強かったはずです。いずれは、僕らのどちらかが帰って来るか、あるいは処分することになるでしょうが、どっちにしても人の住まなくなった家は傷みが進んでしまうんで、住んでもらえると有難いんですよ」

長男の言葉に、麻矢は「はい」とうなずいた。もともと広い家は、主を失ってますます広く寂しく感じられるだろうが、徳太郎伯父や光子さんの記憶が染み込んだ家は、麻矢としても離れがたい。

「前に親父が電話で、麻矢さんのことをいってましたよ。錦海テレビで中海の番組を作ってるって。お前たちも、子どもの頃遊んだだろうって」

次男がそういうと、「そういや、よくゴズ釣りに行ったな」と長男が答えた。

「兄さんが溝からアカムシを取ってきただろ。あれ、俺は嫌だったなあ」

「それくらいしかエサにするものがなかったからなあ。あの頃は加茂川もドブ川だったよな。ゴミや洗剤のあぶくが浮かんでて臭かった」

四十代後半のふたりが話す子どもの頃といえば、一九七〇年前後だろうか。今はゴミが浮かぶことも少なくなったし、加茂川の水もだいぶきれいになっている。下水道普及率の上昇が大きな理由だが、徳太郎伯父たちが清掃していた効果もあったはずだと、麻矢は思う。

伯父の息子たちと康子伯母さんは、その翌日、それぞれの居住地に帰って行った。二日後、母も東京へ引き上げた。

仕事から帰ると、まず湯を沸かしてお茶を淹れ、仏壇に供える。「お茶だけは、毎日替えてあげてね」と母からいわれていたが、朝はそれだけの余裕がない。

「伯父さん、ただいま。遅くなってごめんね」

麻矢は手を合わせ、それから蝋燭に火を灯して線香を立てた。

葬儀の際に飾られた花が、梅雨どきの蒸し暑さのせいか、早くも傷み始めている。ボーンチャイナみたいにつやつやしていたユリの花弁が、先端からしおれて茶色くなりかかっているのが寂しい。白菊の外縁の花びらが、はがれて落ちかかっているのが寂しい。

寂しい、と麻矢は声に出してみた。もう一度いってみた。声に出すと、少しだけ涙も出た。

◇

それから十日後、中海・宍道湖一斉清掃の日がやってきた。六月の最終日曜日だ。

麻矢と合原満は、高田専務が操縦するクルーザーに乗り、中海をまわりながら取材をすることになった。

「十年の目標を立ててから、ちょうど半分が経った。節目ともいえるイベントだからな、中海から映像を撮るぞ」

「Ｋｉｎｋａｉ　ＴＶ」のロゴ入りウインドブレーカーを羽織った高田専務が、はりきった声を出す。麻矢と合原も同じものを着用していた。地上だと汗ばむ暑さだが、中海の湖上に出ると羽織ものがちょうどよく感じる。

午前九時に米子港を出たクルーザーは、中海を北進して大根島へ向かった。梅雨の最中だが空は明るく、雲間からの日差しはすでに夏本番を思わせる。高い声で鳴きながら船尾についてくるカモメたちに、麻矢は何度か「えびせん」を投げてやったが、萱島が近づく頃にはその姿もどこかへ消えた。

かつて潜った、というか潜らされた米子空港沖の湖面を横目に見ながら、クルーザーは進む。安来市側には、湖岸に沿って金属工場の建物が続く。

「どれくらい参加してくれるでしょうね」

合原満が操縦席の高田専務に声をかけた。

「さてな、中海に関しては、われわれの取り組みがどれくらいの市民に届いているかだな」

「そういわれるとプレッシャーですね。ねえ、藤堂さん」

話を振られて、外を眺めていた麻矢はあわてて「はい」と答えた。

空返事というわけではない。実際プレッシャーはある。一斉清掃の主催は錦海テレビではないが、中海再生プロジェクトとともに、共催として名前を連ねているし、自分たちの作ってきた『中海ストーリー』や再生プロジェクトの活動が、市民にどう受け取られているか、試される機会だと思っている。

アダプトプログラムは六十団体を超えたけれど、その人たちが参加してくれたとして四、五百人――プラス百人として五、六百人くらいだろうか。いや、そんなには無理かもしれない。

「これくらいで何がプレッシャーだ。おまえたちにはまだまだプレッシャーが足りんわい。これから先、もっと味わってもらうことになるからな。覚悟しとけよ」

高田専務にいわれて、合原が苦笑いの表情を麻矢に送ってくる。麻矢も小さく肩をすくめて笑みを返した。


大根島の湖岸では、ビニール袋を手にした人々がゴミを拾っていた。見たところ百人くらいだろうか、大きな木切れや枯れ枝の束を、二人がかりで運んでいる姿も見られる。

合原の指示に従って、麻矢はクルーザーの上から、そのようすをカメラに収めた。見える範囲で百人くらいということは、島全体だと三百人程度の参加があるだろう。小さな島だが、住む人たちの熱意が伝わってくる。

「そろそろいいな」

高田専務の声とともに、クルーザーは向きを変え、安来市側の中海をもと来たほうへ戻っていく。大根島と島根半島のあいだの水域が、最大の干拓予定地だった本庄工区だが、今も堤防で仕切られており、クルーザーが入っていくことはできない。

金属工場の建物が終わると、安来側の湖岸はほとんどが山に接している。ところどころに入り江があり、近くに住んでいるらしい人たちが湖岸に出ていた。

やがて、近藤豊さんのヨットハーバーが見えてくる。付近の湖岸では、数十人、いや百人以上の人たちが動いていた。

ヨットクラブの子どもたちも、もちろんいる。一斉清掃をやろうと思ったのは、ヨットクラブの子どもたちが長年ゴミ拾いをしていると聞いたからだという片平知事の言葉を思いだし、麻矢はカメラを回しながら手を振った。折から差し込む日差しのなか、何人かの子どもが手を振り返してくれる。

出港から一時間半、クルーザーは萱島の近くまで帰ってきた。

船尾のデッキに立っていた麻矢は、湊山公園のほうに目をやって、一瞬わが目を疑った。米子港から湊山公園、そして中海の最深部である錦海《きんかい》町にかけて、おびただしい人の姿があったからである。

予想では、多くても五、六百人だった。しかしどう見ても倍の千人、いやそんなものじゃない、二千人、あるいはそれ以上の人がいるように見える。とにかく湖岸数キロメートルが人でいっぱいなのだ。東京で育ち、満員電車に揉まれて大学へ通った麻矢でも、これほどの人を一度に見たことはなかった気がするほどだ。

「あれ、あれ見てください！」

麻矢の声でデッキに出てきた合原が、「おー！」と感嘆の声を上げ、「専務、すごいですよ！」と操縦席に向かって叫んだ。「見えておるわ」と高田専務が返す。

クルーザーは湖上で動きを止めた。デッキに出てきた高田専務が、麻矢と合原の横に並ぶ。

「と、藤堂さん、ちゃんと撮ってるよね？」

合原の上ずった声に、「撮ってます」と冷静を装って答える。実際には興奮を抑えきれず、カメラを持つ手が震えないようにするのに必死だった。

なぜだろう。

なぜ、こんなにも多くの人が一斉清掃に参加してくれたんだろう。

「やってきたことが市民に浸透してきた……と喜びたいところですが、両県の知事が呼びかけたからなんでしょうね。やっぱり行政の力は大きいですね」

合原がいうのに対して、「そげなことはどっちでもええがな」と高田専務はいった。

「これが市民のパワーということだ。これまで眠っていた、あるいは思っていても行動に移せなかった人たちが動きだしたんだ。それを促したのがうちのテレビだろうが行政だろうが、どっちでもええ」

さっきは、「われわれの取り組みがどれくらい届いているか」といっていたはずだけどと思いつつ、麻矢もまた、そんなことはどっちでもいい気がしてきた。こんなに多くの人たちが、中海をきれいにするために集まってくれた――その感激で胸に熱いものが込み上げる。

この光景のすべてを撮りたい。ひとり残らず映像に収めたい。

カメラのレンズがぼやけるのは、自分が泣いているせいだと気づいたが、ハンカチを取りだす暇さえ惜しい。

合原がポケットティッシュを差しだしながら、「藤堂さん、ようやくここまで来たな」という。「というか、すごく遠いところまで来た気がするよ。頑張ってきたの、無駄じゃなかったな」

その言葉に、また涙がこぼれてきて困る。「よかったな、麻矢」という徳太郎伯父の声が聞こえるような気がした。

いや、まだまだこれからなんだけどね伯父さん――と麻矢は胸の中で答える。

米子港からのぞむ大山

九　泳げる中海へ

一斉清掃活動には、中海・宍道湖あわせて約八千人の市民が参加した。鳥取・島根両県知事も作業服姿でゴミを拾った映像は、地上波テレビでも大きく扱われ、市民の関心は高まった。

もちろん錦海テレビは、その日のようすを映像とともにくり返し伝えた。

八月に入って、徳太郎伯父の四十九日法要が終わった頃、麻矢は小田切武史と会った。今さら会っても仕方ないという気持ちはあったけれど、自分の気持ちに区切りをつけるためには、そのほうがいいと思ったのだ。

「すみません、もっと早くにちゃんと話さなくちゃいけなかったのに……。藤堂さんを傷つけるようなことをしてしまいました」

緑地の向こうに中海をのぞむカフェのテラス席で、小田切は会うなりそういって頭を下げた。紺色のポロシャツにベージュの綿パンツ、以前は気づかなかった白髪が、短く整えられた髪の中に数本見える。

暑いせいか、テラス席にほかの客はいない。暑くても店内で話したくはなかった。

「奥さんと息子さんに会いました。五月のアダプトのときに。復縁されたことも聞きました。なんで今になって会いたいといわれたんですか」

なるべく穏やかな言葉を選ぼうと思っているのに、ついきつい口調になってしまう。麻矢は、運ばれてきたアイスティーに口をつけて気持ちを鎮めようとした。

「一度はちゃんと謝らなければと、ずっと思っていたんです」

「謝られるようなことだったんですね。私との関係って」

「いえ、そうじゃない。僕は藤堂さんが好きでした。時間がかかっても、いつか一緒になればいいなと思ってたんですが……」

今となっては虚しく聞こえるけれど、小田切の言葉に嘘はないのだろう。誠実な人だということはわかっているし、だからこそ惹かれたのだが——。

「二月の中頃、別れた妻が過労で寝込んだんです。むこうの親から、会いたがっているから来てくれといわれて……」

そのまま一ヵ月ほど元妻の実家で暮らすうちに、復縁の話が進んだのだという。

もともと離婚したのは、小田切が県職を辞めて収入が不安定になったことが原因で、夫婦仲が悪かったわけではない——ただ息子の親権をめぐってはぎくしゃくして——しかし弱った妻を見ているうちに自分が傍にいないといけないと思った――息子のためにも――というようなことを、小田切はぽつぽつと話した。

麻矢は、アイスティーを飲みながらそれを聞いていた。〈裏切り〉という言葉などとは無縁な、小田切のやさしさがもたらした結末なのだと思う。けれど、そのストーリーに自分はまったく出てこない。入り込む余地すら感じさせない。ならば、なぜ謝るのか。それこそが〈裏切り〉なのではないか。

「藤堂さんと萱島に行ったこと、そこで指輪を見つけたのは、とてもいい思い出です」

「あの指輪、わたしの祖母が結婚を約束した人から貰って、でも結果的に裏切られて、あそこに葬られることになったものなんです」

「そうだったんですか……」

「もうお会いすることもないですけど、見かけても声をかけないでください」

「わかりました。藤堂さんは強い人ですね。アダプトや再生プロジェクトの活動を見ててもそう思いますよ。だから、僕の話もきっと受け止めてもらえると……」

「何いってるんですか。強いなんて……そんなわけないじゃないですか。受け止めてなんかいません。もう会わないといっただけです」

小田切の顔が寂しげにゆがむ。麻矢はレシートを持って立ち上がった。その手を小田切が押さえ、「これは僕が……」とレシートを奪い返す。麻矢は「さようなら」と一礼して店を出た。

とっくに終わっていた恋だ。悲しくはない。

悲しくはないが虚しさは残る。小田切と一緒に光子さんの指輪を見つけたことが始まりだったけれど、あの指輪は恋の行く末を暗示していたのかもしれない、などと馬鹿なことを考えてしまう。

おしまい。おしまい。車に乗り込み、そうつぶやく。こんな虚しさなんて、この強い日差しが焼き尽くしてくれればいいと思う。

エンジンをかけ、カーラジオのスイッチを入れる。夏らしい、軽快なメロディーのポップスが流れてくる。

やっぱり恋が似合わない女だ。けれど、自分で自分の気持ちにケリをつけられる程度には大人になれたのかもしれないと、麻矢は自分を慰める。

よし、ドラッグストアに寄って新しいマニキュアを買おう、夏の日差しに負けないような、思いっきり濃い赤のやつ——光が強すぎて、白く燃えているように見える景色の中を走りながら、麻矢はそう思った。

翌年二〇〇七年五月、中海再生プロジェクトはＮＰＯ法人になった。法人格を得て強固な体制となったプロジェクトの理事長には、近藤豊さんが就任した。

ＮＰＯ法人になった最初の取り組みは、五月の末から始めた「中海夕暮れコンサート」だった。夕暮れの湊山公園や米子港の湖岸で、地元アーティストの演奏や歌声を市民に聴いてもらおうというイベントである。

晴れた日の、中海の夕暮れは美しい。

島根半島に日が沈む前、湖面が錦を広げたように輝く。かつて「錦海《きんかい》」と呼ばれた所以だ。

一回目の中海夕暮れコンサートを取材しながら、麻矢は子どもの頃に見た中海の夕景を思いだしていた。二十年ちょっと前のあの頃、中海の汚濁はかなりひどかったはずだが、小学校の低学年だった麻矢には、きらきら光る海の記憶しかない。

その記憶のままの中海をバックに、市内中学校の吹奏楽部が演奏し、女性ソリストが美しい歌声を響かせた。「西方浄土」という言葉の意味を深く考えたことのない麻矢でも、「アメージング・グレース」を聴いていると、きらめく湖面の彼方に救いの国があるような幻想にとらわれる。百人近い聴衆も、歌声に聴き入り、景色に魅入られているようだった。

「野外コンサートっていいですね。なんだかイタリアとかスイスとか、そういう外国へ来たような気分になれました」

そう話す女性や、

「今日は家族で来ました。夕暮れの中海をじっくり見るのは初めてですけど、すごくいいですね」

と語る父親の声を拾う。傍にいた七、八歳の女の子が、「あのね、お姉ちゃんが出たの。フルート吹いてたんだよ」といった。出演してくれた吹奏楽部の生徒が姉なのだろう。

「そう。とってもいい演奏だったよね」と麻矢が答えると、少女はうれしそうにうなずいた。

六月から九月まで、夕暮れコンサートは月に一回開催された。地域で活動するアーティストの発表の場ともなり、好評を得て翌年以降も開催していくことになった。

その頃、中海でウォータースイムができないかという話が、再生プロジェクトに持ち込まれた。

プロジェクトの事務局は、引き続き錦海テレビにある。社を訪れた五十歳くらいのその人――三島泰輔《たいすけ》さんは、皆生トライアスロン大会の競技委員長を務める人物だった。

「鉄人レース」の異名を持つトライアスロンは、水泳、自転車、マラソンをこなす過酷な競技で、米子市郊外にある皆生温泉は、日本のトライアスロン発祥の地とされている。麻矢も米子に来て初めて知った競技だが、毎年七月に開催される大会は、今年で二十六回目を迎えるはずだ。

「オープン・ウォータースイムという競技があるんですよ。室内プールじゃなくてオープンな場所、つまり湖とか入り江なんかで泳ぐ競技ですが、来年の北京大会からオリンピックの正式種目になります」

「ほう、そんな競技があるんですなあ」と、高田専務が感心したような声を発した。

たまたま社内にいた高田専務は、三島さんの来訪を聞いて応接室へやってきた。二人は以前からの知り合いらしい。麻矢と合原もその場に呼ばれた。

「私も錦海テレビを通じて、中海をきれいにする取り組みを見てきました。じつは以前、『中海スイムラン』という小さな大会を、十五年くらいやっておったんですが――」

二〇〇〇年に発生した「鳥取県西部地震」でスタート地点にしていた湖岸が破損し、また中海の汚れがひどくなったこともあって、その年かぎりで止めたのだという。

「『十年で泳げる中海』を目標に掲げていらっしゃるんですよね。どうです、だいぶきれいになってきたんじゃないですか？　水も、湖岸も」

「成果は出ていますよ。水質に関しては、劇的ではないが年々数値がよくなっているし、湖岸もずいぶんゴミが減りました。見た目だけじゃない、ゴミが減ったことが水質浄化につながっているわけです。だが、泳げるまでになっているかどうかは……」

高田専務にしては歯切れの悪いいい方だが、正直なところだろうと、麻矢は思う。

「日本水泳連盟に知っている人がいるんですよ。その人に資料を送って——そうですね、一度中海を見てもらったらどうですか」

「それはいい話ですなあ。オープン・ウォータースイムの水質基準をクリアしているようなら、大会の誘致に動きたい。ぜひお願いしますよ」

高田専務は笑顔で三島さんに答えた。

「十年で泳げる中海」は、きれいな中海を象徴するものとして掲げたスローガンだった。もちろんその実現のために頑張ってきたし、この数年の活動によって、水質も湖岸の環境もかなりよくなってきた。

とはいえ、麻矢は一寸先も見えない湖中に潜った経験があるだけに、オリンピック種目になるような競技大会が果たしてできるのだろうか、という疑念のほうが先に立ってしまう。

しかし、その年の秋に中海を視察した、日本水泳連盟の役員でオープン・ウォータースイムの責任者からは、「大会実施は不可能ではない」との言葉が伝えられた。微妙ないい方だが、もう少し水質がよくなれば可能ということなのだろう。

そうなんだ！

麻矢は驚き、プロジェクトの面々は色めき立った。高田専務は、「十年の区切りまでに、大会を開催するぞ」と意気込んでいる。

前年の中海・宍道湖一斉清掃以降、アダプトプログラムに参加する団体は増え続け、現在では八十団体ほどになっている。下水道の接続率も年々上がっているし、国交省によるヘドロの浚渫も進んでいる。

さらには市民の活動もある。ミニコミ紙を発行して中海の環境改善を働きかける人や、せっけんを使ったり油を拭き取ったりすることで、家庭排水をきれいにしようと啓発するグループもある。

麻矢は『中海ストーリー』を通じて、そうした活動をきめ細かく伝えてきたのだが、一つひとつの取り組みが結果を出しつつあることがうれしい。もしもスイムの大会が開けたら、これまで地道に頑張ってきた人たちにとっても、大きな励みになるだろう。それは誰の目にもわかる成果なのだから――。

◇

年末年始の忙しさが一段落した一月半ば、麻矢は一週間の休みを取って三鷹の実家に帰った。これまではいつも一泊程度の〈とんぼ返り〉だったが、錦海テレビでも社員の福利厚生が整いつつあり、まとまった休みが取れるようになっていた。

少し早いが母の還暦祝いをしようと父がいい出し、新宿にあるホテルのレストランを予約したという。着て行く服がないと麻矢がいうと、買えばいいとの返事。買ってくれるのかと思いきや、「もう一人前なんだから自分で買いなさい」と軽くあしらわれた。

大手銀行を退職した父は、その経歴を買われて、やはり大手である証券会社の顧問役を務めている。

ホテルの高層階にあるレストランからは、大きな窓ガラスの向こうに光の海が一望できた。赤、黄、青、緑――点滅し、色を替えながら輝く人工の光たちは、美しく、切なく、そしてどこか虚しく麻矢の目に映った。

それらすべてを抱え込んだのが東京というメガシティで、それを愛しいと思う自分と嫌悪感をおぼえる自分がいる。八年離れていただけなのに、自分がこの巨大都市から拒絶されているようにも感じる。

中華料理のコースを食べながら、父と兄は金融の話をしていた。リーマンショック後の株価がどうのこうの、住宅投資額がどうのこうの――。

母と兄嫁の奈緒子さんは、三歳になる甥っ子の話をしていた。今夜面倒をみてもらっているベビーシッターは評判がいいとかどうとか、来年から行かせる幼稚園はミッション系がいいとかどうとか――。

「麻矢、結婚はしないのか。もう三十になるんだろう」

デザートの杏仁豆腐を食べていると、兄がふいにそういった。するかもしれないし、しないかもしれないと麻矢は答える。

「相手がいないんなら、父さんや俺が紹介してもいいんだぞ。米子みたいな田舎じゃ、なかなか思うような男もいないだろうし」

父がいたのとは別ながら、「メガバンク」と呼ばれる都市銀行に勤めている兄は、高級そうなスーツが板についているところからしても、たぶん「仕事ができる男」なのだろう。だが、上から目線の物言いも、米子を見下すような言葉も癇《かん》にさわる。

「よけいなおせっかいはいらないから」と、麻矢は邪険に突き放した。

「なんだよ、そのいい方は。俺はおまえのことを心配していってるんだよ。だいたい、もういい加減に戻ってきたらどうなんだ。伯父さんだって亡くなったんだし、米子にいる理由はないんじゃないか」

「仕事があるわよ」

「ケーブルテレビなんて、たかだかご近所まわりのメディアだろう。そんなもの、仕事といえるのか」

「兄さんこそなによ、そのいい方！」

麻矢が怒りに任せて反論しようとしたとき、「淳也さん」と母が押さえた声でいった。

「こちらにいるとわからないけれど、米子周辺では、錦海テレビは地上波にひけを取らないテレビ局なのよ。地元の人に必要とされてるテレビだと、亡くなった兄さんもいってた。それに、麻矢は中海をきれいにする番組を作っていて、実際の活動もしている。東京からは小さなものに見えるかもしれないけれど、とても大事な仕事だと思うわ」

「母さん……。母さんだって、早く結婚しろって麻矢にいってたじゃないか」

「そうね、母さんが早くに結婚したから、麻矢にも早く結婚して幸せになってほしいと思ってた。でもね、人にはその人が持つ時間軸みたいなものがあるんじゃないかしら。麻矢は今仕事に打ち込んでいるんだし、結婚を急《せ》くことはないんじゃない？」

「まあ、それはそうかもしれないけど……」

「淳也は兄として心配してるんだよな」と父が口を挟み、

「奈緒子さん、こいつは子どもの頃、麻矢をとても可愛がっていたんですよ。責任感が強いのはいいんだが、ちょっと仕切り屋のところもあってね」

と兄嫁に向かっていった。奈緒子さんが「ええ、そうですね」とほほ笑む。

「ちぇっ、なんだか俺だけが悪者だな」

ふて腐れたような笑みを浮かべる顔に、麻矢は子どもの頃の兄を見た気がした。自分は恵まれた家庭に育ったんだなと思う。

ふと、光子さんの写真が頭に浮かんだ。光子さんの娘や孫がこんなふうに生きていることを伝えたいという思いが湧き、しかし、もしかしたら伝わっているのかもしれないという思いにとらわれる。

光子さんは、わたしの写真を見て、「この子を知っている、助けてもらったことがある」と、徳太郎伯父にいったという。その意味はわからずじまいになったけれど、わたしも光子さんに気持ちを救ってもらったことがある。だからきっと――。

窓に目をやる。

街は相変わらずきらびやかな光にいろどられている。拒絶されたように感じられたその光が、少しだけやさしいものに見えた。

休みが終わりに近づいた日の昼過ぎ、母が一通のエアメールを手に、麻矢の部屋に入ってきた。南向きの窓がある部屋は、もう何年かすれば甥っ子のものになるのだろうが、今はまだ学生時代のままにしてある。

「年明けにマイヤーズさんから手紙が届いてたんだけど、英文だし長いの。麻矢、訳してくれないかしら」

受け取った手紙は、上等そうなペーパー何枚かにプリントされている。

「親愛なる月乃さん、新しい年が、あなたにとって良きものであるよう願っています」

と書き始められたその手紙は、以下のように続いていた。

《私は日本語を話すこと、読むことはできますが、ライティングは得意ではありません。月乃さんが読めない場合は、心を許せる人（たとえば娘さん、確かマヤさんでしたね）に読んでもらってほしいと思います。

昨年の秋に、妻のキャサリンが他界しました。今は、その悲しみから立ち直りつつあります。しかし、私も年を取りました。人生の終わりはそう遠くないでしょう。

私は、私の財産の一部を、あなたに受け取ってほしいと願っています。妻が生きている間は、それはできないことでした。私の持ち物は、妻との共有財産なのですから。

私は妻を愛していたし、妻もそうだったに違いありません。しかし、私たちには子どもがいませんでした。私の子どもは、月乃さん、あなただけです。

あなたに初めて会ったとき、私はあなたが自分の娘だとすぐにわかりました。そして、あなたの意志的な瞳はミツコにそっくりです。ミツコがあなたに与えた名前は、私たちがナカウミから見た、美しい月にちなんだものなのでしょう。

もしあなたの存在を知らなければ、私はミツコとのことを、若い日の過ちとして記憶の箱の中に仕舞い、鍵をかけたままだったろうと思います。過去と向き合うのは苦しいことです。できることなら、何ひとつ傷のない人生だったと思いたい。しかし老いた今、自分の人生の責任として、私は箱の鍵を開けなければなりません。

過ち、と書きましたが、それは自分の行いに対しての言葉です。ミツコには悲しい思いをさせました。すでに世紀の半分を超える年月が経ちましたが、ミツコの美しい笑顔と、絶望に打ちひしがれた表情は、一枚のカードの表と裏のように、私の脳裏に刻印されています。

カードを裏返させたのは私です。婚約者がいたにもかかわらずミツコを愛し、彼女を失いたくないがために嘘をついていたこと――それもむろんですが、ミツコはそれとは別のところで、私という人間に絶望したのです。

それは、私がミツコを愛しながらも心のどこかで、占領下ジャパンの女性であり、自分の意のままにできる相手として彼女を見ていた点にあります。当時の私は、それを自覚していませんでした。しかしカヤシマでトラブルが起きたとき、「憐れみ」と私がいったことで、ミツコはそれに気づいたのです。

私は若く、愚かで、そして傲慢でした。けれども、あのときの私が、ミツコを心の底から愛していたことに偽りはありません。彼女と過ごした日々は、今も忘れることがないのです。

〈特別な人生〉というものはありません。けれど、〈人生の特別なとき〉は、どんな人にもあるのではないでしょうか。私にとっては、ミツコとの時間がそれでした。

外交官になって、アジアへの、とりわけジャパンへの赴任を希望したのは、若い日の過ちを償うことはできないとしても、両国の友好関係に寄与したいと願ったからでした。

ツキノさん、あなたにも悲しい思いをさせたことがきっとあるでしょう。私はあなたにも深く謝罪しなければなりません。お会いしたときには、それを口にすることができませんでした。そのため、こうして手紙をしたためることにしたのです。

老いた私にできることは、あなたと、あなたの家族の幸せを願うことです。あなたの娘のマヤさんは、ナカウミを美しくするための活動をしていると聞きました。それについても、不思議なつながりを感じます。ミツコと過ごした時間の多くが、ナカウミとともにありましたから――。

フルムーンの夜、ナカウミにはシルバーブリッジができました。月の光が湖面に延びて、湖上に架かる橋のように見えたのです。この世ならぬ、幻想的な美しさでした。

私はミツコに、「あの銀の橋を、一緒に渡っていこう」といいました。ミツコは、ためらいながらもうなずいてくれました。指輪を渡したのはその夜でした。

ツキノさん、できることならば、あの指輪もあなたに受け取ってほしいのです。あれは母から譲られた宝石で、出所の怪しいものではありません。生活が苦しい中でも売らずに持っていた、そして戦争へ行く一人息子に贈ってくれたものでした。困ったときの助けにしなさいと母はいいました。

私の依頼した弁護士が東京にいます。次のところに連絡してください。

東京都港区虎ノ門――。ＴＥＬ　０３－××――。坂井法律事務所。坂井典之氏。

良い返事を、私にもたらしてくださることを願っています。

２００８・Ｊａｎ・３　フレデリック・マイヤーズ》

読み終えた母は、目尻に涙を浮かべていた。そして、「どう思う？」と小さな声で麻矢に訊いた。

「財産を受け取ってほしいっていう件？」

「それもあるけど、お母さんとのことをこうやって打ち明けられるとね……」

「過去をこんなふうに謝罪できるって、ちょっとすごいなと思うよ。奥さんが亡くなったからいえるんだろうけど、訳しながら、じんとしちゃったもの」

「誠実な方なんでしょうね。だとしても、やっぱり財産の件は……」

「それはママの気持ちしだいだと思うけど、とりあえず弁護士さんに連絡してみたらどう？」

心のこもった、また整った文面からして、気まぐれで「財産の一部を」などといっているとは思わないけれど、マイヤーズさんも八十代の後半に差しかかっているはずで、どこまで本気なのか、麻矢にも半信半疑なところがある。

「そうね。もし本気だったとしてもお断りするつもりだけど……」

「指輪も？」

「だって一度返したものなのよ。いまさら、いただきますとはいえないでしょう」

「それはそうかもしれないけど……。でもね、もしマイヤーズさんが本気だとしたら、無下に断るのもどうかな。この手紙を書くのは勇気がいったと思うよ。きっと何日もかけて書いたんじゃないかな。自分の過去と向き合って、自分にできることをしたいという気持ちが伝わってくるもの」

「それは本当にそうね……。でも、お母さんに埋め合わせするならともかく、私に何かしてもらう理由はないのよ」

「光子さんはもういないじゃない」

「お母さんがもういないから断るのよ。死んでしまった人の傷を埋めることはできないもの」

「はあ、ママって意外に頑固なんだね」

「麻矢だってそうでしょう。食事会では淳也さんに食ってかかろうとするし」

「ああ、あのときはありがとう。ママが間に入ってくれて助かったし、うれしかった」

麻矢がペコリと頭を下げると、「本当はね……」と急に声を落として母がいった。

「ん、なに？」

「お母さんを追いつめたのは、本当は私なのよ」

「どういうこと？」

母は大きく息を吸い、それを吐きだすようにして、「あなたの身勝手のせいで、私がどんな思いをしたか知ってるのか、って詰め寄ったことがあるの」といった。

「トミばあちゃんや、徳太郎兄さんや康子姉さんに、どれほど迷惑をかけたかわかっているのか、あなたは東京に出てきて心機一転かもしれないけど、米子に残った家族がまわりからどんな目で見られたか……。私はあなたを許さないって、そんなふうにいいつのったの」

「それって、マイヤーズさんに会う前のこと?」

「そう。結婚して東京に来て、まだ間もない頃だったわね。赤坂のホテルで働いているらしいことは、トミばあちゃんから聞いていたから……」

突然訪ねてきた――それも二十年ぶりで会う成長した娘に、光子さんは戸惑いつつも喜び、ホテル内のレストランに誘ってくれたのだそうだ。英語の話せる光子さんは、外国人客も多いそのホテルで、コンシェルジュのような仕事をしていたらしい。

しかし母は誘いを断り、ロビーの隅で向かい合った光子さんに、低い声で罵倒の言葉を投げつけたのだという。

「何の不自由もない子ども時代だったって、前はいってたよね。そうじゃなかったってこと?」

「トミばあちゃんも兄さんも、可愛がってくれたのは本当。可愛がってくれたというよりも、世間から守ろうとしてくれたんでしょうね。今でもすごく感謝してる。でも小学校の高学年にもなれば、自分がほかの家族と違うことはわかるでしょう？　トミばあちゃんの子どもではないことも薄々気づいていたけど、口に出して訊くことはできなかった……。そんなことをしたら、みんなを傷つけてしまうような気がしたし、何より、あの家にいられなくなっちゃうじゃないかと思って怖かったの」

窓の外に広がるケヤキの枝に目をやりながら、母はそう話した。

ケヤキは隣家からの目隠しに植えられたものらしいが、いつのまにか大木になってしまって、枝を落とすのが大変だと父がぼやいていたことがある。その父から求婚されたとき、「これで自分の居場所ができると思ったわ」と母はいう。麻矢にとっては、初めて知る母の姿だった。

アルバム写真の中の幼い母は、まわりに甘えきっているように見えた。だから今でも父に頼りきっているのだろうと思っていた。でも違った。不安を胸に閉じ込めて過ごした、長い年月があったのだ。

母の罵倒を、光子さんは黙って聞いていたという。

そして、「辛い思いをさせてごめんなさい。許してもらおうとは思っていないけど、私はあなたを生んでよかったと思う。幸せになってね」といったのだそうだ。

「それがまた腹立たしくてね、何を他人事みたいにいってるのかと思ったし、今から思えば、都心のホテルでいい格好して働いているのも癪にさわったんでしょうね。さらにひどいことをいってしまったの。ちょっと口ではいえないくらいの……。マイヤーズさんと再会したのはそのあとだと思う。『娘を捨てた』ってお母さんがいったのは、私のせいなのよ。私がそういわせたの。そして心を病ませてしまった……。お母さんは私のために仕送りをしてくれていたし、短大に行く費用も出してくれたって、トミばあちゃんからそう聞かされていたのにね……」

窓に視線をやったままの母の頬に涙の筋が伝うのを、麻矢は見つめた。以前は「あの人」と呼んでいたのに、それを「お母さん」に変えさせたのは、マイヤーズさんの手紙の力なのだろうか。光子さんに対して冷たいと感じた態度も、かなりの部分は自責の念からだったのかもしれない。

「ママのせいじゃないよ。いろんなことが重なった結果なんだと思う」

「そうなのかしらね……」

「そうだよ。光子さんはママを生んでよかったっていってたんでしょう？　ママが生まれてなかったら、わたしや兄さんだって生まれてこれなかったわけだし」

「それは……そうね」

マイヤーズさんの手紙には、「あなたの意志的な瞳はミツコにそっくりです」と書いてあった。母は光子さんに似ていたのだ、と麻矢は気づく。いや、母こそが光子さんに似ていた。だから、光子さんが生きている間にわかり合うことができなかったのだ——。

母が持ってきてくれていたココアに口をつける。すっかり冷めていたけれど、「おいしい」と麻矢はいった。

それから、「ママ、大好きよ」と小声でいってみる。子どもの頃にいっていた口調を真似て——。

母は一瞬きょとんとした顔になって目尻をぬぐい、

「まあ、財産の件は弁護士さんに訊いてみるわね。どちらにしても、お返事はしないといけないしね」

といって部屋を出て行った。

◇

オープン・ウォータースイムの大会実現に向けた動きは、少しずつではあれ着実に進みつつあった。

高田専務は三島泰輔さんとともに、米子市や経済団体を説明にまわり、協力を要請した。

水質の問題もさることながら、大会をおこなうとなれば費用がかかる。助成金や寄付がどれくらい見込めるかは、重要なポイントだった。

ラムサール条約では、湿地環境の保護だけでなく、それを賢く使うことが求められている。市民が——市民以外の人たちも参加するだろうが——泳ぐことで中海を体験する大会は、ラムサール条約の規定にも合致している——との口上は、高田専務が説明の際にいうことだと、麻矢は本人から聞いた。

しかし、

「それよりなにより、あの中海でたくさんの人が泳ぐところを見てみたくないですか！　私は見たいですなあ！」

というのがキメのセリフらしい。高田専務らしいなあと思うし、麻矢はそんな体当たりなところが好きだったりする。もちろん、上司に対して口に出せるようなことではないけれども——。

六月には、日本水泳連盟の役員たちが再び中海を訪れた。中海再生プロジェクトは、予定コースや水質の説明をおこない、オープン・ウォータースイムの選手が実際にコースを泳いだ。

「問題なく泳げますよ。ほかの会場と比べても遜色《そんしょく》はないですし、むしろ泳ぎやすいですね」という選手の感想は、大きな励みになった。

錦海テレビは、それに合わせて「中海をアクア（水）スポーツの拠点に」という番組を制作し、日本水泳連盟の役員や泳いだ選手に出演してもらった。

座談会形式のその番組で、麻矢は進行役を務めたが、困ったのは、小田切武史が出演者として呼ばれていたことだった。

アクアスポーツには、ヨットやダイビングなども含まれる。加えて小田切は、宍道湖の水環境を研究しているのだから、出演者として適任ではあるのだが――。

もう会わないと啖呵を切って店を出た日から、一年近くが経っていた。麻矢の心の中に、小田切はもう欠片も存在しない――はずだったけれど、

「中海再生プロジェクトと市民のみなさんの力で、『泳げる中海』の一歩手前まで来たのは、すごいことだと思います。私はヨットをやっているんですが、中海は安全で、かつロケーションがよくて、最高の場所だといえますね。ヨットで湖面を渡っていく爽快感はなんともいえません。スイムやヨット、ボート、そういったアクアスポーツの聖地になるポテンシャルを、中海は充分に持っています」

といった発言を聞くと、大事な人を遠ざけてしまった気がして、少しだけ胸がうずく。

「今日はありがとうございました」

番組の収録が終わったあと、麻矢は自分のほうから小田切に声をかけた。

「いえ、こちらこそ。これからも応援しています」

小田切が差しだした手を、麻矢は自分でも不思議なほど自然な気持ちで握り返していた。通りかかった合原満が、「なんか、いい雰囲気だったじゃない」とあとでいった。「恋が始まりそうな感じでしたか?」と返すと、「いや、藤堂さんと恋って、水と油というか、猫とネズミというか――」というので、麻矢は合原の手の甲を軽くつねってやった。イテテ、と大げさに痛がってみせる合原は、すでに三人の子の父親だ。


マイヤーズさんの手紙のその後は、意外な方向に向かっていた。

母が弁護士に問い合わせたところ、確かに依頼を受けているとのことだったらしい。マイヤーズさんが贈与を申しでた金額は日本円にして約一千万円だったそうだが、母はその額に驚き、かつもともと断るつもりだったので、その旨を弁護士に伝えた。マイヤーズさんへも手紙を送った。

しかしその後も、弁護士からは何度か問い合わせがあったらしい。請け負った以上、はいそうですかと引っ込むわけにはいかないのだろう。

そして六月になって、マイヤーズさんから再び手紙が届いた。たぶん父が和訳したのだろうが、そこには、「あなたに受け取ってもらえないのであれば、どこかに寄付することになるでしょう。私は、あなたの国と、あなたの大切な人に役立つことを望んでいます。あなたの娘のマヤさんは、ナカウミをきれいにする活動をしていると聞いています。その活動に寄付したいのです」という内容が記されていたのだという。

麻矢がそれを聞いたのは、アクアスポーツの番組が終わってすぐの頃だった。電話の向こうで、「そこまでいってもらって、どうしたらいいのかしらね」と母はため息をついた。

「パパはどういってるの」

「きみがいいようにすればいいけど、相手は駐日大使まで努めた人物だし、高齢なんだから、礼は尽くしなさいって」

「パパらしいね。わたしがママなら、そこまでいわれたら貰っちゃうけどな」

「じゃあ中海の……何だっけ、そうそう、再生プロジェクトに寄付してもらいましょうか」

「え、ちょっと待ってよ。ありがたい話だけど、わたしが決めるわけにはいかないし……」

確かに、中海再生プロジェクトはお金がなく、事務局である錦海テレビが補塡《ほてん》しながら活動を続けてきた。オープン・ウォータースイム大会の実現が見えてきた今、さらにお金が必要だという現実はあるのだが、一千万円は大金すぎるだろう。

「じゃあ、そちらの責任者の方に相談してみてくれないかしら」

「うん……。でもねママ、もしこっちでオーケーだったとしても、半分はママが受け取ったほうがいいんじゃないかな。そのほうがいい気がする」

「……そうね。もう少し考えてみるわね」

電話はそれで終わったものの、寄付の理由を高田専務にどう説明したものかと、麻矢は悩まざるを得なかった。マイヤーズさんと祖母のことを話すわけにはいかないが、「かつてのイギリス駐日大使からの寄付です」といっただけでは納得してもらえないだろう。何でだ、と突っ込まれるに決まっている。

ぐずぐずしていると、三日後、母からまた電話があった。父と弁護士をまじえて話し合った結果、贈与額の半分を自分が受け取ることにしたと母はいった。

「それから、寄付の件はまだ話していないんでしょう?」

「うん……どう話していいかわからなくて」

「そうよね。私も考えが足りなかったわ。パパに怒られちゃった。頑張ってる麻矢にこれ以上負担をかけるなって」

「パパ、そんなことをいったんだ……」

高校に入ったあたりから会話らしい会話をしなくなった父だけれど、そんなふうに思っていてくれることがありがたい。それでね、と母は話を続けた。

寄付の件は、弁護士事務所からプロジェクト宛てに、書面で意向を訊くことにしたという。戦後、米子に駐留していたマイヤーズ氏が、中海再生の運動を知って寄付を申しでた、というような内容にするらしい。

それなら——と麻矢は安堵した。

「あとね、指輪もいただくことにしたの。お母さんの思い出の品がひとつくらいあってもいいものね」

紆余曲折を経て、光子さんに贈られた指輪が母の手に渡るのか——。

「うん、それがいいよ」と麻矢は答えた。

「一九四七年からの約三年間、英国空軍将校として米子に駐留体験のあるフレデリック・マイヤーズ氏は、山陰の風土に魅了され、とくに中海に深い愛着を持っておられました。帰国後に外交官となり、一九八〇年から四年間、駐日英国大使を務め、その後の十年間は『ロンドン日本協会』の代表として両国の友好に寄与されました。

このたび氏より、中海の再生に取り組んでおられる貴プロジェクトへ、寄付の申し出がありましたのでお伝えします」

弁護士事務所から送られてきた文書と、そこに記された五百万円という金額はプロジェクトメンバーを驚かせたが、疑問や不審を口にする人はいなかった。喜びの声が広がり、錦海テレビ局内もわき立った。麻矢は、ほっと胸をなで下ろした。

ただ高田専務だけが、

「不思議なこともあるもんだなあ。六十年も昔の中海はそりゃきれいだっただろうが、それだけでこんな大金をくれるもんかな」

とつぶやくのを耳にしてどきりとしたが、素知らぬふりをしてやり過ごした。

北京オリンピックから正式種目になったオープン・ウォータースイムは、日本での注目度は高くなかったものの、選手人口も大会数も確実に増えているという。資金面のプラスを得たことで、中海大会実現の可能性は現実味を帯びることになった。

そして翌年の初め、二年後の二〇一一年六月に、第一回の「中海オープン・ウォータースイム大会」を開催することが決まった。実現すれば、「十年で泳げる中海を」との目標を決めてから、ちょうど十年目ということになる。

コースは、近藤豊さんのヨットハーバーをスタートし、湊山公園をゴールとする約四キロメートル。米子湾を泳いで横断することになるコースだ。もっとも汚れがひどいとされていた水域でスイムの大会が開けるなんて、『中海ストーリー』を作り始めたときは、考えられないことだった。それだけに、麻矢にとっては感慨深いものがある。

その『中海ストーリー』は、月一回のペースで続いている。中海体験クルージングも中海環境フェアも、そして一斉清掃も、それぞれ年一回のペースでおこなわれている。アダプトプログラムは参加団体が百近くになって、それぞれが定期的に湖岸の清掃活動をおこなっている。

始めることも容易ではないが、続けることはもっと難しい。

地味かもしれないけれど、『中海ストーリー』は見えないところで頑張っている人たちを応援する番組なのだと、麻矢は思っている。嘘をつかず、派手な脚色をせず、伝えるべきことをしっかり伝えるのがジャーナリストの役割なのだということが、実感としてわかるようになった気がする。

もちろんまだまだだし、アイドルっぽいアナウンサーや、グルメリポーターにあこがれていた頃が、ちょっぴり懐かしくはあるけれど――。

五月半ば、「明後日そちらに行くんだけど、一日だけ休みを取ってもらえないかしら」と母から電話があった。

その日は木曜日だ。なぜ仕事を休まないといけないのかと訊いても、「お願いよ」というだけでらちが明かない。幸い、急ぎの仕事がなかったので有給を取り、昼過ぎの飛行機で着くという母を、まったくもう——と思いつつも、麻矢は米子空港まで迎えに行った。

五月晴れとはこういう日のことをいうのだろう。周囲に建物のない空港からは、伯耆《ほうき》富士とも呼ばれる大山がくっきりと見えた。少し前まで頂に残っていた雪も消え、全山が青みを帯びた緑に染まっているのを見ると、夏山シーズンの到来だなと思う。

母はひとりではなかった。到着ロビーからともに出てきた高齢の男性が誰なのか、麻矢にはすぐに察しがついた。

黒のシャツにベージュのジャケット、頭にもベージュのハンチング帽を乗せ、黒のステッキを突いたその男性は、「マヤさん、初めまして。フレデリック・マイヤーズです。お会いできてうれしい」と、はっきりした声でいった。

察しはついていたけれど、やはり驚いた。母が電話で口を濁していたのは、サプライズのつもりだったのか、それとも事前にいうことがためらわれたのか——。

「マイヤーズさんの体調もあるから、直前まで決められなかったのよ。幸い、お医者さまのオーケーが出て来られることになったの」

母はそういって、もうひとりの男性を麻矢に紹介した。三十代の半ばくらいだろうか、茶色の髪に黒い瞳の、ほっそりとした男性だ。

「初めまして。ヒュー・ヨウイチ・エバンスです。循環器が専門の医者です。このたびは、マイヤーズさんの付き添いとして日本に来ました。よろしくお願いします」

「エバンスさんはお母さまが神戸の出身で、日本の大学にも何年かいらしたんですって。だから日本語がお上手なの」

母の説明を受け、麻矢は「こちらこそよろしくお願いします」と頭を下げた。顔だちもそうだが、名前を聞かなければ日本人だと思ってしまうくらい、日本語も達者だ。

「これが、日本に来るラストチャンスでした。ヨナゴに来る望みが叶ってうれしく思います」

そう話すマイヤーズさんに、母がロビーに置かれた長椅子を勧める。マイヤーズさんが座り、母もとなりに腰かけた。

マイヤーズさんは、「ロンドン日本協会」の代表を辞めた後も顧問を務めてきたが、それも退くことを決め、挨拶のために来日したのだと語った。八十七歳になったマイヤーズさんには心臓の持病があり、主治医であるエバンスさんが同行することになったのだという。

「きちんと薬を飲んでいれば、それほど心配することはありません。運動や長時間の歩行、また飲酒は負担が大きいので勧めませんが、それ以外はふつうに過ごしてもらって大丈夫です」

「ヒューは、とても優秀な医者です。彼がいれば、私は百二十歳まで生きられるでしょうね。ギネスブックに載るかもしれませんよ」

マイヤーズさんのおどけた口調にみなが笑い、それが一段落したところで、麻矢は寄付の礼を述べた。マイヤーズさんは、いやいやというふうに手を振り、ぜひ中海を再訪してみたいという。

「もちろん、ご案内します」と麻矢は答えた。


「なつかしい。リトルフジ、ダイセンですね！」

予約してあるという米子駅前のホテルに送る道中、マイヤーズさんが声を上げた。「今日はきれいに見えますね」と母が答える。

助手席にエバンスさんが乗り、母とマイヤーズさんが後部座席に座っている。麻矢の車は軽自動車だが、男性二人がそれほど大柄ではないので、窮屈さは感じない。

「でも、ほかはずいぶん変わりました。記憶の中の風景とは違います。さっきのエアポート、とてもきれいになっていて驚きました」

そうか、米子空港はかつて海軍航空隊の基地だったし、戦後は連合国軍が進駐していたところだったと、麻矢は気づく。そうした経緯から、現在も所轄は防衛省であって完全な民間空港ではない。

駅前通りの交差点で停車したときだった。

「ここがヨナゴでのオフィスでした」とマイヤーズさんがいい、「電力会社のビルが？」と母が尋ねた。

「そうです。あの頃は石造りの建物でした。でもここにありました。よく電気が止まって困りました。冬は寒かったですね。雪もたくさん降りました。道路は土と小石でした。馬車や荷車が走っていましたね。すり切れた軍服を着た男性、よく見かけました」

ぽつぽつと語られる六十年前の記憶は、モノクロ写真の断片のようだと思う。はっきりとしたかたちは成さないけれど、わずかな切れ端が当時の匂いを感じさせる。

しばらくホテルで休息してもらい、夕方が近くなった頃、麻矢は一行を「加茂川遊覧船」の乗り場に案内した。

小型の屋形船を使った観光遊覧船は、加茂川の河口近くから中海に出て、米子湾を一周して帰ってくる。通常は乗り合いになるが、麻矢は電話で貸し切り船を頼んでおいた。

乗り場は、柳瀬家からほど近いところにある。船に乗り込んだマイヤーズさんは、感慨深げなようすで周囲を見まわしていた。

このあたりは「米子の下町」と呼ばれ、戦前からの家並みや古い土蔵が残っている。柳瀬家もそうした家のひとつなのだが、きっと、マイヤーズさんの記憶にある風景と重なるものがあるのだろう。

冷静沈着な雰囲気を持つエバンスさんは、それまでほとんど口を開くことがなかった。ちょっととっつきにくい人、という印象があったけれど、灘町橋をくぐって中海に出ると、「おお、これは何ですか！　海ですか。湖ですか」と声を発した。

「湖です。でも正確にいうと、汽水湖といって海水と真水が混じっています。中海の北側が、一部だけ海とつながってるんです」

「そうですか。おお、たくさんのカモメ。どうしましょう！」

「エサが貰えると思ってついてくるんです。これを投げてやってください」

麻矢は、エバンスに「えびせん」の小袋を渡した。水面に落ちた「えびせん」を器用に拾って食べるカモメたちに、エバンスが「すごい、すごい」と歓声を上げる。意外に無邪気な一面があるんだなと思って、麻矢はほっとした。

「マヤさんは、ナカウミをきれいにする活動をしているそうですが、ここは汚れているんですか？　私にはきれいな湖に見えますが」

「今は、かなりきれいになったと思います。でも昔は、マイヤーズさんが米子にいらした頃は、もっともっと美しかったと聞いています」

麻矢の言葉を受けて、マイヤーズが「そうですね」とうなずいた。

「水はもっとクリアでした。緑の草が水中に揺らめいていました。サカナをとる船も、たくさん浮かんでいましたね。でもマヤさん、私はもっと荒れたナカウミを思い描いていました。産業や人々の生活のために、死んでしまった湖はたくさんありますから」

「はい」

「昔と比べることは、必ずしも重要ではありません。環境と生活の向上、難しいですが、われわれはそのバランスをとるしかないのでしょう。ナカウミは、今も美しい。私は満足しました。マヤさんたちのおかげですね」

「そういってもらってうれしいです」

船は通常のコースからはずれ、水鳥公園があるほうに向かって進んでいた。それも麻矢が頼んでおいたことだった。波はほとんどなく、晩春の太陽は午後六時をまわっても、まだ山の端にかかろうとはしない。

「あれは萱島ね」

母がいい、「そう、カヤシマですね」とマイヤーズさんがいう。観月楼はその面影すら残っておらず、周囲は鳥たちの楽園と化してはいるけれど、それが萱島だということはすぐにわかったのだろう。

マイヤーズさんが少し寂しそうな顔つきになったのを、麻矢は見逃さなかった。

あの萱島で指輪を見つけ、記憶の底に沈められていたものを掘り起こしてしまったのは自分なのだ、という思いがふいに湧き上がってきた。それは、マイヤーズさんにとって残酷なことだったのではないか――。自分はひどいことをしてしまったのではないか――。

麻矢のそんな心配を打ち消すように、

「カヤシマには美しい思い出があります。ミツコの指輪があそこに眠っていたのは、きっと偶然ではないでしょう」

とマイヤーズさんがいった。

「ツキノさん、死にゆく老人のタワゴトと思って聞いてください。私たちは、ナカウミのマジックにかけられて時を過ごしました。とてもシアワセな時間でした」

「マジック……魔法ですか……。そうですね、きっと母も……」

母がハンカチを取りだして目頭を押さえたのは、湖面からの飛沫がかかったせいだけではないだろう。

そんな母を静かに見つめていたマイヤーズさんは、やがて麻矢のほうに視線を向けて、「ナカウミは月が美しいところでした。フルムーンが湖に映りますと、そこにシルバーブリッジが架かります」といった。

「いただいた手紙にも、そう書かれていましたね。わたしも読ませてもらいました」

「そうでしたか。湖面に銀色の橋が架かったように見えました。マヤさんは見たことありますか」

「いいえ、残念ながら」

麻矢は小さく首を振った。波が立つことの少ない中海だから出現した光景だろうが、それでもよほど条件がそろわなければ見ることはできないだろう。

船はもと来たほうへ向きを変えた。出てから三十分ほどだが、長い時間風に当たるのも勧められないと、エバンスさんからいわれている。

米子湾まで戻ったとき、「一年後に、あのあたりでスイムの大会をするんです」と、麻矢は湊山公園のほうを指さした。

「スイム？　泳ぐのですね」マイヤーズさんがいう。

「はい、オープン・ウォータースイムといって、湖や入り江などで泳ぐ競技があるんですけど、それを中海でやるんです。中海のなかでも、このあたりから奥は汚れがひどくて、十年くらい前までは近づく人も少なかったんです。それが、泳げるようにまでなったのが、わたしも、一緒に頑張ってきた人たちも、とてもうれしいんです。今は、たくさんの人たちが清掃活動をしたり、水をきれいにするために努力してくれています」

「それはすばらしい。ノーベル環境賞を差し上げたい」

マイヤーズさんが両手を広げていい、エバンスさんがパチパチと拍手をしてくれた。

「私もスイムは得意ですよ。いつか出場してみたいですね」

それまで、会話から距離を置いて景色を眺めていたエバンスさんの言葉に、「ええ、ぜひまたこちらにおいでくださいね」と母がいう。

自分と境遇が似ているせいか、ほっそりとした甘い顔だちのせいか、母はエバンスさんが気に入っているようだ。マイヤーズさんまでが、「ヒュー、きみは若い。私の代わりにぜひ泳ぎたまえ」というので、エバンスさんは苦笑いをしている。

日はまだ沈みそうにないが、あたりには夕暮れの気配が漂いつつあった。湊山公園の木々の緑も、安来側に連なる山々の青も少しずつ明度を落とすなか、中海の湖面は、まもなく訪れる夕焼けの、光の祝祭のときを静かに待っている。

そしてそのあと月が出れば――そういえば今日あたり満月ではないか――マイヤーズさんのいう〈銀の架け橋〉が、暗い水面を鮮やかにいろどるかもしれない。

光の海――とつぶやいてみて、麻矢はそれが光子さんの名前につながることに気づく。

光子さんは、マイヤーズさんと一緒に〈銀の橋〉を渡ることはできなかった。けれどその橋は、長い年月にわたって、二人の心の奥深いところを結んでいたのかもしれない。

そしてそれは、わたしと光子さんを、時空を超えて結んでくれた。水が澄み、藻が揺れ、魚や貝が湧くように獲れていたという中海と、今の中海とをつなぐ橋でもある。

それが魔法ならば、わたしも〈中海の魔法〉にかけられた一人なのかもしれない。

光の海を泳ぐ人たち――まもなく目にすることになるだろうその姿を、麻矢は目の前の湖面に思い描く。

中海夕景

エピローグ

二〇二X年――。

六月の初め、麻矢は四月に入社した女性記者をともなって米子港を訪れた。

かつて魚市場があったという湖岸の一角は、麻矢が米子に来た二十数年前には、すでに更地になっていた。中海産魚介類の水揚げが減ったからだったのだろう。

そこに新しい魚市場――大きな天窓があり木の香りがする建物は、市場というよりフィッシュマーケットといった感じだけれど――が完成した。少しずつ漁獲量が増えてきた中海の魚介のほか、境港で水揚げされた魚を販売するという。

今日はそのオープンの日だ。市場の魚介を使った料理を提供するレストランや、開放的な雰囲気のカフェも隣接し、高齢の夫婦や女性グループ、小さな子どもを連れた人たちで周辺はとてもにぎわっている。

カメラを回す新人記者について歩きながら、麻矢はそのにぎわいを味わった。味わいすぎて少し疲れた。

でも、心地いい疲れだ。『中海ストーリー』を始めた頃、米子港がこんなにおしゃれな場所に変わって人々でにぎわうなど、想像もできなかった。

魚市場やレストランと中海との間は、親水エリアになっている。杉板を貼ったスロープがゆるやかに水際まで続き、そこここで、テイクアウトの寿司やハンバーガーを頬張る人たちの姿が見受けられる。

麻矢は、置かれたベンチのひとつに腰を降ろした。かつて高田専務が語っていた中海の未来図が、その姿を現しつつある。

第一回の「中海オープン・ウォータースイム」は、予定通り二〇一一年六月に開催された。

その年は三月に「東日本大震災」が発生し、大津波によって多くの人命と家屋、土地の記憶が失われた。原子力発電所の事故が重なり、多くの人がふるさとを奪われた。

鎮魂と不安が全国を覆うなか、大災害から三ヵ月しか経っていなかったが、立ち上がろうとする人々の背中を押したいという思いもあって開かれた大会には、約八十人の選手が参加した。

中海の水質は、大会直前まで微妙な数値だった。しかし合格ラインに達した。

参加した選手たちからは、「これまで泳いできた中ではきれいなほうですよ」とか、「波がほとんどないので泳ぎやすいですね」といった感想が寄せられ、中海再生プロジェクトや大会関係者はほっと胸をなで下ろした。

麻矢が——そしてプロジェクトのメンバーが——残念だったのは、番場紘一さんに大会を見てもらえなかったことである。

毎年欠かさずプロジェクトの総会に駆けつけてアドバイスをくれた番場さんは、その前年に病気で亡くなっていた。のちに奥さんから聞いた話では、最初の会合で「十年」といったのは、ハッタリというか、番場さん流の檄《げき》の飛ばし方で、本人も十年で泳げるようになるとは思っていなかったのだという。

「でもそれができちゃったでしょう。番場もびっくりしてるんじゃないかしら。でも間違いなく喜んでるわよ。よくやったって」

二〇一三年の第三回大会からは日本水泳連盟の認定大会となり、上位入賞者には日本選手権の出場権が与えられるようになった。参加者は年々増え、開始から十年後には三百人を超す選手たちが、しぶきを上げながら中海を泳ぐ姿が見られるようになった。ボランティアや観客も増え、夏の到来を告げるイベントとして、市民に定着している。

麻矢にとって——そして錦海テレビにとって——うれしかったのは、『中海ストーリー』を編集したドキュメンタリー番組が、ギャラクシー賞報道活動部門の大賞に選ばれたことである。報道人にとって、ギャラクシー賞は最高の栄誉だ。ケーブルテレビ局の制作番組が大賞をもらったのは初めてだったということも、うれしさを倍増させた。

その二〇二〇年は、新型コロナウイルスが世界中で猛威をふるった年だった。感染力の強いウイルスだったため、オープン・ウォータースイムも中止にせざるを得なかったのだが、それだけに、市民の力で中海を再生したことが評価されたのは、錦海テレビだけでなく、関わった多くの人たちの喜びにつながったと思う。

『中海ストーリー』は今も続いている。二十年以上もやり続けることになろうとは、さすがに予想もしていかなかったし、キャスターを続けてきた麻矢自身が驚いている。アダプトプログラムや一斉清掃、中海体験クルージングも——。

マイヤーズさんは、米子を訪れてから四年後に他界した。ヒューからのメールによれば、外出が難しくなった晩年、中海のことをよく話していたという。

「藤堂さん、お待たせしました」

「おつかれさま。どうだった?」

アイスラテのカップを差しだしながら、麻矢は新人に尋ねた。二ヵ月の研修期間を終え、今回は彼女にとっての初仕事といえる取材だった。

「インタビューって難しいですね。具体的な質問をしないと相手は答えられないって教わったんですけど、やっぱり漠然とした訊き方になってしまって……。映像もちゃんと撮れてるか心配です」

「楽しかった？」

ショートヘアの新人は、「え？」という顔を麻矢に向け、「あ、はい、楽しかったです。緊張したけど、すごくわくわくしました」と答えた。新卒時に錦海テレビを受けて落ち、一旦は関西のＩＴ企業に就職したものの、諦めきれなくて再挑戦したと聞いているから二十代半ばのはずだが、どことなく学生っぽい雰囲気が残っている。丸みをおびた、愛らしい顔だちのせいかもしれない。

「それならよかった。わくわくできるって大事だよね。あと、小さな疑問を見逃さないで追いかけていくこともね」

「はい！」

薄曇りの空の下、中海は絹布を広げたようになめらかだ。ときおり、雲間から差す日が湖面をきらきらと輝かせる。

「あの、藤堂さんのダンナさんて、イギリスの方なんですよね？」

新人に訊かれて、麻矢は「ああ、そうね」と答える。

「イギリス人というか、日本人とのダブルの方なんですよね？　別居結婚って聞きましたけど、そういうの、ちょっと素敵だなって……。あ、個人的なこと訊いてすみません」

べつに隠すようなことでもないし、社内のほとんどが知っていることだが、入社二ヵ月で個人情報を仕入れるとは、収集能力が高いと褒めるべきかと思って、麻矢は苦笑する。

「素敵でもなんでもないけど、何年か前に日本に来て、今は神戸の病院勤務なの。でも、もうすぐこっちに移ってくることになってる」

「そうなんですか。よかったですね」

ヒューと結婚したのは、マイヤーズさんが亡くなった翌年だった。メールのやりとりが電話になり、その電話がだんだん長くなり、会いたくなってイギリスへ行った。そこで決めてしまったのだ。

仕事を辞めるつもりはなかったし、ヒューも日本で仕事をしたいといってくれたけれど、日本国籍を取得するかどうかでは、ずいぶん話し合ってケンカもした。さらには、せっかくヒューが日本に移り住んだというのに、新型コロナウイルスの感染拡大がなかなか収まらず、容易に会えない時期が続いた。

ようやく一緒に暮らせる。穏やかだけれど頑固なところがあるヒューとは、ケンカになってしまうことがこれまで以上に増えるだろうけれど、それでも一緒に暮らすのは楽しみだ。

光子さんのことも、中海に架かる銀の橋のことも、いつかヒューに話すだろう。ヒューはどんな顔で、二人の物語を聞いてくれるだろうか——。

「今年のオープン・ウォータースイムに出場するんだって。中海で泳ぐのを楽しみにしているみたいよ」

「そうなんですか。母も、ボランティア参加するのを楽しみにしてるみたいです」

「熊谷さんのお母さんはお元気？」

「はい、これからはやりたいことをやるんだとかいって、パートのお金で旅行に行ったり、ボランティア活動をしたりしてます」

「うちのテレビに入ったこと、何かいってらっしゃる？」

「そうですね。べつに母に勧められたわけじゃないんですけど、少しは喜んでるのかも……。女だからって遠慮したり我慢したりする必要はないって、ずっといわれてきたんで、男女差なく仕事ができそうな職場で働きたかったんです。あと、お金も大事だけど、それよりも自分が住んでる地域や人の役に立つ仕事がしたいというか、そういう、仕事に対する自負みたいなものを持ちたかったというのもありますし」

「わたしが若かったときより、ずっとしっかりしてる。期待してるよ、熊谷さん」

麻矢はそういうと、行こうか、と立ち上がった。

中海の北側に目をやると、萱島の緑が見えた。一年後には、そこにオーベルジュ——郷土料理をふるまうレストラン付きのホテル——ができると聞いている。趣は異なるだろうけれど、七十年余の時を超えて観月楼が復活するのかもしれないと思うと、麻矢は不思議な気持ちになる。

中海に遊覧船が入ってきた。湖岸にいたカモメの群れが一斉に飛び立つ。たくさんの白いリボンが、空に舞っているようだ。

あとがき

今から三十五年ほど前、「緑の湖の恐怖」と題する一文を地元紙に投稿したことがありました。淡水化によってアオコが異常発生し、当時「死の湖」ともいわれていた霞ケ浦の例を引き合いに、中海・宍道湖の淡水化への危惧を訴えたものですが、いま読み返してみると、「宍道湖周辺に暮らす人たちに比べ、中海近辺の私たちは淡水化問題に関心が薄いように思える」などと書かれていて、「なんて生意気な」と恥ずかしくなります。実際には多くの人たちが動いていたのに、まだ若かった私は、地域のことをよく知らずに書いてしまったのでした。

とはいえ、「書いた以上は……」という気持ちもあったのでしょう、「淡水化の是非をめぐる住民投票条例」の制定を求めて、署名活動に歩いた記憶があります（ほんの少しでしたが）。全国初の住民投票条例は米子市議会で可決され、しかし住民投票が実施される前に、淡水化は凍結されました。

この物語は、中海の淡水化と干拓事業が凍結・中止されたところから始まります。ストーリーの中心部分は十年ほどですが、その前にも後にも、中海を地域の財産として守り、活用し、愛している多くの人たちがいることを感じてもらえたらうれしく思います。

近年、「コモンズ」あるいは「コモン」という言葉を耳にするようになりました。日本語では「共有財産」とでもいうのでしょうか、「社会的に共有され、管理されるべき富」のことだそうですが、米子市出身の経済学者・宇沢弘文氏が提唱された「社会的共通資本」の理念と重なるものです。全国的にも稀な連結汽水湖である中海・宍道湖は、まさに「コモンズ」であり、「社会的共通資本」といえるでしょう。

モデルにさせてもらった㈱中海テレビ放送は、地域の人々と一緒になって中海の再生に取り組んでこられました。それを記録したドキュメンタリー『中海再生への歩み〜市民とメディアはどう関わったのか〜』は、二〇二〇年の第57回ギャラクシー賞報道活動部門で、大賞を受賞しました。制作の指揮を執られた中海テレビ放送会長・髙橋孝之氏は、ご自身が中海の再生活動に深く関わってこられた方であり、その前年の二〇一九年、「中海の歌」の制作にも取り組まれました。城山（米子城址）にグランドピアノを初めとする楽器を運び上げ、中海をバックに歌いあげられた合唱曲は、その映像とともに多くの人々の心を捉えました。

本作は、ドキュメンタリー、中海の歌に続く、〈中海三部作〉の一つとして書いたものです。髙橋理津子さんが作詞された中海の歌（「中海慕情」「思いでの中海」）から、「銀の橋」のモチーフをお借りしました。読んでくださった方が、中海へ足を運んでくださることを願っています。そして地域の共有財産である中海が、日本の、さらには世界の共有財産として認識されるようにとも——。

髙橋孝之様、ドキュメンタリーを主導された古川重樹様からは、このかん多くの励ましと助言をいただきました。取材に協力いただだいた中海テレビ放送の上田和泉様と中海再生プロジェクトの皆様、挿絵を描いてくださったすぎはらみきを様、また出版にご尽力いただいた今井出版の皆様に、心より御礼申し上げます。

二〇二一年二月　　松本　薫

松本 薫（まつもと かおる）

鳥取県米子市生まれ。2000年「ブロックはうす」で早稲田文学新人賞を受賞し、2005年「梨の花は春の雪」が鳥取県西部で制作される市民シネマの原作に選ばれる。

おもに鳥取県内の歴史や、ゆかりの人物をモチーフにした小説を書いている。

『梨の花は春の雪』（2006）、『TATARA』（2010）、『ばんとう―山陰初の私立中学をつくった男』（2017）で鳥取県出版文化賞を受賞。

その他の著書に『謀る理兵衛』(2013)、『天の蛍―十七夜物語』(2015)、『日南X』（2019）などがある。

挿絵／すぎはらみきを

銀の橋を渡る

2021年4月24日 発行

著 者　松本 薫

発 行　今井印刷株式会社
〒683-0103 鳥取県米子市富益町8番地
TEL 0859-28-5551

発 売　今井出版

印 刷　今井印刷株式会社

ISBN 978-4-86611-233-6